講談社文庫

杜ノ国の光ル森

円堂豆子

講談社

杜ノ国の光ル森　目次

主な登場人物

◇真織《まおり》
父母を亡くした二十歳の大学生。「杜ノ国《もりのくに》」に迷い込み、不思議な力を得る。玉響とともに国の中枢「水ノ宮《みずのみや》」に入る。

◇玉響《たまゆら》
和装の青年。「杜ノ国」の少年王「神王《くまみこ》」だったが、真織らと行動をともにする。諍《いさか》いをおさめ「神宮守《じんぐうもり》」として「水ノ宮」に入る。

◇千鹿斗《ちかと》
「千紗杜《ちさと》」とよばれる郷《さと》の若者世代のリーダー。

◇女神《めがみ》
「杜ノ国」に豊穣をもたらす神。白い蛇体をもち、姿を変える。

◇流天《るてん》
「水ノ宮」の最高位の神官である現在の「神王」だが、まだ現人神《あらひとがみ》の証があらわれていない。

◇緑螂《ろくろう》
「水ノ宮」で神と語らう許しを得た存在「神宮守」を輩出する「卜羽巳氏《うらはみし》」の嗣子《しし》。人望が厚い。

◇黒槙《くろまき》
「神王四家《くまみこよんけ》」の筆頭「杜氏《もり》」の長。「神領諸氏《じんりょうしょし》」の中心人物。

杜ノ国の光ル森

八馬紗杜《やまさと》
恵紗杜《えさと》
東《ひがし》ノ原《はら》
御供山《みそなえやま》
東《ひがし》回《まわ》りの道《みち》
大《おお》道《みち》
水《みず》ノ宮《みや》
水《みず》ノ原《はら》

杜《もり》ノ国《くに》 絵《え》地《ち》図《ず》

— 葉《は》の口《くち》 —

そこは、夜という名の禁足地《きんそくち》だった。
「真織《まおり》、風が変わった。今日は会えそうだね」
木々の隙間《すきま》に人の踏み跡が残るだけの細い道の先に、煌《きらめ》くものがぽつぽつ見える。
光はちらちら揺れ、筋をつくって流れていく。
——おいで、おいで。こっちだよ。
手招《てまね》きをするように、闇の中で円を描く光もあった。
「精霊がたくさんいるね。私にもすこし見えるよ」
真織と玉響《たまゆら》がこの道をたどるのは、もう三度目になる。
三度目にしてわかったのは、山の神に会える夜とそうでない夜があることだ。
その晩、闇の中には、山道を登りくる人を覗《のぞ》く視線がそこかしこにあった。
ふふふ、すすす——と、人ではないものの笑い声も。
水ノ宮《みずのみや》の背後にそびえる御供山《みそなえやま》は、山の神が棲《す》む山宮だった。

山の頂に近づくごとに風は水気を帯びて潤《うる》み、山道には白藍《しらあい》色の霧がたちこめる。

昼は人の刻《とき》、夜は神の刻。

人が登ることを許されるのは昼間だけで、夜になると神の目がひらき、足を踏み入れた人は帰れなくなる——それは、杜《もり》ノ国《くに》の誰もが知る言い伝えだ。

山頂に辿《たど》り着くと、巨大な岩が影になっている。

米粒に似た形をしており、高さは優《ゆう》に三メートルを超える。しめ縄で飾られ、小さな社《やしろ》がそばにあり、神酒《みき》が供えられていた。

岩の周りに、やわらかい光が群れている。八百万《やおよろず》の御霊《みたま》、精霊とも呼ばれる小さな神々で、精霊たちは天空の銀河や、海中を泳ぐ小魚、大陸を旅する蝶《ちょう》にも見え、時には、水飛沫《みずしぶき》のように群れから闇へ飛びだして、遊んでいた。

岩に近づくたびに冷気が増し、ぴちょん、と水音が響く。

玉響が闇を見回した。

「水？」

「この下に川が流れているの。玉響のところへ帰る時に通った川だよ。山の神様が教えてくれたの」

真織は岩に近づき、目をつむった。

足元から立ちのぼる冷気が肌に触れ、ほんのりと湿らせていく。

「こんばんは。おじゃましています。この前はお世話になりました」

呼びかけるものの、岩は静かだ。

星明かりを浴びて青白く染まった輪郭《りんかく》が、闇の中でぼんやり輝いている。

「真織といいます。この前のお礼がいいたくてきました」

ひひひ、と低い笑い声がきこえた。

『居留守《いるす》は通じんか』

石がこすれる音がぎぎぎ、と鳴り、巨大な影になっていた岩がむずむず動いた。

上部のまるみは大きな肩へ、側面は石の腕になって闇にのび、岩の内側から細長い顔がむくりとせりあがり、岩の面に凹凸《おうとつ》が生まれていく。のっそり現れたのは、目がふたつと、鼻と、口。膝《ひざ》をかかえてうずくまる巨人の姿だった。

『また来よったのか。ついこの前に来たばかりだ』

「でも、もう秋です。会ったのは夏の初めでした。何度も来ようとしたんです。お礼をいいたくて」

『わしはそう忘れっぽくないぞ？　狩りの女神《めがみ》に射《い》られた子だろう？　礼なんか、いつでも構わんよ。十年、二十年過ぎようが。人はせっかちじゃ』

「そんなに先にのばしたら、わたしが生きていないかもしれないです」

真織は苦笑した。岩の巨人の言い分は、人には受け入れがたいものだ。

「この子は玉響といいます。水ノ宮で神王《くまみこ》をつとめていました」

玉響を紹介すると、岩の巨人は、口にあたる岩の窪《くぼ》みをにやっとつりあげた。

『ああ、ようこそ。ほかにもいるようだな。今宵《こよい》は麓《ふもと》が騒がしいわい』

山道を登ったのは真織と玉響だけだが、禁足地となるエリアの手前に、十人ほど残してきた。水ノ宮で真織と玉響の世話をする従者たちだが、「一緒に登れないのなら、せめてここで」とときかなかったのだ。御供山《みそなえやま》は、山そのものが山神の宮とされる禁足地で、誰にでも登れる場所ではなかった。

『そういえば』と、岩の巨人は〈祈り石《いのいし》〉のことを話した。

『石を帰すのを助けているんだとなぁ。噂《うわさ》できいたよ。麓の宮の奥に籠《こ》められていた石が、故郷へ帰ったのだと』

〈祈り石〉というのは、杜ノ国の各地から集められた古い御神体《ごしんたい》だ。

かつて、水ノ宮の支配を受け入れる代わりに杜ノ国の各郷《かくごう》から捧げられ、奥の神域に鎮《しず》められていた――と、真織は話をきいた。

「〈祈り石〉を帰しているのは、玉響なんですよ」

『そうか、おまえさんが』

岩の巨人は目を細め、うなずいた。

『ありがとうなぁ。石が喜んでおるよ。ともに在《あ》りたい相手と在る喜び、正しい場所に鎮まる喜び、芽吹《めぶ》く喜び、駆ける喜び——喜びの類《たぐい》は数あれど、大地に喜びが増すのはいいものだ。わしも目覚めた時に気分がよい。しかし——』

ごごと石が擦《こす》れ、岩の巨人の鼻が横を向く。

岩の巨人の顔が向いたのは、北《きた》ノ原《はら》の方角だった。

御供山は、水ノ宮を擁《よう》する神《かみ》ノ原《はら》と、北ノ原、東《ひがし》ノ原《はら》という三つのエリアの、ちょうど境にある。

頂に立てば、夜通し火が灯《とも》る水ノ宮と、梟《ふくろう》や虫の声でさんざめく東ノ原の豊かな森と、北ノ原ののどかな農村地帯、それぞれの夜の景観を、四方に眺めることができた。

『帰れないままの石もあるようだなぁ。路《みち》もねじれたままだ』

「路？」

反芻《はんすう》した真織に、岩の巨人は苦笑した。

『路をねじったのは、おまえさんではないのか？　石は、おまえさんのほうばかり向いているぞ？　ほれ、きこえんか？　何か——』

岩の巨人の目が向いた先には、恵紗杜《えさと》という郷《さと》があり、盆地にひろがる田畑が平たい影になって、星の光をため池に映している。

さらに奥には、千紗杜《ちさと》という郷があった。真織がしばらく暮らした郷だった。

『さぁて、どこからきこえてくるのやら。おまえさんを呼ぶ、石の声だ』

そういって岩の巨人は、ほ、ほ、と低い声で笑った。

◇　◇

真織は神王《くまみこ》の代理として、玉響は神宮守《じんぐうもり》の代理として、ふたりは、水ノ宮で暮らすことになった。

神領諸氏《じんりようしよし》と卜羽巳《うらはみ》氏による評議が続いており、真織と玉響の水ノ宮昇殿は、祈りの行事が滞《とどこお》ることがないようにと、騒動が落ちつくまでの期間限定だった。

緑螂《ろくろう》は、いい顔をしなかったが。

玉響が神宮守の代理をつとめるということは、卜羽巳氏にあった祭祀《さいし》関連の権限を、玉響が取り上げたことになる。杜ノ国に起きた騒動のきっかけは卜羽巳氏にあるとして、もとの神王の玉響が制裁を科した、ともとれた。

一族の御子《みこ》、玉響が内《うち》ノ院《いん》に戻ったのをいいことに、神領諸氏が水ノ宮へ出入りする日も増え、それをよく思わない緑螂は、玉響を相手に、隙あらば不満をぶつけるのだった。

「革新を嫌うわけではございません。しかし、何もかも例外尽くしでは、標《しるべ》を見失う恐れがございます。黒槙《くろまき》さまが進めよとおっしゃる治水《ちすい》工事につきましても、すべてを認めるわけにはまいりません！」

評議の場となる守頭館《もりかみのたち》から、住まいとなる内ノ院へ戻りくる玉響と、緑螂が言い合いをしながら歩いてくる姿を眺めるのは、真織の日課になった。

（またやってる……）

緑螂は卜羽巳氏の嫡流《ちゃくりゅう》の一族の嗣子《しし》で、つぎの神宮守の位《くらい》を約束されている。

玉響はもとの神王で、神宮守を代々つとめる卜羽巳氏に勝る、唯一の存在である。

かつて、神王として水ノ宮最高位の座に就《つ》いていたころの玉響は、子どものまま成長をとめられ、政治に口を出すことがなかった。しかしいま、身の上をフルに使うことを覚えた玉響は、卜羽巳氏にとっての史上最悪の目の上のたんこぶになった。

緑螂が玉響を受け入れられない気持ちも、わかるというものだ。

緑螂にとって玉響は、「私は安全だよ」とにっこり笑う恐ろしい敵に見えるかもしれない。玉響は中立の立場を貫こうとしたが、卜羽巳氏と対立する神領諸氏の子である事実は変えようがなく、バックには神領諸氏がごっそりついている。

玉響がどれだけ丸腰をアピールしたところで、そのうしろでは黒槙やら神軍《しんぐん》やらが武器を構えて威嚇《いかく》をしているわけだ。

（そりゃあ、怖いよねぇ……）

真織がため息をつきつつ御簾《みす》越しに覗く向こう、内ノ院の前庭で、玉響と緑螂が言い合いを続けている。

内ノ院は、近づける者がかぎられ、玉響と緑螂が傍目《はため》を気にせず問答をするには恰好《かっこう》の場になった。

「緑螂は、治水工事がよくないものだと考えるのか？」

「そうはいっておりませんが、しかし」

「治水工事というのは、民が自分たちの力で飢渇《きかつ》に立ち向かうすべで、日々すこしずつ豊穣《ほうじょう》に近づく方法だと、私はきいたのだが、おまえは、そうではないと考えるのだろうか？」

「治水工事については同意でございます。しかし、民がみずからの手で豊穣を得られるとわかれば、十年に一度の女神のご加護、豊穣の風を待ち望もうとする祈りの力が薄れてしまいましょう」

「しかし、女神は杜ノ国の外へ旅に出た。豊穣の風はこれまでのように吹かないかもしれない。いずれ訪れる飢渇を乗り越える備えをすべきだ、という黒槙の意見は、私はもっともだと思うのだが――」

「しかしながら、黒槙さまが進める策は、神々がなさるべきことを人が真似《まね》ることでございます。人の手によって野に川を掘り、池をつくっているのです。神々の御業《みわざ》をおとしめる行為をおこなえば、神々が機嫌を損《そこ》ね、本当に豊穣の風が吹かなくなってしまいませんか？」

緑螂は秀麗《しゅうれい》な眉《まゆ》をひそめ、玉響を咎《とが》めた。

「恐れながら、玉響さまはまことに神々と人のあいだに立っておいでなのでしょうか？　俺にはこう見えて仕方ないのです。あなたは、人と人のあいだに立つ方に過ぎぬ、と」

「失礼」と、緑螂は玉響に頭をさげて去っていく。

緑螂を見送って内ノ院の館へ戻ってくると、玉響は真織の前で肩を落とした。

「人は難しい」

杜ノ国のすべての民を飢えさせぬためにと、黒槙は大掛かりな治水工事を計画したが、水ノ宮では反対の声もあがった。

治水工事の計画は、卜羽巳氏も神領諸氏《じんりょうしょし》もなく、みんなの暮らしが豊かになるように——と進められる、いわば、公共事業だ。

どうして緑螂が嫌な顔をしたり、反対意見が出たりするのだろう？

黒槙が内ノ院を訪れた時、こんなふうに話した。

「卜羽巳氏は怖いのだろう。例えば、そうだな——水《み》ノ原《はら》には無主領が点在しているだろう？　無主領は湊《みなと》に関わる場所が多いのだが、なぜかといえばだな、湊を整備する技をもった一族が、卜羽巳氏を超える力を得てしまったからなのだ」

黒槙は神領諸氏《じんりょうしょし》をまとめる杜氏《もり》の長で、年は三十六。若すぎない姿に見合う貫禄と、ただ者ではないと知らしめる勇ましい華《はな》のある男だ。

「神ノ原でも、治水の技が富を左右することになればだな——」

「ああ、なるほど」

治水工事の技術力をもつのは、神領諸氏だ。得意とする一族はほかにもあるが、卜羽巳氏ではなかった。

「治水工事に貢献した人たちに権力が移っていくのを、緑螂さんは警戒しているんですね」

その場にいた玉響も、深刻そうにいった。

「流天《るてん》はこれから、大きなものを背負うことになるね——」

流天はいまの神王《くまみこ》だ。わけあって水ノ宮を離れている。

「神王は、人と神のあいだに立つ者だったが、それに加えて、人と人のあいだにも立たなくてはいけなくなった。前例はないのだ……」

黒槙は「俺が、命のかぎり支えますとも」と胸をどんと叩いてみせた。

「神王が無欲な子どもであることは至極重要でしたが、これから先、神王がいずれの一族にも偏《かたよ》らず中庸《ちゅうよう》に在ることは、いっそう重要になるのでしょうなぁ」

住んでみるとわかったが、水ノ宮で話題にのぼるのは、こういうややこしい話ばかりだった。

(水ノ宮は聖なるだけの場所ではないって、玉響が話していたけれど――)

表向きには神事一色。神官《しんかん》と巫女《みこ》が行きかう祭祀の宮だ。

でも裏では、勢力争いの場。神領諸氏が水ノ宮へ出入りするようになってからは、牽制《けんせい》しあう相手が増え、「神の宮」は、さらに「人の宮」になった。

(むかしは違ったのかな。神様の声をきく少年王の神王と、その声を民衆に伝える神官が集まる祭祀の宮殿だったのかな)

勢力争いに熱心なのは、神官ばかりだ。

同じ神に仕えているはずだが、いまは神様よりも、主に仕えているのだろうか。

(玉響たちは、変わってしまった杜ノ国で、新しい正解を探しているんだな)

真織が、内ノ院の中から水ノ宮を眺めるようになって、四ヵ月が過ぎた。

暇《ひま》である。

一応、神王の代理として水ノ宮にいるはずだが、真織の仕事はとくになかった。

玉響のほうは、夜明けから日没まで忙しくしている。

「方法を探さなくてはいけないのだ。たぶん、これからの神王は、いまの神王と神宮《じんぐう》守《もり》を兼ねる役目になるから、神宮守のことを学ばなければならないのだ」

そういうことらしくて、神王《くまみこ》と神宮守の役目を兼任して毎日働きづめだが、真織のほうは、三食昼寝付きの豪邸暮らしである。

暇である。あまりに暇である。

玉響も緑螂も黒槙も、勢力争いに熱心な神官も、日々の務めにいそしむ巫女たちも忙《せわ》しなく働いているのに、真織だけはすることが何もない。

のんびり過ごすのに気が引けて、真織も仕事を探すことにした。

「初代神王についてわかる書、ですか？」

ある時から声をきかなくなったが、真織の内側にはとある少年の魂《たましい》がかさなっていて、時々話しかけられた。代々の神王を支えてきた子で、初代神王だったらしい。

(あの子のことがわかれば、玉響を助けられないかな)

はじめて神王になった子は、どんなことを考えていたのだろう？

それがわかれば、新しい神王像を探す玉響のためのヒントにならないかな？

内ノ院の警護をつとめる神兵《しんぺい》、弓弦刃《ゆづるは》に相談した翌朝のことだ。

真織のもとを、男が訪れた。

名前を鈴生《すずなり》という。御調人《みつきびと》という役職に就き、調寮《つきのつかさ》と御饌寮《みけのつかさ》の実務をつかさどる神官で、現代でいえば、財務省《ざいむしょう》と宮内庁《くないちょう》の官僚を兼ねる役に就く人だ。

参上した鈴生は、白い狩衣《かりぎぬ》を身にまとい、知的な穏《おだ》やかさを漂《ただよ》わせていた。平伏《へいふく》して来訪の挨拶《あいさつ》を済ませると、鈴生はまじまじと真織を見た。

「いやはや、このような形であなたと再会するとは」

鈴生が驚くのもむりはなかった。

再会の場になったのは、水ノ宮の奥、聖域とされる内ノ院。その端に建つ、出居殿《いでいどの》だ。神王が俗世の者と会う際に姿を現す場である。

出迎えた真織は、神王の証《あかし》、森の色の狩衣をまとって上座《かみざ》であぐらをかいている。

「ですよね。わたしもびっくりです」

「いえ、神王に対して失礼を――」

鈴生はふたたび頭をさげ、運んできた布包《ぬのづつ》みをほどいた。

中から現れたのは、細く削《けず》られた木の札の束。木の札はすべて糸で綴《つづ》られ、くるくる巻かれて赤い紐《ひも》で結《ゆ》われている。古い形状の本だった。

「『蜻蛉記《あきつき》』と呼ばれる文籍《ぶんせき》でございます」

「蜻蛉？　じゃあ、その本を書いたのは――」

「ええ」

巻物状の木の本は、四巻あった。鈴生はひとつを手にとり、留め紐の端を指でひく。ひと巻きにされていた長い連《つら》なりがひろがり、木片《もくへん》同士がぶつかり合って軽い音を立て、木製の本が真織の前にひろがった。

「初代神宮守《じんぐうもり》の蜻蛉比古《あきつひこ》さまが記された書、と伝わっています。しかし」

同じ長さに削りとられた木の札一枚一枚には、奇怪な紋《もん》がびっしり書かれていた。円や十字、水の流れに似た曲線を組み合わせたものなど、漢字やひらがなとはまるで違う記号だった。

「この通り、古い字で書かれており、誰にも読むことができないのです」

「読めない？」

真織は木の本を手にとった。

あぐらをかいた腿《もも》の上にひろげて見入るうちに、目をとじた。

(読める)

まぶたの裏側に、青年と少年の姿が浮かんでいった。

少年は白い肌に映《は》える黒髪をもち、緑色の衣と白い袴《はかま》を身にまとっている。子どもにも大人にも、少女にも少年にも見える中性的な顔立ちをしていて、少年だったころの玉響や、いまの流天に似ていた。

青年のほうは、年が二十歳《はたち》くらいに見える。面長《おもなが》で、武家の若者を彷彿《ほうふつ》とさせる凜々《りり》しさがあって、狩衣とはすこしデザインが異なる古めかしい衣をまとい、少年を見つめて、憂《うれ》えていた。

『くまみことは、神と人の王を兼ねる者。〝くま〟は神、〝みこ〟は王。澄影《すみかげ》が、そう名づけた。神王《くまみこ》は女神の声をきき、神々の仲間として暮らす。人ではなくなり、神になる。現人神《あらひとがみ》だ』

真織の目の裏に浮かんだ青年は、姿勢よく文机《ふづくえ》に向かい、木片に筆を走らせていた。時おり大きなため息をつき、胸の内の憂いを託すように、筆をもつ手を動かした。

『澄影が女神と契《ちぎ》りをかわしてふた月後、澄影と話がかみあわなくなった。三月《みつき》後、澄影が落涙《らくるい》する。ひどく怯《おび》えて、記憶が薄れており、俺のことを思いだせなくなっているとしがみついて泣いた。澄影の目は日に日に虚《うつ》ろになり、話しかければ答えるが、夢を見ているようで、澄影ではない者と話している心持ちになる。もはや澄影ではないのだろう。澄影は俺の前で笑わなくなり、風に向かって笑うようになった。四《よ》月経《つきた》ち、澄影は神々の仲間になった』

青年はうつむき、手をとめて、一度泣いた。

『神王とは、人と神のあいだに身を投じて、女神にお仕えする者。杜ノ国随一の至高の神子《みこ》であり、豊穣の風をもたらす聖なる種である。澄影のためにひらいた最後の宴は、御種祭《みたねまつり》と呼ぶことにした』

「あの——」

声がきこえて瞼《まぶた》をあけると、鈴生が真織の手元を覗きこんでいる。真織の指は、墨《すみ》で書かれた古い字をなぞっていて、ちょうど巻物の中ほどにあった。

「その、文籍を読んでおられるのですか？」

訝《いぶか》しがって尋《たず》ねる鈴生を、真織は睨《にら》んだ。

「そうよ。わかっているなら、なぜ邪魔をしたの」

鈴生ははっと姿勢を正し、平伏した。

「もうしわけございません」

「いえ」真織は眉をひそめて、詫《わ》びた。

「ごめんなさい。きつい言い方をしました。どうしたんだろう？　悪気はないんです。夢中で読んでいて――」

鈴生が去り、真織は届けてもらった木の本をもう一度ひらいてみるが、驚いた。何度見ても、読めそうにない記号がぎっしり並んでいる。

(古代文字？　杜ノ国の古い字かな)

漢字でもひらがなでもなく、どう解読するのか、ヒントすらない字だ。

でも、指を字に触れさせて目をつむると、脳裏に青年の姿が浮かぶのだ。

真織の目の裏で、青年は文机に向かって筆を走らせていて、ふいに少年の顔が浮かんだり、古い思い出を懐《なつ》かしんだりもする。

字をしたためながら過去を振り返って独り言《ひとご》つ青年の様子を覗くようで、青年は真織の脳裏《のうり》で、いまも生きているようにふるまった。

(字を読んでいるわけじゃないのかな。蜻蛉比古《あきつひこ》さんが書きながら頭に描いたことをそのまま感じている？　——死者と話しているみたいだ)

どうして、こんなことができるのだろう？

怖さはあった。でも、蜻蛉比古がきかせてくれる話が興味深く、好奇心が勝った。

一巻、二巻と、巻を重ねるごとに、真織の脳裏に現れる蜻蛉比古は年をとり、四巻目になると、額《ひたい》と口元に皺《しわ》をきざんだ貫禄ある姿になった。

蜻蛉比古の人生を追いかけ、真織は夢中で読み切った。

すこし疲れて、床に寝ころんでいると、玉響が戻ってくる。

「真織、眠っている？」

日の光が薄れていく夕暮れ時。茜色《あかね》に染まった光は、ヒグラシの物悲しい鳴き声を帯びている。

御簾をよけて御座《ござ》に入ってくる玉響の仕草は、ゆったりしていて品がある。

染みひとつない純白の狩衣姿も、神領諸氏《じんりょうしょし》ならではの顔立ちによく馴染《なじ》んだ。

(蜻蛉比古に似ている)

風貌は異なるが、いまの玉響には、どことなく蜻蛉比古と同じ雰囲気があった。

全四巻の『蜻蛉記《あきつき》』でいうなら、一巻のはじめから中盤にかけて――現人神になった澄影《すみかげ》を支えようとするころの蜻蛉比古《あきつひこ》と同じ、温かい表情をした。

「玉響、また顔が変わったね」

「そうかな？　どんなふうに」

「老けた？」

玉響が真織のそばにあぐらをかいて、ぷっと噴《ふ》きだす。

「緑螂と難しい話をしているからかな？　私も、真織は水ノ宮にきてから奔放《ほんぽう》になったと思うよ。内ノ院の居心地はどう？　あまり外に出ていないときいたけど」

「楽しいよ」

真織は起きあがって、そばにひろげたままだった文籍を玉響へさしだした。

「鈴生さんに借りたの。蜻蛉比古が残した本だって」

「蜻蛉比古って、初代神宮守《じんぐうもり》の？」

玉響は本を手にとったが、残念そうに首を横に振った。

「字は、まだ読めないのだ。名は書けるようになったんだけど」

「この字はわたしも読めないよ。でも、声がきこえない？」

「声？」

玉響が巻物に耳を近づけ、目をとじる。

ヒグラシの声が響く中、明かり取りの隙間から漏《も》れ入る光が玉響のまぶたを茜色に染めている。しばらくして、玉響が姿勢を正した。

「なるほど。字を通して声をきくのか。真織は本の声を全部きいたの？　今日？」

「うん」

「私なら十日はかかりそうだ。どんなことが書いてあった？」

玉響は尋ねるものの、「あっ」と声をだした。

「真織は字が書けるんだよね」

「書けるけど、杜ノ国の字じゃないよ」

杜ノ国で読み書きを学ぶのは、よほど賢い人や支配階級のみだそうだ。

真織は義務教育のもとで育った大学生で、読み書きに苦労した覚えはないが、杜ノ国で使われている文字は古風なくずし字で、真織には流麗《りゅうれい》過ぎて、書くどころか、読み解くことも難しかった。

「真織の字でいいよ。私の代わりに字を書いてほしい。流天ならきっと読めるから」

「できるかなぁ。でも、やってみるよ。暇で暇でしかたがなかったの！」

そういうわけで、真織は翌日から文机に向かうことになった。

筆先に墨を浸して真新しい紙に向かえば、自然と背筋が伸びる。

脳裏で出逢《であ》った青年の姿に、自分の姿が重なりゆく幻を見て、ふふっと笑った。

(蜻蛉比古《あきつひこ》になったみたい)

まっさらな白い紙は、無風のもとの湖面《こめん》に似ていた。

筆先を触れさせれば、水面《みなも》に波を生むようだ。

一字記すごとに、静かな湖面に波紋が生まれて、はるか彼方《かなた》までひろがりゆく。

まっさらな紙に、世界がしあがっていく。

玉響から頼まれた書き物は、玉響から流天へと伝えゆく神王《くまみこ》の極意だった。

神々の世界から人の世界にくだった玉響が見つけた、人と神のあいだに立つ者、神王としてすべきこと。

「こう書いてほしいんだ。あのね——」

隣で玉響が熱心に話す言葉を記していくが、言葉のひとつひとつに重みがあった。

いつか流天がこの紙を手にとった時、流天の脳裏には真織が現れて、真織の独り言《ごと》をきくかもしれない。

(玉響から流天への伝言係になるのか)

蜻蛉比古が遺した巻物を手にした真織が、蜻蛉比古の記憶を覗いたように。

(責任重大だ。よけいなものがまじらないようにしないと。玉響がどれだけ流天のことを気にかけて、流天のための道標《みちしるべ》を残したがっているか。しっかり残さないと)

言葉に力を宿すには、よけいなものがまじってはいけないのだろう。

ごまかしや不安がまじれば、きっと言葉は濁《にご》る。もしかしたら、ごまかそうとしたり不安がったりしている本音のほうが、読んだ人に伝わってしまうかもしれない。

（だから神官は、嘘《うそ》や偽《いつわ》りを嫌うのかな。神様と話せなくなるから。そういえば、ふしぎな力が宿った言葉のことを言霊《ことだま》と呼ぶなぁ）

手をとめてぼんやりした時、耳の奥で少年の声が笑った。

——そうそう、その調子。

（あの子だ）

真織の内側に魂をかさねて、困っていると手を貸そうとするふしぎな少年だった。初代神王で、名前は澄影《すみかげ》。『蜻蛉記《あきつき》』にも名前が記され、蜻蛉比古の記憶の中では、流天に似た姿で登場した。

（やっぱり、まだわたしの中にいたのね。蜻蛉比古からあなたの話をたくさんきいたよ。あのね——）

話したいことがつぎつぎ浮かんだが、いまは遠ざけておくことにする。

流天へ伝える言葉に、力を宿さなければいけないからだ。

筆を走らせるうちに、真織の胸は澄んでいった。

ある夜、真織は奇妙な場所で目が覚めた。

目の前に立派な館があって、ほとほとと小川のせせらぎに似た水音が、天へ続く柱の形に響いている。真織は、その景色を覚えていた。

（奥《おく》ノ院《いん》だ）

水ノ宮の最奥。御供山《みそなえやま》の崖《がけ》を背にして、狩りの女神を祀る社殿が建っている。オパール色の靄《もや》がかかっていて、いつか見た夢の景色にも似ていた。

（へんな靄だ。夢？　夢って、遠いところにいる相手と出逢える場所なんだっけ。誰かが会いにきたのかな。澄影《すみかげ》？）

靄の奥を捜してみるが、澄影らしき人影はない。人の気配は皆無だが、闇の奥は賑《にぎ》やかだ。ボソボソ、コソコソと、そこら中で話し声がする。

（精霊？）

奥ノ院の社殿の内側から、呼ぶ声がする。手招きをする白い手もあった。

――おいで、遊ぼう。

木戸に手をかけた。キイと木材を軋《きし》ませて戸を開けると、水の香りが強くなる。

奥ノ院は、洞窟《どうくつ》の出入り口を閉ざして立つ覆《おお》い屋《や》だ。

館には奥の壁がなく、巨大な穴がぽっかり口をあけ、暗闇へと続く路がある。

奥ノ院の床がつめたくて、真織は身をすくめた。

（寒い）

頰《ほお》を撫《な》でていく靄も、ひんやりしていた。

（あっちは、あたたかそう）

洞窟の入り口は、赤く照らされていた。

洞窟に面した祭壇の向こう側、洞窟の入り口の前で、忌火《いみび》が揺らいでいる。火守乙女《ひもりおとめ》という神聖な巫女が火付けから世話までをおこなう聖なる火で、水ノ宮では、穢《けが》れを流す水と同じく、穢れを焼き清めるものとして大切にされていた。

ふふふ、と子どもの笑い声がして、子どもの青白い影が四つ、五つ、闇の中から浮きあがる。子どもの影は洞窟の入り口で輪をつくり、わらべ歌を口ずさんだ。

（楽しそう）

ぎらぎら揺れる赤い光に誘われて、真織は祭壇を越え、暗闇へ進んだ。

社殿の床と洞窟の地面のあいだに渡された白木《しらき》の橋を渡れば、人間の世界から神様の世界へと、足が踏む場所が変わりゆく。

（あったかい）

裸足《はだし》の足が温もりを感じる。洞窟の岩は血がかよった肌のようで、巨大な生き物の内側に入りこんだ気分になった。

闇の奥に、手招きをする白い手が浮かんだ。

——支度《したく》はできたかい？　待っていたよ。

（さっきの手だ。ここにいたの）

暗がりだった洞窟の岩場が、いつのまにか白く輝いていた。

光の正体は、うっすら輝く蔦《つた》の葉だ。気づいた時、洞窟は白く輝く蔦で覆われていて、ふしぎなことに、蔦の葉には顔があり、口を大きくあけて笑っている。さらに繁《しげ》ろうと葉は宙で蠢《うごめ》き、茎《くき》の先端が手招きをするように宙で円を描いていた。

白い蔦野原の中央にも、小さな子どもが、ぽつんとひとり立っていた。

（誰？　はじめまして）

近寄って子どもの頭を撫でると、何千人もの子どもたちが一度に笑った気がした。

真織も、一度に何千人もの子どもの頭を撫でた気分になった。

「賑やかね」

また声がする。おいで、おいでと上下する白い手がこっちを向いて笑っている。

——おや、上手に実《みの》ったね。さあおいで。こっちで遊ぼう。

「うん」

子どもたちの青白い影も、真織に群がって手を引いた。

白い手が呼ぶ方——御洞《みほら》の奥の暗闇へと、一歩を踏みだした時だ。

「真織」

呼ぶ声がして、肩が引っ張られる。振り返ると、背の高い青年がまうしろにいた。玉響だとすぐにわかったが、真織は洞窟へ目を戻した。

呼ばれている。それに、賑やかで楽しそうだ。あっちで遊んでみたい。

(いかなきゃ)

また一歩を踏みだすが、今度は両肩をおさえつけられた。

「真織！」

乱暴に引っ張られて、白木の橋を戻り、人間の世界――社殿の床の上まで力ずくで連れていかれるので、真織は苛立《いらだ》った。床がつめたかったからだ。

「寒い」

身をよじると、「真織」と身体中を押さえつけられる。身動きができなくなるほど乱暴に抱きしめられるが、機嫌《きげん》は直った。

包みこんでくる腕や胴が温かかったからだ。

奥にいかなくても、ここでいいか――。

真織は身をすくめて、くすくす笑った。

「髪がくすぐったい」

開けっ放しの戸から吹きこむ夜風が玉響の黒髪を浮かせて、真織の頬を撫でていた。

真上から覗きこむ玉響は、異様なほど深刻な顔をした。

「真織、外へ出よう」

「どうしたの？　悲しそうな顔をしている」

「――帰ろう。寝床はあっちだよ。眠っているあいだに抜けだしたんだ」

「わかった」

くん、と真織は鼻を動かした。人肌にぬるまった玉響の匂いがまろやかだった。

この匂いは、奥の世界にはない。

ふふっと笑いが漏れて、みずから玉響の身体に抱きついた。

「いい匂い。人の匂いだ」

真織を見下ろす玉響の目が、ぞっと怯えた。

真織は笑って、玉響の肩のあたりに鼻をうずめた。

「玉響がふしぎな顔をしている。わたしはこの匂いが好きだ」

— 路《みち》 —

寝床に戻って、ふたたび目が覚めた時、枕元で玉響《たまゆら》があぐらをかいていた。

御簾《みす》越しにも、日差しの色が濃いのがわかる。

いつもなら、真織《まおり》がひとりでいる時間だった。

「おはよう。今日は出かけないの？」

玉響は「おはよう」と笑って、手元に目を向けた。

「うん。読んでおきたくて」

玉響は朝の光のもとで巻物の本を読んでいた。

杜《もり》ノ国《くに》の古い字で記された、『蜻蛉記《あきつき》』と呼ばれる文籍だ。

「真織はみんな読んだよね？」

寝床でころがったまま「うん」と答えると、玉響は真顔でうつむいた。

「まだ途中なんだけど、こんなことが書いてある？　『神というのは、すこしくらい縛《しば》るほうがいい。そうでないと、どこへでもいってしまう』」

「うん」と、真織は玉響を見あげて笑った。

「そう書いてあったね。わたしも蜻蛉比古《あきつひこ》が話しているのをきいたよ」

玉響は眉をひそめ、すこし怖い顔をした。

「これも？『澄影《すみかげ》がこう頼んだ。私を神ノ原《かみのはら》から出すな。閉じこめてほしい。命を捧げたくなるが、水ノ宮《みずのみや》でなければいけないから、と』」

「うん、そう。蜻蛉比古が困っていた」

真織は玉響の顔を見上げて、くくっと声を出して笑った。

「いまの玉響の顔。蜻蛉比古と同じ顔だった」

玉響の眉が寄る。真織はぽかんと見あげた。

「悲しい顔だ。悲しいの？」

板の間を踏む足音がして、幼い巫女が三人、御簾の向こう側で膝をついた。

「朝餉《あさげ》をお持ちしました」

「ああ、ありがとう。御簾をあけて入っておいで」

台盤《だいばん》にのせて運ばれる食事は、いつも代わり映えがしない。白米に、蕪《かぶ》の漬物に、岩魚《いわな》の焼物。白米は丸餅《まるもち》に似た形に盛られ、漬物はとぐろを巻いた蛇《へび》のような山形に積みあげられ、焼き魚は白幣《はくへい》で飾られている。

食事というより、神様へのお供え物だ。神王《くまみこ》に捧げられる特別な朝食だった。

「いただこう、真織。香ばしい匂いがするね」

玉響は岩魚の皮についた焼き目に視線を落として微笑《ほほえ》むが、真織には、玉響がなんの話をしているのかわからなかった。

「匂いがする？　わたし、いらない。食べたくない」

「食べたほうがいいよ」

「玉響が食べて。玉響がおいしそうに食べている顔を見るのは好き」

「食べて」

玉響は箸《はし》をとって、焼き魚の皮をやぶって白い身をつまんだ。ほっこりした身を自分の鼻先に近づけて「いい匂い。おいしそうだ」と真織に笑いかけ、自分の口には入れずに、箸の先を真織の口元へ運んだ。

「口をあけて。とてもおいしいよ」

玉響の笑顔につられて口をあけるが、舌の上にのせられた魚の身はぼそぼそとして、咀嚼《そしやく》をして呑みこむものの、食べ物をいただいた気にならなかった。

「味がしない」

欲しくないものをむりやり呑みこむのは、楽しくない。玉響の表情も奇妙だ。

玉響がむりをして笑っているように見えて、真織は悲しくなった。

「悲しい？　どうしたの？」

玉響は「うん」と微笑んで箸を置き、両手で真織の頬を包んだ。

「いま真織を触っているのがわかる？　私の匂いはわかる？　この前、真織は私の匂いが好きだといっていたんだ」

正面からじっと覗きこんでくる真剣な目を、真織も見つめ返した。

頬に触れる指の腹の柔らかさやぬくもりは、心地よかった。

顔と顔が近づくとすこし胸が火照《ほて》るのも、悪くない刺激だった。

「あっ」と声が出る。

『きこえるか。俺を見ろ！　手をにぎれ！』

ふと蘇《よみがえ》ったのは、初代神王《くまみこ》をつとめた澄影《すみかげ》という少年が、真織の内側に現れた時に残していった思い出だった。

澄影の記憶の中で、彼の頬を両手で包んで叫んだのは、蜻蛉比古《あきつひこ》だ。

澄影はこんなふうに、神王になりゆく自分に脅《おび》えていた。

『日に日に気が遠くなるのだ。私はまだ人でいられているか？』

『たいへんだ、神王になれば、人だったころのことを忘れてしまうのだ。おまえとも、いまに話ができなくなるかもしれない』

真織の指が玉響の狩衣《かりぎぬ》の袖《そで》に伸びた。ぎゅっとつまんだ生地《きじ》は、思いのほかごわついている。指にまとわりつくような布の感触も、久しぶりに感じた刺激だった。

夢から醒《さ》めた後のように、視界もくっきりしていく。玉響の顔もいやに生々しく見えて、周りに立ち込めていた濃い霧が急に晴れた気分になった。

「玉響。わたし、おかしい？」

玉響の顔から、ようやく強張《こわば》りが解けた。

「すこし。——字を書くのはやめよう。『蜻蛉記《あきつき》』も、もう読まないでほしい」

眠っているあいだに、文机は広間の隅《すみ》に片づけられていた。玉響に頼まれて書いた流天《るてん》への文も、文机の上で硯《すずり》と筆とまとめて端に寄せられている。

庭に人影が現れたのは、その時だった。

「玉響さま」

巨体をまるめて平伏していたのは、弓弦刃《ゆづるは》だ。神領諸氏《じんりょうしょし》に仕える神兵で、黒槙《くろまき》から内《うち》ノ院《いん》の警護を命じられている。

「北《きた》ノ原《はら》より客がまいりました」

「北ノ原から？」

「はっ。千紗杜《ちさと》の古老《ころう》と、千鹿斗《ちかと》です。お目通りをともうしているのですが——」

「会いたい。会わせてくれ」

玉響は即答して、真織の肩を抱いた。

「すぐに会いたい。真織を千鹿斗たちに会わせたい」

「真織さまを、ですか？」

弓弦刃は首をかしげたが、「御意《ぎょい》」と頭をさげた。


謁見《えっけん》の場に真織と玉響が現れると、千鹿斗は笑った。

「立派になっちまったなぁ。前とは別人みたいだ」

千鹿斗は彼なりの一張羅《いっちょうら》を着こんでいたが、建物も、神官が身にまとう衣も一流品ばかりの水ノ宮では、粗末な身なりが浮いている。

草の糸から織りあげる千紗杜の服は布目が粗《あら》く、千紗杜の人たちが好んで使う栗色《くり》も、白や茜や、水の色の衣で身を飾る神官が多い水ノ宮では、あまり好まれない色だった。千紗杜の人が渋い色の布を好むのも、農作業の汚れがついても目立たないからだ。

千鹿斗は、隣であぐらをかく細身の老人とふたりで恭《うやうや》しく頭をさげ、水ノ宮を訪れた理由を話した。

「尾狗紗杜《おくさと》の話を覚えているか？」

「北ノ原の奥にある山際の郷の名だね。〈祈り石《いのいし》〉がまだ戻せていない郷だ」

「そう」と千鹿斗はうなずき、上座であぐらをかく玉響と目を合わせた。

「尾狗紗杜の郷守《さとのかみ》は代替わりをしたばかりで、新しい郷守が、一之宮《いちのみや》にある御神体のことを知らず、〈祈り石〉を戻せずにいた。その郷守が千紗杜へやってきて、こういうんだよ。一之宮には、もう石があるって」

千鹿斗は言い、隣であぐらをかく老人に目配せをした。

「それで、爺ちゃんと一緒に尾狗紗杜までいってきたんだ。そうしたら、たしかに尾狗紗杜の一之宮にはあの石と同じ石があって、動かされた跡もなかった。うちの郷にあった、水ノ宮から与えられたっていう鏡もなかったんだよ。郷の長老にも話をきいたが、その石がなくなったとか、どこかへ運ばれたとか、そういう話もきいたことがないそうだ」

「つまり――」と、玉響が思案する。

「〈祈り石〉がひとつ余ってしまった、ということ？」

千鹿斗が「そうだ」とうなずく。

「いまはうちの郷で預かっているが、あの石はずっとうちにあっていいものじゃないだろう？　それで、相談にきたんだ。きみらも知っているとおり、おれたちには触れない石だ。水ノ宮の誰か、あの石を触れそうな神官に迎えにきてもらえないかな？」

「わかった。知らせにきてくれてありがとう」

玉響は千鹿斗に頭をさげ、隣であぐらをかく真織の顔を覗きこんだ。

「ね、真織。御供山《みそなえやま》で山の神が話していたのは、このことではないかな」

「山の神？」

千鹿斗が首をかしげる。玉響はうなずいて、顎《あご》に指をかけた。

「御供山の頂に棲む山の神に、真織と会いにいったのだ。山の神も〈祈り石〉の話をしていて、こういったのだ。『帰れないままの石もある』と。ねえ千鹿斗。千紗杜に、高いところに建つ社《やしろ》はあるかな」

「社？」

「うん。石のことを教えてくれた山の神は、北ノ原の方角をじっと見たのだ。千紗杜があるほうで、高い場所を見ていた。石が鎮まるべき場所を見ていたなら、〈祈り石〉の帰りを待つ社は、高いところに建っているのではないかなぁと」

「千紗杜の一之宮は違うんだよな？　あそこも、郷の中じゃわりと高いところに建っていて、『高神《たかがみ》さま』って呼ばれているが」

千鹿斗が腕組みをする。

「あそこにははじめに石を帰したしなぁ。違うか。ほかに高い場所に建つ社といえば、そうだなぁ」

真織の顔がぱっと上がり、くちびるから言葉をぽろんとこぼすようにつぶやいた。

「国見《くにみ》の社。鏡があった」

千鹿斗の隣であぐらをかく細身の老人が、ゆっくりうなずいた。

「ありますな」

「国見の社って？」

　尋ねた玉響に、千鹿斗が答える。

「山の上にある古い社だよ。崖の上の、千紗杜の郷を端から端まで見渡せるところに建っているから『国見』っていう名前がついたって――なあ、爺ちゃん」

　千鹿斗に「ええ」とうなずいて、老人が答えた。

「鏡もございますな。私が登ったのはずいぶん昔ですが、たしか、一之宮にあった鏡と同じ鏡でした。なにぶんあそこは、老いぼれが参るには骨が折れる社ですからなぁ。それにしても真織さん、よく覚えておられたね」

　にこりと笑いかける老人に、真織はぼんやり笑った。

「前に登ったから――」

「そうでした、そうでした。大の男でも登るのをいやがる岩の壁を、真織さんは勇敢に登ったのだと、里の男たちが称えていましたな。いや、懐かしい」

　老人はにこやかに笑っている。真織は眉をひそめて、老人の姿を髪の先から足もとまで目で追った。白髪を束ね、顔にも腕にも皺が寄り、衣越しでもそうとわかるほど肉が削《そ》げた細い身体をして、細い膝を曲げ、千鹿斗と同じ姿勢であぐらをかいている。老人は真織と玉響を温かく見守るようで、顔つきも、やさしい雰囲気も千鹿斗と似て、同じ一族だろうと思わせる。

ただ、真織の目には、生き物だなぁと映った。千鹿斗と似た、人という名の生き物が、服を着て座っている。

「あの。あなたは、誰だっけ」

老人は目をまるくした。

千鹿斗も驚いた顔を見せ、真織の隣であぐらをかく玉響の表情もこわばった。

真織は目を伏せて、詫《わ》びた。

「ごめんなさい。あなたを知っていることは覚えているの。あなたがとてもいい人だということも。でも、忘れてしまって」

老人はにっこり笑って、頭をさげた。

「私は、千鹿斗の曽祖父《そうそふ》の爺《じい》です。真織さんには『古老』と呼ばれていましたよ」

「思いだした。古老だよ。忘れるなんて、どうかしている」

古老は千鹿斗の曽祖父で、千紗杜の郷守《さとのかみ》――現代でいうと、市長や村長にあたる一族の長老だ。千鹿斗の一族では三代ごとに同じ名を継ぐきまりがあるそうで、名前はひ孫と同じ「千鹿斗」。千鹿斗は、古老の名を継いだ一族の末裔《まつえい》だ。

古老は賢いことで有名な人で、郷の中だけでなく、遠く離れた場所からも知恵を借りにくる人が後を絶たない。穏やかな人格者で、真織と玉響も、古老からずいぶん助けられてきたのだった。

内ノ院に戻って、真織は壁にぐったりもたれた。

「わたし、おかしいね」

玉響や、緑螂《ろくろう》や弓弦刃や、毎日顔を見る人のことは覚えているので気づかなかったが、古老のことを忘れ去っていたなんて、異常過ぎる。それどころか真織は、古老のことを「人という名の生き物」として見ていた。

「ねえ玉響。千鹿斗って結婚したよね。奥様の名前はなんだっけ。思いだせないの」

真織は、千鹿斗の妻になったその子のことがとても好きだった。千鹿斗を陰からそっと支える芯《しん》の強い子で、綺麗《きれい》な娘だったはずだ。でも、名前も顔も思いだせない。

「人に興味がなくなっているっていうこと？　——そうだよ。たくさん無茶をしてきた。甘かったんだ。神様の仲間に近づいているんだ」

神王《くまみこ》は、不老不死の命をさずかった後で、神様の身体に近づいていく。

痛みや、人として当たり前にあった刺激を感じなくなり、記憶や、人だったころのことを忘れていく。身体のつぎには心が、神様に近づいていく——。

神王《くまみこ》になりたくない――と、真織は、怖さや痛み、不安や、人ならではの感覚にしがみついてきた。

でも、そういえば最近、怖い思いをしただろうか？

水ノ宮の奥での暮らしは平穏で、痛い思いもしないし、不安もなかった。

「私が、真織に書き物を頼んだからだ。真織はただ字を書くだけではなくて、私の声を流天へ残そうとしてくれただろう？」

玉響は真織の隣に腰を下ろして、息をついた。

「あの本も――。前の真織は、あんなふうに字を読まなかったよね。真織は字に残った言霊をききとっていたんだ。きこえない声をきくのは、気を研《と》ぎ澄《す》ませておこなう神官の技だよ。もしくは――」

玉響は、真織の顔を覗きこんだ。

「真織、水ノ宮を出よう」

「水ノ宮を？　でも」

玉響は笑い、首を横に振った。

「私の用は大方《おおかた》終わったよ。神宮守《じんぐうもり》が水ノ宮でどんなふうに過ごすのか知ることができたし、真織のおかげで字に託すこともできた。とにかく、真織はいますぐにでも水ノ宮を出たほうがいい」

玉響は颯爽《さつそう》と立ちあがって、内ノ院を出ていった。

「北ノ原にいこう。まだ千鹿斗は水ノ宮にいるかな。緑螂にも話をつけてくる」


本来なら、神王は水ノ宮から出ることなく過ごす。神ノ原の外へ出ることは禁じられ、移動をする際は御輿《みこし》にのり、聖域の外の土に足をつけてはいけなかった。

でも、玉響は御輿の支度を断った。

「歩いていこう。民が知る神王は少年の姿をしているだろう？　私と真織を見て、神王と疑う者はいないよ」

「しかし、外は水ノ宮ほど清められておりません。人の穢《けが》れを帯びた土を神王に踏ませるわけには――」

水ノ宮で世話をした神官たちは口を揃《そろ》えて拒んだが、玉響は押し切った。

「なら、なおさら歩いたほうがいい。それに、真織はまことの神王ではないよ。代理だ」

下級の神官に身をやつし、早々に水ノ宮から旅立つことになった。

真織は内ノ院にこもりきりだったので、長い距離を歩くのは久しぶりのことだ。

おかげで、時おりは歩き方もわからなくなった。ふらつくたびに玉響は隣で胴を支えて、手をひいた。

「自分の足で歩いたほうがいい。背負ってあげたいけれど――」

水ノ宮から続く大道《おおみち》を進むあいだ、真織はぼんやりしていた。

ぐらぐら揺れながら歩くものの、足元よりも神ノ原を囲む山々や雲を押し流す風が気になって、遠くの景色を眺めながら歩いた。

人で賑わう大通りを通り抜けるあいだも、耳に届くのは風の音や葉擦《はず》れの音ばかりで、人の声はほとんど耳に入ってこない。

「真織、きれいだね。秋の花が咲いている」

玉響は道中ずっと真織に話しかけていたが、返事をする気にもなれず、淡々と歩き続けた。

神官の邸《やしき》が並ぶエリアを抜け、耕人《たひと》の集落にさしかかったあたりで、身体の内側でかたまっていたものが、しゅうう……と抜けていった。心臓や脳や目、身体をつくりあげる細胞のひとつひとつが息を吹き返していく気分で、肉体は微細なものの集まりなんだなぁと、当然のことを思いだしていく。

すこしずつ感覚が鋭敏になって、地面を踏む振動や、隣を歩く玉響の衣が揺れているのが面白く感じて、衣擦れの音に耳を澄ましはじめた。

「真織。どうしたの？」と笑いかけてくる玉響の顔も、潤って見えてくる。

水気にみちているというか、温かそうで、見ているとほっとする。

そばで供をする神兵たちの足音も、だんだん耳に届くようになった。

水ノ宮からだいぶん遠ざかったいまになって気づいたが、真織と玉響の周りには武官の恰好をする人が六人いた。弓弦刃と万柚実《まゆみ》という神兵や、水ノ宮に入ってから世話になっている帯刀衛士《たいとうえじ》たちで、見慣れた顔ばかりだった。

女の神兵、万柚実の男装の麗人《れいじん》っぷりや、弓弦刃の巨体や、一人ひとりの顔つきの違いが、いまさら際立って目に入ってくる。

夢から醒めたつもりだったが、まだ夢の中にいて、さらに醒めていく気分だ。まだ夢の中にいるかもしれないが、たぶん、夢の外にまた一歩近づいた。

真織は、隣を歩く玉響の背中に手をのばした。

「玉響。わたし、おかしかったね」

玉響は目をみひらいて、足をとめた。

「真織から聖の気が抜けた」

玉響は肩を震わせ、真織を抱きしめた。玉響の声に涙の震えがまじっていく。

「私のせいだ。私が真織を水ノ宮に連れていってしまったから」

「泣かないで。ごめんね。心配したよね」

真織も抱き返したが、玉響は真織にしがみついて、これまで落ち着き払っていたのが嘘のように泣きじゃくった。

「私が悪いんだ。真織が神王《くまみこ》に寄っているのを知っていたのに」


玉響は、昔に戻ったように泣いた。

ひっく、うう……と、すれ違った農夫や旅人から「どうなさいました？」と覗きこまれても、おかまいなしに泣きじゃくる。

「玉響さま、よかったですね。でもほら、目立ってしまいますよ」

神兵たちからたしなめられ、どうにかこうにか歩きはじめる始末だった。

神ノ原を東西につらぬく大道沿いには、稲刈りが終わった田んぼがひろがる。

「神官さまぁ、今年は豊作でございますよ」と、手仕事をとめてにこやかな顔を見せる農民たちもいた。

神領《じんりょう》に入る手前あたりにも、人が大勢集まっている。

列になって鍬《くわ》をふるい、足元の土を掘り起こしているが、農作業ではなさそうだ。

「ああ、水路の工事ですね。山際にため池をつくって、そこから水を流すそうですが、だいぶん仕上がってきましたね」

警護をつとめる万柚実が、額のあたりに手のひらで庇《ひさし》をつくって笑った。

ともに警護の任につく帯刀衛士《たいとうえじ》もいった。

「みんな乗り気なんですよ。水路をつくれば、豊穣の風が毎年吹くのと同じ恵みを得られるようになるって。北ノ原や神領が飢渇の年の飢えをしのいだのは水路のおかげだと、噂《うわさ》になっていますからね」

警護にあたる帯刀衛士の長は、名を猪乃《いの》という。猪乃は工事を眺め、息をついた。

「卜羽巳《うらはみ》氏と神領諸氏《じんりょうしょし》はまだ仲違いをしておられますが、水ノ宮の外ではこうして、ともに手を貸しあう形で治水工事がはじまりました。この景色が、いずれ水ノ宮の仲違いも潤してくれるとよいのですが」

「黒槙さまと緑螂さまが、冬のあいだに話をまとめてくださるさ」

弓弦刃が、猪乃たち帯刀衛士と、部下の神兵の顔を見回している。

「われわれも仲良くしよう。卜羽巳氏に仕える帯刀衛士と、神領諸氏に仕える神兵がともに役目についたらなおさらうまくいったと、胸に刻めるように」

「ああ、そうだな」

弓弦刃たちは顔をほころばせたが、玉響は足をとめて工事を眺め、憂えた。

「緑螂が懸念していたことは、これか。豊穣の風にかわる豊穣を人の手で得られるようになれば、神々への祈り方は変わるだろう。流天は、そういう世の神王にならなくてはいけないのだね――」

治水の大切さにいち早く気づき、すでに恩恵を受けている北ノ原では、神に捧げる神子《みこ》を水ノ宮に渡すのを阻《はば》む直訴《じきそ》が起きている。

水《みず》ノ原《はら》でも、神子にかかわる汚職事件が起きていた。

一年の収穫を左右する治水事業が成功すれば、豊穣の風を吹かせる水ノ宮の信仰は、さらに薄れていくだろう。

(祈りは技術に淘汰《とうた》されていくよね。現代じゃ、もう――)

現代に生きていた真織は、杜ノ国のような信仰が消えゆくことを知っている。日本人は無宗教という話もすっかり定着したが、年末にはクリスマスと除夜《じょや》の鐘《かね》と初詣《はつもうで》が風物詩になり、ハロウィンの大騒ぎにも慣れ、祭祀はイベントになった。

(流天は、激動の時代を生きる神王《くまみこ》になるんだなぁ)

その晩は、千紗杜の古老の家で宿をかりることになった。

「この前はすみませんでした!」

真織はひたすら頭をさげたが、古老は囲炉裏《いろり》に薪《まき》をくべる手をとめることなく笑っている。

「いいのですよ。神の宮にはいろいろ不思議がありましょう」

ちらちら揺れる火の上には大きな鍋《なべ》が置かれて、猪肉《ししにく》や野菜がたっぷり入った汁料理がぐらぐら煮えていた。味噌《みそ》の香りのする湯気がみちて、家中が温まっている。

「真織さんたちがくるというと、里の者らが一番いい食べ物を持って集まったのです。水ノ宮の食事とは違いましょうが、千紗杜の味を楽しんでいってください」

器《うつわ》を受け取って、真織は笑みを浮かべた。

「わたしは千紗杜のごはんのほうが好きですよ」

器越しに手のひらにじんわり伝わるぬくもりも、水ノ宮の食事にはないものだった。台所が内ノ院から離れた場所にあったので、水ノ宮ではつくりたての料理をいただくことがまずなかった。

「私も、千紗杜の食事が好きです」

玉響もお椀《わん》を手にとって、縁《ふち》に鼻を近づけた。

「いまはよくわかるのですが――神王のための食事は聖なる忌火《いみび》でつくられますが、普通の火でつくる料理には、忌火でつくられた料理にはない雑味があるのです」

「ほう、雑味。火が味を変えるのですか。それは興味深い」

「はい。私はそう思います」

玉響は一口汁をすすって、「おいしい」と微笑んだ。

「水ノ宮の外は賑やかです。火もそうですが、人も風も、清められた水ノ宮にはない複雑さがあって、それが賑わいをつくるのだと思います。水ノ宮の奥では穢れと呼ばれるものですが、私は、人がもつ複雑さがとても好きです」

翌朝、千鹿斗を案内役に、国見の社への道をたどることになる。

国見の社は千紗杜の山中にあり、道は細く、倒木や大きく伸びた枝に時たまふさがれた。

倒木が行く手に現れるたびに真織も跨《また》ごうとするが、思ったよりも足があがってくれず苦労をする羽目になる。

ふらつくたびに、「気をつけて」と玉響が真織の胴を支えた。

「真織は歩くのがへたになってる。内ノ院にこもりっぱなしで、ほとんど歩かなかっただろう？」

先頭をいく千鹿斗が、振り返って苦笑した。

「いつのまにか前と逆になったな。前は真織が、玉響の世話を焼いていたのに」

「そうなんですよね――男の子の成長って早いですよね」

真織にとって玉響は弟のような存在で、服の着方を教えたり食事を用意したり、姉ぶって世話をしてきた相手だった。

玉響はどんどん大人びていき、子犬を撫でていたつもりが、いつのまにか自分よりも身体が大きな馬を撫でている気分になった――と思っていたら、さらに成長を続ける玉響は、もはや未知の存在へと予測不能な成長を遂げていく。

ふと、人肌にぬるまったまろやかな匂いが鼻先に漂った。

若草に似た爽《さわ》やかな香りで、出所を追って鼻先を動かしていると、玉響が気づいて、くすぐったそうに笑った。

「真織は、私の匂いが好きなんだよね？」

「――忘れて」

もとの世話係どころか、弱味まで握られた気分である。

森の木々の向こうにごつごつとした岩肌が見え隠れしはじめたのは、もうしばらく山の奥に入った後だった。
五、六メートルはありそうな岩の崖で、頂上に、木製の小さな屋根が覗いている。
「着いたよ」

万柚実や弓弦刃、帯刀衛士《たいとうえじ》たちが、頭上を仰《あお》いで息をのんだ。

「千鹿斗、国見の社というのは、まさか――」

「ああ、この上だ。下からも社の屋根がすこし見えるだろう？」

千鹿斗は崖の上を指して、説明をくわえた。

「見てのとおり、参拝するのが難しいところにあって、けがをする奴が後を絶たないもので、一之宮ほど賑わってはいないが、昔から千紗杜を守る大切な社だよ」

「けがだと？　こんなところを玉響さまに登らせるわけにはまいりません。玉響さま、ここは私が――」

万柚実が一歩前に出て胸を張るが、千鹿斗は首を横に振った。

「万柚実が登って何ができるんだよ。玉響たちは社に石を戻しにきたんだろう？」

真織もいった。

「崖の上はとても狭《せま》いんです。わたしと玉響が立つくらいの広さしかないから、万柚実たちはここで待っていて」

万柚実が目をまるくする。

「真織は上の様子を知っているのか？」

「ずっと前だけど、登ったことがあって」

「だが――」

万柚実は抗《あらが》うが、猪乃からも宥《なだ》められる。

「この上でおふたりを襲う者はおらんよ。天から攫《さら》おうとする大鳥《おおとり》でもなければ」

「なら、その大鳥に攫われたらどう責を負うつもりだ？」

へそを曲げる万柚実に、真織は笑った。

「いってきます。〈祈り石〉が帰りたそうにしているし」

〈祈り石〉は、玉響が携えた白木の櫃《ひつ》の中にあった。

清らかな木目《もくめ》の内側から、そわそわと外を覗く気配がある。

人だったら、目をしばたたかせているだろう。

──ここは、どこだ。

──帰ってきた……？

「玉響、〈祈り石〉を預かるよ」

「どうして？」

「どうしてって──櫃を持ったまま、この崖を登るつもり？」

〈祈り石〉は、白木の櫃から真織のショルダーバッグの中に移すことにした。

「でも、どうして、こんなものを持ってきたんだろう」

現代から持ってきていた革製のバッグで、中に入っているのも、財布と家の鍵、スマートフォンくらいで、杜ノ国ではどれもこれも役立たずの代物だった。

水ノ宮で暮らしはじめる時に千紗杜の家から運んだ覚えはあるが、それっきりで、水ノ宮を出た時の記憶がないので、どうしてこのバッグを持って出てきたのか、自分でも意図がわからない。

ただ、バッグそのものは頑丈で、いまも〈祈り石〉のちょうどよい入れものになってくれた。

「真織。むりをしてはだめだよ。人離れした力を使ったら、また──」

「気をつけるよ。でも、むりをしないと、ここは、ねえ」

国見の社は千紗杜の人も時おりは登ってお参りをするそうで、足をかけられそうな出っ張りなど、参拝者のためのルートはあった。

ただ、ロッククライミングのコースだったら間違いなく上級コースで、危険なルートであることは変わりがないし、当然ながら命綱《いのちづな》はない。

「玉響のほうが心配だよ。自慢じゃないけど、わたしは崖にわりと縁があるんだよ」

「私は平気だ。稽古《けいこ》をしているから」

玉響は両手の指先を合わせて、親指で山形の印をつくってみせる。

精神を研ぎ澄ませるという神官の稽古を、玉響は水ノ宮に入っても続けていた。

昼間は緑螂のもとへ出かけて話をして、内ノ院に戻ってくれば字を書く稽古をして、最近は夜に出歩いてしまう真織の世話もして、水ノ宮に入ってからの玉響は働きづめだった。いつ寝ていたんだろう。

どうにか崖を登りきると、崖の上には、背の低い社がぽつんと建っている。

お地蔵さんのお堂くらいの木造りの社で、内側には石の祠《ほこら》が重し代わりに置かれ、古い鏡が据えられている。

「玉響、これだね」

「うん。支度をしようか」

社の前には畳《たたみ》一畳《じょう》分くらいの小さな岩場があった。

眼下に、見事な眺望がひろがっている。

白い雲を抱いて果てしなく澄む青空と、その下で深い緑色を帯びる山々。なだらかな起伏を描いてつらなる山々が、何匹もの大蛇《だいじゃ》が大地という雲間を泳ぐ姿に見えるので、杜ノ国には異名があるのだとか。「山蛇《やまへび》ノ国《くに》」という。

(やっぱりここ、きたことがある——)

真織がはじめてこの崖を登ったのは、見張り役を引き受けた時だった。国見の社が立つこの崖の上からは、千紗杜の郷を端から端まで見渡せるので、見張り役の待機ポジションに使われていたのだ。

はじめて登ったはずのその時にも、真織は「ここに立ったことがある」と景色を眺めたのだった。

その時に蘇ったのは、子どものころに遭難《そうなん》して「神隠し」にあった時の記憶だ。

『お母さん、お父さん……どこにいるの？　お母さん……』

両親と離れ離れになって無人の山をさ迷い、疲れ果てて、空腹で、不安で、泣きじゃくりながら、真織はここに辿り着いたはずだった。

ここに立って、呆然《ぼうぜん》と眺めた暮れゆく空の赤色を、強烈に覚えていた。

(いまは朝。見張りをした時も、登ったのは朝だったのに——)

夕暮れ時の景色は、子どものころに目の奥に刻んだ光景なのだろうか。

迫りくる夜に脅えて、その後どうしたんだろう？

どうやって登って、降りたんだっけ――。記憶はなかった。

やがて、神事がはじまった。

玉響が〈祈り石〉を両手でうやうやしく目の高さに掲げ、祝詞《のりと》を捧げた。

「掛けまくもかしこき、荒金《あらかね》の土の神の御前《みまえ》にかしこみかしこみ白《もう》さく、水ノ宮より杜ノ国をしらしめす母なる女神《めがみ》の祝《はふ》りをもちて、この地にとこしえに鎮まりますよう」

（きれいな声）

神事の祭主をつとめる時の玉響が、真織は好きだった。

男にも女にも見えず、人なのか神なのか精霊なのか、それ以外か。人外《じんがい》の生き物じみた妖艶《ようえん》な気配をまとって、玉響がもつ澄んだ気配で、濁《にご》ったものや淀《よど》んだものを清めていく。現実の世界を聖なる世界に変えるふしぎな酒のようで、その場に居合わせた人を酔わせてしまう。

でもいま、玉響の声がぴたりと止まった。

玉響は社の前であぐらをかいたまま動かなくなったが、〈祈り石〉はまだ彼の手の中にあった。祠の中では、留守居《るすい》役の御神体の鏡が隅に寄せられ、〈祈り石〉のためのスペースが空いたままだ。

玉響がこんなふうに神事を中断したのは、はじめてだ。

「どうしたの？」

「——置いてはいけない。そんな気がするのだ」

「でも、石が」

玉響の手の中の〈祈り石〉は、祠の中央を見つめてふしぎそうにしている。

——帰して。もうすこし……。

——帰りたい。早く。

——石を置かなければいけない。おいで。

「わたしが置くよ」

「でも——」

「石は帰りたそうにしているよ。石を置いてっていう声があちこちからきこえてくるの。万柚実たちも待っているし」

岩場の下では、万柚実たちが今か今かと、ふたりが降りてくる瞬間を待って頭上を仰いでいる。

真織が〈祈り石〉を受け取ると、大合唱をするように石は喜んだ。

——帰りたい。帰ってきた。

——約束だよ。ありがとう。

（声の聞こえ方が、いつもと違う？　気のせいか——）

手の中におさまる小さな石だが、ふしぎなことに、声は岩場の四方からきこえた。周囲を見渡してみても、人はおろか、精霊の気配もなかったが。

「帰すね。お鎮まりください」

〈祈り石〉は、翡翠《ひすい》や水晶《すいしょう》のような宝石ではないが、見事なまでに滑らかな球形をしていた。

玉響の隣にしゃがみこみ、手にしたその石を、古い鏡の隣に並べた時だ。目の前で白い光がはじけた。ぐにゃっと身体がねじれて、崖の上の狭い岩場が虚空《こくう》に変わる。岩の上にいたはずなのに、あたり一面が真っ白になり、足が霞《かすみ》を掻《か》く。突然風の中に放りだされたようで、白い光のほかは何も見えなくなった。

身体が風の上に浮いていて、はるか底に落ちていくような、もしくは、地の底から吹きあがる噴煙《ふんえん》に攫われるような、遊園地の絶叫《ぜっきょう》マシンで味わう無重量状態に似た、気味の悪い浮遊感。

——ありがとう。

——ありがとう。

ありがとう。

〈祈り石〉の声が多重にきこえる。四方から、もしかしたら、存在を知らなかった方向からも。

「真織、何が起きた？」

玉響の手が、真織の胴を狩衣の布ごとぐしゃりと摑《つか》んでいる。しがみついてくる玉響に、真織もしがみついた。

「わからない」

答えようがない。知るわけのない状況にいて、見たことのない景色を見ている。

ただ、光の白さには見覚えがあった。ふたりを包む光は真っ白に澄みきり、陰ひとつなく、満月の光だけを集めたスポットライトのようだ。

光は奥行きが深く、果てが見えないが、うっすら細く伸びる輪郭《りんかく》がある。

（道だ――）

純白の光の中に、彼方まで伸びる筋が浮きあがっていた。

光の左右に、赤や黄色の点が浮かびはじめる。ひとつ、またひとつと現れた華やかな色の点は、蠢《うごめ》きながらふくらみ、蕾《つぼみ》の形へ。赤い点は椿《つばき》の花に、ピンク色の点は桃《もも》の花に、黄色の点は山吹《やまぶき》の花に、緑色の点は蔦《つた》の葉に――。

ほうぼうで多種多様な花が咲き、葉が芽吹いてひろがり、ついには、楓《かえで》に、柊《ひいらぎ》、欅《けやき》、桜《さくら》と、春夏秋冬の趣《おもむき》をたずさえた豊かな森に囲まれた真っ白な道がはっきり浮きあがった。まるで、絵本の中のような。

「神々の路《みち》だ……」

玉響の身体の重みが移ってくる。支えようとしたが、真織の手のひらが、玉響の胴に埋もれていく。襟《えり》から覗く玉響の首や顎に、鱗粉《りんぷん》めいた光がきらめいていた。

(まずい)

水ノ宮の奥にある神域に足を踏み入れた時と同じことが起きていた。神域と呼ばれるところには、人の身体には強すぎる場所があって、そこへ入ると、肌や髪が砂人形にかわったように崩れていってしまうのだ。

(神々の路に入りこんでしまった？　どうして)

玉響にしがみつく真織の手の甲も、光を帯びた欠片《かけら》になってぽろぽろ崩れていく。身体が崩れるたびに治癒《ちゆ》の力がはたらくので、もとどおりになってくれるのだが、人の側に寄っている玉響は、治癒の力が弱まっていた。

一回り、また一回りと、玉響の身体が薄くなり、玉響の胴を掴む真織の手が、どんどん奥へと埋もれていく。

「玉響！　出なきゃ。出口は？」

いつのまにこんなところへきてしまったのか。

崖の上にいたはずで、奇妙な御洞《みほら》に足を踏み入れた覚えもなかった。

「せめて、もとの場所へ――」

振り返ると、きた道がぐんぐん遠ざかっていく。道の左右に広がる森も、勢いよくうしろへ過ぎていく。足元に川の流れに似た道があって、ふたりはしがみつき合ったまま流されていた。

「戻らなくちゃ」

「だめだ、真織。人から離れないで」

玉響の声は、尋常ではなくかすれていた。

真織が抱きしめる玉響の胴も、恐ろしいほど柔らかくなった。

筋肉も骨も消えたぬいぐるみを押さえつけているようで、手ごたえがない。

「むりしないでどうするのよ！　出口はどこ？」

取り乱して喚《わめ》く真織を、玉響はふにゃりとやわらかい腕で抱きしめた。

「治癒が遅いだけだから、私のことは心配しないで」

「心配しないで？　そんなの、できるわけがない――」

「大丈夫だよ。私は欲を覚えた。人の欲はとても強いから、魂がばらばらにならなければ身体はいずれ戻るから」

身体が光の欠片になってボロボロ崩れていく人の言葉を、どう信じればいいのか。

真織は玉響を抱きかかえて、ふたりを連れていこうとする風の道から足を引っこ抜こうとした。

「入った場所へ戻ろう。玉響が消えてしまう」

「だめだ真織。耐えて。真織のほうがあぶない」

「わたしのことより、自分のことを……」

「真織が思うよりも私は丈夫だ。崩れているのは身体だけだし、魂を身体の外側にすこし出して、守っているから。自分に集中して。魂が無事なら、崩れても身体はいまに戻ってくるよ」

いまや玉響は、狩衣をひっかけた光の幽霊《ゆうれい》のような姿になっている。

そのくせ、光の顔を冷静に行く手へ向けた。

「どこへいくんだろう。この道は私たちをどこかへ連れていきたいみたいだ」

「連れていく？」

「旅人も多い」

玉響につられて左右に目を向け、真織も気づいた。純白の道には精霊らしい光がぽつぽつ灯っていた。道を斜《なな》めに横切ったり、交差する路をいったり、道に流されゆく真織と玉響とは違って、自由に行きかっているように見える。

「ね？　落ちついて。騒いでいるのは私たちだけだ」

「でも！」

旅を楽しんでいるのは精霊たち、つまり、神々だ。ここが神様の交通路で、恐ろしい場所ではなかったとしても、真織たち人間が入ってよい場所のはずがない。

純白の光の奥から、すうっと寄ってくる青白い光があった。

テニスボールくらいの大きさで、彼岸花《ひがんばな》の形の火花を散らして浮いている。

『よう、神王《くまみこ》じゃないか』

光は真織めがけて飛んできて、光の奥にあるビーズ玉くらいの小さな目をきょろっとまるくした。玉響を向き、光は目を細めて、ははは と笑う。

『出来損《できそこ》ないだった神王までいるのか。よく居られるな。人のくせに』

知り合いの星の精だった。六連星《むつらぼし》の精の末っ子で、トオチカという。

「トオチカ、いいところで会った。ここは神々の路なの？　お願い、出口を教えて。迷いこんでしまったみたいなの」

トオチカは青白い光の尾の残像を引きながら、真織と玉響にまとわりついてにやにや笑っている。

『迷いこんではいないよ。時がきたから戻ってるだけだろ？　女神があっちで待ってたぜ。なぁんだ。出来損ないのほうは、帰っていく奴に引きずられてるのか？　そんなに薄っぺらくなって、死ぬぞ、おまえ』

トオチカは玉響をあざ笑い、『薄っぺらい、薄っぺらい』と、ふははと笑った。

以前から、トオチカは玉響を目の敵にしていた。役立たずだの能無しだの恩知らずだのと玉響に会うたびにケチをつけたが、いまはさらに酷《ひど》い。

『もう死んだも同然か。ここで倒れても土には埋めてもらえねえぞ？　おまえが砂になっちまうからな』

トオチカが玉響を見る目が死骸を見るようで、真織はかっとなった。

「トオチカ、あのね」

トオチカは精霊の中でもいたずらっ子の性格が強かったが、いまのトオチカは酷すぎる。相手への配慮がゼロで、デリカシーもなくて、言葉遣《づか》いも野蛮《やばん》だ。

声をかけて満足したようで、トオチカは『じゃあな』と飛ぶ方向を変えた。

ちょうど手前に純白の道が交差する辻《つじ》が迫っていて、青白い光の尾を引いて、本流とは別の方角へと遠ざかっていった。

「あの子、あんなだったっけ？　もうすこしかわいげがあったはずだけど——なんでもない」

玉響は、精霊の声をきく力を失っているのだった。酷い文句をわざわざ教える必要はないと、真織は話を終わらせたが、玉響はこたえた。

「いまは私もきこ……た。私が知っ……トオチカではな……た」

玉響の声は、途切れ途切れの音声データのように、時々消え入った。

互いにしがみつき合っていて、玉響のくちびるは真織の耳もとにあるのに。

「玉響？」

様子をたしかめて、真織は愕然とした。玉響の顔から、口が消えていた。鼻も、目もない。顔がごっそり削《そ》ぎ落ちて、光り輝くのっぺらぼうになっていた。

神々の路に満ちる強烈な風に、削られていた。

治癒がはたらく気配もない。真織は青ざめ、自分の身体を壁にした。

「守る」

真織の肩や肘《ひじ》のあたりから、光の靄がうっすらせりあがる。うなじに亀裂ができて、隙間から蠢いて出てくる白い塊《かたまり》がある。羽だった。羽化がはじまった生き物のように真織の背中に羽の先端が生まれると、玉響はびくりと揺れて、悲しんだ。

「真織、だめだ。私は困っていない」

「でも――」

「平気なんだ。真織が神々に寄ってしまうほうが、私は怖い」

「でも、玉響が崩れていく！　どうしよう……！」

人ならざるものの世界で、純白の川に流され、漂流しているようなものだ。

いまどこにいるかも、いつまで耐えれば外に出られるかもわからない。

消えないで――消さない。守る――。

真織の背中から生まれた翼は筒《つつ》のようにまるまって玉響を包む膜になろうとしたが、玉響はそっと払いのけた。

「だめだよ、真織。人から離れないで。真織の心を凪《なぎ》にするには、どうすればいいんだろう？」

玉響はすこし黙ってから、真織の背中をふわりと撫でた。

「話でもしようか。私たちは、どこかへ向かっているみたいだね。神々の路なら、宮から宮へと旅をする途中なのかな。どこかの社にたどりつくのかな？」

「のんびりしている場合じゃ――」

早口になる真織につられることなく、玉響は長い間をとって、ゆったり話した。

「逆らおうとすればよけいに苦しいだけだ。削りたいならどうぞって差しだしたほうが楽になる。私はそう思うよ。もっと大切なものを守れるからね。私は平気だから、羽をしまって。魂を飛ばさないで。人に戻って、真織」

不死身で、身体が崩れるたびにもとに戻っていく真織とは裏腹に、玉響の姿は、いまや光の粒の集まりになり果てた。形がおぼろげになった肉体の代わりに、身にまとっている白の狩衣がひらひら揺らぎ、彼の身体の在《あ》り処《か》を教えていた。

肉声は、いつかきこえなくなった。

――平気だから。

玉響の声は、耳を通さずに真織の胸に直接響いた。

真織は、玉響のはずの光の塊を抱きしめ続けた。

(これで、どうやったら平気でいられるっていうの)

魂を飛ばさないでと玉響は懇願したが、余計なお世話だ。

玉響がこんな状態なのに、どこへ飛べるというのだ？

(この子を守る――。どこまでいくの。迷いこんではいない？　女神があっちで待ってた？　宮と宮ってこんなに遠いの？　出口はどこ？)

永遠に耐えるように、せめて自分の身体を玉響の盾《たて》にして、行く手を見つめ続けた末に、純白の世界の果てに黒い翳《かげ》が浮かんだ。

淀みのない純白の世界にはそぐわない陰影で、真織たちの足を攫って流れゆく純白の道は、その翳に吸いこまれていく。翳は、輪っかの形をしていた。

「玉響、出口だ！　玉響、きこえる？」

もはや、真織が抱きしめているものは光をまとった狩衣だった。

――平気。

玉響の返事が耳の内側に届くが、腹が立った。

「平気なわけがないじゃない！」

(いこう。どこでもいいから、ここから出よう)

黒い輪っかは人がすっぽり入る大きさで、棺《ひつぎ》のような形をしていた。

輪っかの向こう側に、複雑にまざった色が見える。目が眩《くら》むような純白の世界とは明らかに毛色が違った。

（人の世界だ。急げ）

玉響の欠片をひとつたりとも落としてなるかと丁寧《ていねい》にかかえて、一歩でも早くと、黒い輪っかをくぐる。重い風がやみ、ふたりを押し流した流れもぴたりと消えて、風船を抱くように手ごたえのなかった玉響の身体がわずかに重くなる。

玉響はその場に崩れ落ち、真織も引っ張られてくずおれた。

「玉響！」

玉響はまだ光の塊のままだった。光の塊は狩衣をまとっていたので、かろうじてどこが肩でどこが腰だったかがわかるが、顔は目も鼻も口もないのっぺらぼうのままで、白く輝くデスマスクに見える始末である。

ただ、神々の路から出られて、肉体の崩壊がとまった。光の表面に渦が現れ、目の窪《くぼ》みや鼻の凹凸がじわじわ深くなり、治癒が追いつきはじめたが、気が遠くなる遅さだ。

白いデスマスクのような顔で、玉響は真織の無事を喜んだ。

――よかった。真織が真織だ。

「こっちだって。玉響が玉響だ」

涙がぼろぼろ頬を落ちて、真織は一度しゃくりあげた。

いらいらするほどゆっくりだが、玉響の塊の表面で身体の再生がはじまった。

白一色だったところに血の気を帯びた肌の色が戻りはじめ、くちびるの赤みがほんのりにじみゆき、顔と首の凹凸が際立っていき、狩衣の袖から覗く手のひらのあたりに、指の輪郭が現れていく。

光の塊だった玉響の身体は、すこしずつ人っぽさを取り戻していった。

(大丈夫、治癒してる……)

うっと嗚咽《おえつ》が込みあげるが、息を吐いて落ちつかせた。

(ここは?)

真織たちが辿り着いたのは薄暗い場所だった。

昼間の日差しが入りこんでいるが、それを遮《さえぎ》る壁に囲まれている。

(建物の中だ。どこかの宮だろうか)

神々の路が、宮から宮へと繋《つな》がる、人ならざるもののための通路なら、杜ノ国のどこかの社へ呼ばれたのだろうか——。

泣いている場合じゃない。玉響はいま動けない。万柚実たちともはぐれた。

いま彼を守れるのは、自分だけだ。

玉響の身体を庇《かば》いつつ周囲に目をやるものの、真織は息を忘れた。

目の前には、祭壇があった。でも、杜ノ国で見慣れた祭壇とは違うものだった。

真織は、畳敷きの和室にいた。久しぶりに嗅《か》いだい草の香りに、鼻が驚いている。目の前にある祭壇には白い布がかかっていて、骨壺が置かれ、真新しい遺影が飾られていた。黒い額縁の内側で笑う女性にも、見覚えがある。真織の母親だった。

（家だ——）

―街《まち》―

エスカレーターの乗り方を忘れていた。

恐れをなして足をとめた真織《まおり》のうしろで、玉響《たまゆら》が鼻をおさえている。

「これはなに、滝？　匂う」

「玉響には滝に見える？」

ゴトゴトゴトゴトと鈍い機械音をともなって動き続けるメタルの階段と、自動音声で繰り返される「あぶないですから、ベビーカーのお客様はご利用にならないでください」というアナウンス。ひとりでもころびそうなのに、玉響をつれてエスカレーターを利用できるところが想像つかなくて、敵前逃亡をする。

「階段でいこうか」

フロアの端まで遠回りをして、上の階へ移動することにした。

階段を登りはじめると、玉響は手すりにしがみつき、膝を不器用に持ちあげる。まるで、生まれたての子鹿《こじか》だった。

杜《も》ノ国《くに》に、段数の多い階段は存在しなかったのだ。そもそも杜ノ国にあった二階建て以上の建物は見張り台くらいで、登るために使われるのも梯子《はしご》だった。

「大丈夫？　――あっ。エレベーターにすればよかった……」

エレベーターの存在を思いだしたのは、階段を登りきった後だった。

真織は玉響をつれて、最寄りのショッピングモールへ向かったのだった。

真織と母親のふたり暮らしだった家には男性用の衣料がなくて、玉響のための服を揃えるためだ。

狩衣姿では目立ってしまうので、玉響にも着られそうな大きなサイズの服を貸したけれど、女物の服を着せられ、不格好に歩く玉響は目立って、すれ違う人たちの目が彼を追った。

ボックス型の更衣室が並んだフィッティングスペースにふたりで入って、着方を説明しては外に出て、脱いでもらうのにまた外に出て、服のサイズを確認して、服も靴《くつ》もぜんぶ買った。店を出る時の玉響は、頭の先から足先までフルコーディネイトの新作を身に着け、現代人への「擬態《ぎたい》」が完了した。

玉響はしきりに肩を鼻に近づけ、くしゃみをした。

「匂う……」

新品の服の匂いだけでなく、石鹸《せっけん》ショップの甘い香り、エスカレーターの油の匂い、道路のアスファルト、排気ガス。

　街には、玉響にとってはじめての刺激ばかりだ。

「——帰ろう」

　大きな紙袋ふたつ分の買い物と、家までのタクシー代で、財布の中に残っていた現金はあっというまになくなった。買い物をしたのが久しぶりすぎて、お金の価値も忘れていたけれど。

　タクシーの車窓から外を覗いて、玉響は目を細めた。

「ふしぎなところだね。人はたくさんいるのに、誰もいないみたい」

　タクシーが通ったのは、狭い裏通りだった。

　スーツを着たビジネスマンや、子どもを乗せて走っていく電動自転車に、リュックを背負って歩く学生風の女の子。人通りはあるものの、みんな目を合わせようとせず、自分の進行方向だけを向いている。

　信号機の制御器のボックスに無造作に貼《は》られたステッカーや、自動販売機の横で満杯になったゴミ箱。

　街は人で混みあい、人がいる気配もそこら中にあるのに、人々の真横を素通りするタクシーの中は、隔絶された世界だった。

家の電気はついた。水も出た。

テレビとパソコンをつけて何度も確認したが、日付は十一月二十二日。

母の葬儀の日から八日が過ぎただけだった。

杜ノ国で一年を過ごしたはずなのに、現代の東京では数日経っただけ。

座敷の様子も、母の告別式から帰宅した時のままだ。祭壇では、四年前に他界した父と、亡くなったばかりの母が、幸せそうに微笑んでいた。

「真織の母だね」

遺影に見入る真織のうしろから、玉響が覗きこんだ。

「これは絵？　生者の気配がないね。死の気配があるけれど、清められている。やさしい死だね」

玉響はいま、買ったばかりのグレーのスウェットと紺《こん》のワイドパンツをあわせている。でも、髪は杜ノ国にいた時のままだった。首のうしろで結わえているが、胸まである黒髪をくくる髪留めは、水ノ宮《みずのみや》特有の組紐《くみひも》で、祝儀袋《しゅうぎ》の水引《みずひき》を思わせる純和風。

現代のファストファッションとは合わなかった。

（ヘアゴムを買うのを忘れた。――どうして、こうなったんだろう）

気づいたら、玉響とふたりで現代に辿り着いていた。

玉響にとっては、突然奇怪な世界に飛んでしまったことになる。

その奇怪な世界を連れ回され、奇妙な恰好をさせられている。

そのわりに玉響は冷静で、いつも通りの穏やかな微笑みを浮かべていた。

「ここは、真織の家？　真織はここで暮らしていたの？」

取り乱すどころか、座敷の柱や畳、襖《ふすま》や、祭壇に飾られた遺影をひとつひとつ興味津々《しんしん》に見やって、嬉《うれ》しそうに笑う。

「真織はここで大きくなったの？　小さい時から？」

「——うん、わたしの世界に帰ったみたい。その、怖くない？」

「怖い？」

玉響はまばたきをして、周囲を警戒する表情を見せた。

「ここには真織を捕まえようとする人がいる？」

「ううん」

そんな質問がくるとは思わなくて、真織は面食らった。

「わたしのことなんか誰も気にしないよ。杜ノ国じゃ、わたしは珍しかったかもしれないけれど、ここじゃ普通の人で——」

玉響は「ふうん？」といった。

ごはんを食べよう、とコンビニへ出かけることにした。

「ごめんね、疲れているだろうけれど、一緒にきて」

家の中とはいえ、玉響をひとりで置いていきたくなくて、買ったばかりの靴をもう一度履《は》いてもらった。

(留守番をしてもらっているあいだに、またあの路《みち》が現れたら――)

真織が杜ノ国に迷いこんだ時も、出入り口が現れたのは、母の祭壇が設けられた座敷だった。コンビニから戻ったら玉響がいない――という未来が怖かった。

(でも。これからどうすればいいんだろう)

なぜ現代に戻った？　しかも、玉響と一緒に。

玉響はどうなる？　杜ノ国へ、どうやって帰ればいい――？

真織はため息をついて、踏ん切りをつけた。

(やめよう。いま考えても正解は出ないよ)

焦《あせ》ると一番うまくいかない。困った時ほどリラックス。これは、千鹿斗《ちかと》の教えだ。

「いこうか。ごはんを食べて、一度休もう」

真織の家がある住宅街からコンビニまでは、すこし歩く。

ベッドタウンで、郊外とはいえ交通量は多く、細い道を通り抜ける自動車やバスも多かった。

車が通るたびに玉響は口をぽかんとあけて、鼻を押さえてくしゃみをした。

真織にとっても、外国の街を歩く気分になった。生まれ育った街なのに。

(なになら食べられるだろう。お米はあったはず。味噌《みそ》もあったし)

コンビニに着いて、真織が商品を選んでいるあいだ、玉響は蛍光灯《けいこうとう》を珍しそうに見あげていた。「ありがとうございましたぁ」と若い店員の声が響き、玉響が着せられたのと似たスウェットを着た男性客が何組か入店した。

何度も買い出しに出たくないし――と、おにぎりやレトルトのおかゆ、豆腐《とうふ》や漬物、カットフルーツに、非常食までたっぷり買いこみ、来た道を戻る。

バイクや自転車が通ると、玉響は目をまるくして足をとめた。

歩道の縁石《えんせき》につま先をひっかけてよろけたり、電信柱に肩をぶつけたりすることもしばしばで、彼にとっては、コンビニに行くだけで大冒険だ。

「玉響、離れないでね。あぶないから」

真織ははらはらと玉響から目を離せないでいたが、心配すると、玉響は真織を守ろうと警戒する。

「あぶない？」

また玉響の目が険《けわ》しくなるので、真織は先手を打った。

「あぶないのは、わたしじゃなくて玉響。むりをさせてるのはわたしなんだけど――無事に家まで辿り着こうね」

服も食べ物も揃ったから、今度こそゆっくり休める。ごはんを食べて、布団を用意して、玉響がくつろげる場所をつくって、休んでもらおう。

家に帰ってからすることをあれこれ思い描きつつ帰途をいくが、家の前まで戻ってくると、女性が立っていて、真織の家のポストを覗きこんでいる。

女性は顔をあげてこちらを向き、大声を出した。

「真織ちゃん？」

（誰だっけ）

コンビニのビニール袋を両手にさげてぼんやりしていると、女性が肩をいからせて近づいてくる。四十代くらいのふっくらした女性で、縁《ふち》なしのメガネをかけていた。

「郵便物がなくなっていたから、もしかしてと思ってベルを押したのよ。でも、反応がないし。どこにいたの？　何度も電話をかけたのよ？　さっきも」

（あ――）

「絵美《えみ》おばさん」だった。母の遠い親戚だそうだが、詳しくは知らない。

実家と疎遠な母が唯一連絡をとっていた相手で、実家と繋《つな》がりのある人だそうだが、真織が会ったのは、母の病気が悪化してからだった。話題も母の病気のことだけで、「絵美おばさん」という名前のほかはろくに知らなかった。

「葬儀会社から連絡があったの。何度電話をしても、真織ちゃんに繋がらないって」

「電話を持ち歩いていなくて。ごめんなさい」

電池切れのスマートフォンは、ケーブルにつながれて、家の座敷で留守番をしている。いまごろ40％くらいまでバッテリーが回復しただろうか。

「絵美おばさん」は、玉響をじろじろ見た。

「その子はお友達？　告別式にはいなかったわよね？」

「あ、はい。友人です。とてもお世話になっている子で」

「お世話ね。ふうん」

「絵美おばさん」の目が険しくなる。

「真織ちゃん。私ね、真織ちゃんにもしものことがあったらって、おとといの夜にもここにきたのよ。電気はついていなかったわ」

「おとといは、その、ここにいなくて――」

「真織ちゃんって、そういう子だったのね。それはそうか。あなたのお母さんもそうだったものね」

「だから、葬式にすら親を呼べないのよ」と、「絵美おばさん」は目を逸《そ》らした。

返事をしなくなった真織に「絵美おばさん」は肩を落として、帰る素振りをみせた。

「私はじゃまね。まあ、会えてよかったわよ。もうすこしで警察に相談にいくところだった。葬儀会社からの電話には出てね。なにかあったら、いつでも頼って」

「ご心配をおかけしました。わざわざ訪ねてくださってありがとうございました」

真織はお辞儀《じぎ》をした。

胸の中は悶々《もんもん》としていた。

(さっきのは、どういう意味だろう。意味があったとして、この人はどうしてお母さんを貶《おとし》めるような言い方をするんだろう？　わたしの前で)

これが、現代か――。

そうそう、ここは、こういう世界だった。時には相手の顔色をうかがったり、心にもない返事をしなくてはいけなかったりして――。

家の中に戻って、スマホの電源を入れるなり、通知音がけたたましく鳴る。

不在着信のマークが表示され、ＳＮＳのアイコンに「未読メッセージあり」のマークがつぎつぎ並んだ。

母の容態が悪くなった後で、バイト先に連絡をしたのだが、友人から十件くらい連絡が届いていた。店長からもメッセージが入っている。

『忙しい時に連絡ありがとう。お母さんのそばにいてあげてください。店のことは気にしないで、余裕が出た後でいいから、いつでも連絡をください』

届いていたのは、真織からの長期欠勤のお願いに店長が返してくれたメッセージ。

杜ノ国で一年を過ごした真織にとっては、一年前に送ったメッセージへの返事だ。

記憶をつなぎあわせているうちに「既読」と表示がつくので、お礼と、もうすこし休ませてほしいと返信をした。

送信したメッセージはすぐに「既読」になり、新着メッセージの通知音が鳴る。

『元気そうでほっとしました。大変でしょう。落ちつくことを優先してください。いつでも賄《まかな》いを食べに寄ってください。みんなで待っています』

(ありがとうございます)

スマホを握りしめて、記憶の靄の奥に店長の姿を捜した。

はじめは顔が思い浮かばなかったけれど、笑った目元がじわじわ蘇ってくる。

白のコックコートに、黒のエプロン。琥珀《こはく》色のライトに浮かびあがるテーブル。ワイングラス。赤茶色のカスエラ。ニンニクとオリーブオイルの香り。駅前のロータリーから一本裏に入った路地の二階。お店へと続く異国調の階段が、開店前にはとても暗かったこと。

(思いだしてきた)

「AGUA」というスペイン料理のお店で、シフトは週三回。母と一緒に夕ごはんを食べたくて、金曜の夜に働く約束で、繁忙日の土曜は勤務を外してもらっていた。

母の病気が進んでからは快く休ませてもらい、「賄いだけ食べにきたら? 家でひとり飯は寂《さび》しいだろ?」と、時々おしゃべりに寄らせてもらった。

スマホを手にしたまま、真織は畳の上にごろんところがった。

忘れ去るほど遠ざかっていた世界が、だんだん近づいてくる。

通い慣れたコンビニへの道。端っこに落書きをされたバス停前のベンチ。取り壊される古い住宅。新しく建ったマンション。ありがたい気遣い。複雑な人付き合い。

飛行機の窓から見下ろした星の街が、着陸態勢に入って地上に近づくごとに、どこか遠くの星ではなく、人の営みの明かりの集まりだったと気づいていくのに似ていた。

（ここが、わたしの世界か――）

お風呂の使い方を知るわけがないしと、玉響と一緒に浴室へ入ることにした。

現代のお風呂をはじめて使う人には邪道《じやどう》のスタートでもうしわけないと思いつつ、押し入れから引っ張りだした浴衣《ゆかた》に着替えてもらって、真織も湯気とお湯の飛沫《しぶき》で服をずぶ濡《ぬ》れにしながら、カモミールの香りの泡で玉響の髪を洗う。

洗髪剤で洗った玉響の黒髪は、絹糸《きぬいと》のような艶《つや》が出た。さすがはオリーブリーフエキスの保湿力――とシャンプーのラベルにじっくり見入ってしまう。

くしゅん、くしゅんと、玉響がくしゃみをするので、慌てて泡を流したが。

「いい香り」は、玉響には強いのだ。「オリーブリーフエキスの保湿力」も、彼には余計な効き目だったかもしれない。

「ごめん……お湯だけで洗えばよかったね」

お湯の出し方と身体の洗い方を教えて、脱衣所の戸を閉める。

「もう脱いで大丈夫だよ。お湯に浸かってみて。あったまるよ」

ごはんの支度をしてくるねと、台所にいると、ブシャーッと水の音が鳴る。

「真織、湯がとまらない」

玉響の悲鳴もきこえるので、慌《あわ》てて包丁を置いて脱衣所に駆けつけた。

「わたしがやるよ。タオルを巻いて出てきて」

「たお？」

「ドアを……戸をあけたところに置いてある布！」

シャワーのお湯が噴水のように降りそそいで、バスマットが水浸しになっていた。

浴室の中にいる玉響から真織は必死に目を逸らして、タオルを摑んで突きだした。

「これ！　お湯はそのままにしておいていいから、布を巻いて出てきて」

玉響と出逢ったばかりのころは、玉響の着替えも手伝ったものだった。

神王《くまみこ》としての暮らししか知らなかった当時の玉響は、身の回りのことはすべて周りの人の世話になっていたので、服の着方すら知らなかったからだ。

世間知らずな少年だった玉響といまの玉響は全然違うのに、当時に戻ったようで、玉響は悔しがった。

「また、真織に世話をしてもらわなくてはいけなくなった。あぁあ、せっかくいろいろ自分でできるようになったのになぁ」

「すぐに覚えるよ。玉響は覚えるのが早いから」

ふたりでテーブルを囲んでいただいたのは、ありあわせの食事だ。

玉響は、北欧風デザインのお茶碗と箸を興味深そうに見て、器用に食べた。

(そういえば、杜ノ国ではじめていただいた食事は芋粥《いもがゆ》だったなぁ——)

ぼんやりと思いだしたのは千紗杜《ちさと》の郷土料理で、里芋を煮込んだ汁料理だった。味付けは大豆と塩からつくるシンプルな味噌だけで、器もひびだらけで、口をつけた時には空腹の力をかりたっけ——。

「玉響、食べられる?」

心配になって尋ねると、玉響は北欧柄のお茶碗を手にして笑った。

「おいしい。さっきの食事はしょっぱかったけど」

コンビニで買ったおにぎりのことだ。

玉響はくちびるをねじまげて、水をたくさん飲みながら食べていた。だから夕飯には、炊飯器で炊いた白ごはんと、かなり薄味の味噌汁を出した。

「でも、どうしてこんなことになっているんだろう」

玉響とふたりで、自宅のダイニングテーブルを囲む日がくるなんて、夢にも思わなかった。玉響がファストファッションに身をつつんで、森林柄の茶碗を手にする時がくるなんて――。

「眠くなってきちゃった――」

テーブルに置いた腕に、頰を寝かせる。

椅子《いす》に座ってテーブルにもたれるこの姿勢そのものが久しぶりだが、この恰好をするだけで、身体が疲れていることを思いだした。

「くたくただ。なんにもしてないのに」

食事の支度はしたが、炊飯器を操作して、水道の蛇口から鍋に水を汲《く》んで、ガス台のつまみをひねっただけだ。竈《かまど》で火をおこしたわけでも、泉まで水を汲みにいったわけでもなく、杜ノ国の台所事情を思えば、現代の調理は驚くほど簡単だった。

「玉響も疲れたよね。寝る支度をしようか？」

向かいの席に座る玉響は「いいね」と笑って、真織を見つめていた。

「真織がね、神王《くまみこ》っぽくないのだ。きっといま傷がついたら血が出るね」

「そういえば――」

疲れを感じるのは、久しぶりのことだった。

こんなに眠くなったのも、いつぶりだろう？

「っていうことは、水ノ宮にいたあいだは、こんなことすら感じられていなかったってことか——おかしかったね」

思い返して、いまさら脱力する。

神王《くまみこ》は、身体に傷がついても血を流さない。肉体そのものが変幻自在な水になり、あっというまに治癒をする。痛みや怖さや疲れや、人なら感じて当然のことも、感じられなくなってしまうのだ。

「神様がいない世界に戻ってきて、人間に戻ってるのかな？」

取り返しがつかなくなる前に踏みとどまれたのは、奇跡だ。

客用布団を引っ張りだして、「玉響の寝床はここだよ」と二階の部屋を案内すると、玉響は道端に捨てられた子犬のような顔をした。

「真織はどこで寝るの？」

「わたしの部屋——ええと、ふたつ向こうの部屋だよ」

「真織と同じところで眠れないの？」

現代に戻ってきた途端に常識に首根っこを摑まれて、玉響に専用の寝室を用意したけれど、真織と玉響は、一年近く一緒に寝泊まりをしてきたのだった。千紗杜で過ごした寒い時期は、藁《わら》の中で体温を分けあって眠った仲だ。

真織たちが特別だったわけではなくて、杜ノ国では防寒具が現代とは比べようもなく頼りなかったので、家族がくっつきあって眠るのは普通のことだった。

異世界にやってくるなり独りで寝ろと別室を用意されるのは、玉響にとってはたまったものではないだろう。

「そうだね、一緒に寝よう。布団を運ぶね」

「ふとんって、寝床？　私が運ぶ」

「じゃあ、向こうで支度をしてくるね」

玉響の寝室として準備したのは、父が使っていた部屋だった。

父が亡くなってからは一通り片づけられて、本棚だけがぽつんと置いてあった。

真織の部屋は六畳の洋室で、ベッドと机があって、物をどかしてスペースをつくらないと、客用布団を敷く場所がない。ゴミ箱やクッションや、動かせるものを全部端に寄せて、掃除機をとりに階段へ向かった時だ。

「真織、きて、真織！」

玉響がこんなふうに呼ぶなんて、ただ事ではない。

勢いよくUターンして父の部屋へ駆けこむと、玉響が本棚の前でうずくまっていた。

本棚の低い部分には開き戸がついた収納スペースがあって、玉響はその収納棚の奥に手を入れている。

「きこえるって、何が……」

恐る恐る真織を見あげる玉響の顔は、呪物《じゅぶつ》を掘り当てたかのようだった。

「きこえる？」

「どうしたの？」


真織もそばで膝をつく。

玉響の手には、小さな石がのっていた。直径五センチくらいで、天然石ショップの商品棚に飾られるパワーストーンという感じではなく、河原で拾えそうな種類だ。見事にまるく削られていて、色も白く、河原で見つけたら、必ず手にとるだろう。

玉響が手にしていたのは、〈祈り石《いのいし》〉、国見《くにみ》の社《やしろ》の御神体だった。

同じ石を、ついさっき真織は手にしたばかりだった。この石の願いを叶えるために水ノ宮を出て、崖を登り、頂上に立つ古い社、国見の社の祭壇に戻したのだ。

「どうして、この石が――」

玉響が石に耳を寄せる。

「石が喋《しゃべ》っている」

「石が？」

真織も、背中をまるめて石に耳を近づける。意識して耳を澄ますうちに、普通の人にはきこえない声の聞き方を、身体が思いだしていく。

耳に届きはじめた石の囁《ささや》き声はボソボソとして、くちびるをあまり動かさずに喋る老人めいていた。

『やあ。おかえり』

(おかえり？)

『待っていたよ。いつか、この戸を開けてくれるのを』

ここにある戸といえば、本棚の開き戸だ。

開き戸の奥の収納棚には、父の遺品の中でも選《よ》りすぐりのものが入れられていた。父が大切に残していた、真織が子どものころに描いた父の日の絵や手紙、母との思い出の品など、家族にまつわる物ばかりで、整理した時以来、物を入れ替えたこともなかった。

どうしてこの開き戸の中から、杜ノ国の〈祈り石〉が出てくるのか――。

祭壇に戻したつもりが、何かの拍子でここまで運ばれてしまった？

(ううん、置いた。声もきいた)

石は、たしかに祭壇に置いたはずだった。

ありがとう、ありがとう――と、四方から、いや、もっと遠いところからも礼の言葉が投げかけられて、どこからきこえてくる声なんだろう――と、誰の姿も見当たらない虚空《こくう》を見渡したのを、真織はよく覚えていた。

ほ、ほ、ほと、石はのんびり笑っている。

『化かされたような顔をしておる。まあ、ぼちぼち思いだしてくれればかまわんよ。わしは毛頭急いでおらん』

〈祈り石〉のほうも、いまさっきここに着いたような雰囲気ではない。長いあいだのここの住人であるように落ち着き払っていた。

「あの、もしかしてあなたは、ずっとここに居た……？」

真織が問いかけると、石は、ふ、ふ、ふと、かすれ声で笑った。

『おまえさんが泣いていたからなぁ。帰り道がわからない、と』

「わたしが？」

『ああ。おまえさんがわしの前にやってきた時に、家に帰りたいと泣いていた。会うのは久しぶりだが、おまえさんのことをよく覚えていた。わしをふるさとへ連れて戻ってくれたろう？　だから、わしも礼をした』

「ふるさと？　礼？　ちょっと待って。時間軸がめちゃくちゃだ」

〈祈り石〉は、ずいぶん昔の出来事のように話したが、真織が〈祈り石〉の帰還を手伝ったのは、ついさっきのことだった。

黒槙《くろまき》から頼まれて水ノ宮の神域へ入り、奥の御洞《みほら》から〈祈り石〉を連れだしたのが半年ほど前のこと。

それからゆっくり時間をかけて、〈祈り石〉をひとつひとつ、もとの社へ帰していったが、帰す場所がわからない石がひとつだけあって、場所を探すうちに、千紗杜の国見の社に辿り着き、玉響と崖を登って、祭壇に戻したのだった。

〈祈り石〉は、その礼をした？

「帰り道がわからないと泣いていた」「久しぶりに会った」わたしに——？

（まさか）

十歳の夏に、真織は山で遭難《そうなん》したことがあった。

両親と離れ離れになって、まる一日以上山中をさ迷ったが、ほとんど記憶がなかった。思いだせるのは、捜索を手伝ってくれた地元の人から「神隠しにあったんだよ。無事でよかったねぇ」と、温かいごはんをもらったところからだ。迷っていたあいだの記憶といえば、疲れ果てて、空腹で、不安だったことと、高い場所から見下ろした壮麗な森の眺めだけだった。白い雲を赤く染める夕空のもとで、途方に暮れていた。

ここはどこ？　どうしよう。帰れない。

もう二度と、お父さんとお母さんに会えないかもしれない——。

どうやってそこまで登り、降りたのかも記憶がないが、無人の山をさすらい、泣きじゃくっていたことだけは覚えている。

（あれが本当に、国見の社からの景色だったなら——）

「わたし、もしかして、子どものころに、あなたに会いましたか？」

とつとつと尋ねた真織に、〈祈り石〉はこっくりと笑った。

『そうとも。わしはおまえさんを覚えていたから、泣くな、つぎはわしが助けてやるからと、森の外へ案内したのだよ』


ノートパソコンを起動させた。ブラウザをひらいて検索サイトへ。

「杜ノ国、千紗杜、恵紗杜《えさと》、水ノ原《みずはら》、巳津池《みついけ》――なにも出てこない」

杜ノ国の地名をありったけ入力して検索するが、ネットの海に手がかりはなかった。

「なら、あそこは――岩森《いわもり》じゃなかったっけ」

父の生まれた家が岩森というエリアにあって、夏休みのたびに墓参りにいった。

『真織、お盆には岩森にいくよ』

山遊びができるアウトドア施設が近くにあって、墓参りのついでに寄ってくれたので、真織にとっては、岩森は墓参りにいく場所というより、山遊びをする場所だった。真織が遭難したのも、岩森だ。

検索窓に「岩森」と入れると、ホームページが見つかった。

『ようこそ、自然の宝庫いわもりへ！』

夏の山の画像が、画面いっぱいに掲載されている。

「岩森」は、正式には岩森町というらしい。大まかな所在地が特定できた。

「そうだ、道の駅」

保護された真織が両親と再会したのは道の駅の食堂だったが、岩森町のホームページには、町内の道の駅も紹介されていた。

クリックしてリンク先に飛んでみると、地元の山菜《さんさい》や茸《きのこ》がならぶ農産物直売所が写っている。

道の駅の名前は、「花宴《はなうたげ》の里とりもと」。

「あっ」

表示された画像に見覚えがあって、真織は夢中でスマートフォンを手にとった。

画面をスクロールさせて保存ファイルから捜したのは、父が元気だったころにふたりで撮った画像だ。小学生の真織と父の背景に、鳥の形をした崖が写っている。崖の麓には素朴な鳥居も立っていた。

スワイプする指をとめて、液晶画面に見入った。

「やっぱり、千紗杜だ」

ちょうど一年前に、真織はこの画像を千紗杜で見た。真織のスマートフォンに保存された画像と千紗杜の景色が同じだったので、強烈に覚えている。

真織が父と写る画像には、電柱やバス停、スーパーや民家も写りこんでいて、杜ノ国の景色とそっくり同じではなかったけれど、山並みはほとんど変わらない。

だから真織はその時、杜ノ国は日本のどこかの古い時代だと思ったのだ。

「玉響、ここにいけば、千紗杜があるかもしれない」

玉響は、真織のうしろから頭越しに液晶画面を覗いていた。

「どんなことが書いてあるの？」

「あ、そうか」

玉響は、読み書きがまだできない。自分の名前を書けるようになったところだが、水ノ宮で政務にあたる際に書状にサインをするためで、現代の文章が読めるわけもなかった。

「この鳥下《とりもと》っていう町がね、千紗杜と似ているの。千紗杜だったところに辿り着ければ、国見の社の方角がわかるから、捜しにいけるでしょう？」

「――〈祈り石〉を帰しにいくの？」

「もちろん。わたしがここまで連れてきてしまったらしいから――。それに、どうしてわたしと玉響が杜ノ国を出てしまったのかも、杜ノ国だった場所に戻ればわからないかな？　水ノ宮はいまどうなっているんだろう？」

「わかった。そうしよう」

玉響は笑って、液晶画面から目を逸らして、布団に腰をおろした。

彼のために買ったルームウェアのスウェット生地から、新品の衣料の香りが漂った。

「落ちついているね」

玉響にとってみれば、現代の東京は異世界だ。異世界に突然ころがりこんだ状態だが、玉響は取り乱す姿を見せることもなく、真織がつくった異世界の夕飯を食べ、お風呂に入り、ルームウェアを着てくつろいでいた。

「だって、ここは真織の家でしょう？　真織がいるし、真織が真織だから、怖いことよりも安堵《あんど》することのほうが多い」

物覚えの早い玉響は、布団の使い方もすぐにマスターした。

掛け布団の内側にもぐりこんで、枕に頭をのせ、ほっこり笑う。

「私はふとんが好きだ」

「わたしも、布団は現代のほうがいいと思うけど――」

「真織もゆっくりすればいいよ。せっかく自分の家に帰ったのに、どうしてすぐに旅立とうとするの？」

真織は目をしばたたかせた。

「だって、石を帰さなくちゃいけないし――」

「〈祈り石〉は気にしていないよ？　真織のほうがずっと慌てているよ」

結局玉響は動じる姿を一度も見せることなく、「おやすみ」と目をとじた。


翌日も、思いつくかぎりのキーワードを検索した。

神王《くまみこ》。水ノ宮。神領諸氏《じんりようしよし》。杜《もり》氏。地窪《ちくぼ》氏。流《ながる》氏。轟《とどろき》氏。卜羽巳《うらはみ》氏。

生贄《いけにえ》。人柱。少年王。現人神。行方《ゆくえ》不明。子ども。神子《みこ》。捧げられる。首。命の石。奥《おく》ノ院《いん》。内《うち》ノ院《いん》。滴《しずく》大社《おおやしろ》。御狩人《みかりびと》。御調人《みつきびと》。豊穣の風。神隠し。

生贄や人柱という言葉を入れると、ヒットする情報が一気にあやしくなる。

「人喰い森の謎……違うな。神隠しが絶えない呪われた森……違うような——」

ネットの大海は真実の宝庫だが、ガラクタもたくさんあって、玉石混淆《ぎょくせきこんこう》だ。

オカルトや怪談がまじると、信憑性《しんぴょう》も疑わしくなる。

「記録が残っていないのかなぁ。水ノ宮は大きな宮殿だったのに。せめて、伝説とか」

狩りの女神《めがみ》の信仰。豊穣の風の伝説。精霊。八百万《やおよろず》の御霊《みたま》。忌火《いみび》。

どこかにヒントがないものか？

言葉のニュアンスを変えて検索してみても、結果はあまり変わらない。

「伊勢神宮《いせじんぐう》の巫女、斎王《いつきのみこ》……うーん、違う。諏訪《すわ》信仰における少年王、大祝《おおほうり》……これも違う」

机に向かってばかりいても仕方がない。

「いってみるしかないかぁ」

うーんと背伸びをして、ブラウザを閉じかけた時、鍾乳石《しょうにゅうせき》の画像に目が吸い寄せられる。

「岩森　古い信仰」と検索して表示されたサムネイル画像で、リンク先は、岩森町内にある鍾乳洞のウェブサイト。

画像の中で、鍾乳石はオレンジ色にライトアップされていた。

(見覚えがある――)

サムネイル画像をクリックすると、トップページが表示される。

鍾乳洞の画像が大きく表示され、鳥のくちばしの形にぽっかりあけた洞窟の出入り口がうつる。洞窟がある岩山の、山と呼ぶにはやや背が低い毛虫に似たのっぺりしたフォルムも、記憶にある場所と似ていた。

「玉響！」

玉響はまうしろにいた。

日課の、精神を研ぎ澄ませる稽古をしたいが、玉響のお眼鏡《めがね》にかなう場所が家の中になく、真織のそばが一番いいという話になって、真織がパソコンで調べているあいだ、玉響はずっとベッドの上であぐらをかいていた。

「あ、ごめん。稽古の最中だったね」

謝った時にはもう玉響はベッドからおりて、真織の背中のうしろから「何か見つかった？」と画面を覗きこんでいる。

「これ、あそこだよね。水ノ原の――」

「滴大社《しずくおおやしろ》の御洞《みほら》だね」

玉響もうなずいた。

杜ノ国では、水ノ宮につぐ祈りの場。水ノ原にある滴大社という神社の御神体として祀《まつ》られている洞窟だった。

千紗杜から見える鳥の形の崖にくわえて、杜ノ国の痕跡《こんせき》をまたひとつ見つけた。

(間違いない。杜ノ国は、岩森町にあるんだ)

迷ったものの、車でいくことにした。

真織にとっては一年ぶりの運転で、エスカレーターの乗り方も忘れていたくらいなので、不安だらけだが、町を一周して試運転を済ませると、だいぶん感覚が戻った。

「お父さんのお墓参りにいくのに免許をとったの。お母さんは運転できなかったから。安全運転でいくからゆっくりだけど――高速道路が苦手なの」

自動車教習所にかよって免許をとってからも、真織が運転する車に乗ったのは母だけだった。

いまも、後部座席には母をのせた。真織と玉響、ふたりぶんの荷物の横で、白い布に包まれた骨壺がシートベルトをつけている。

荷物はかなりの量になった。杜ノ国の在り処が見つかるまではしばらく戻らないつもりで、服も、使えそうな道具も、片っ端から詰めこんだ。

「あの道の駅も、鍾乳洞も、いくなら車のほうがよさそうだし——そうだよ」

がんばろう、と気合いを入れる。

「窓をあけるね。気持ちいいよ」

助手席に座った玉響の髪が、風にあおられてなびいた。

「すごいね、真織。鹿が駆けるより速い！」

「安全運転だけど、そうだね。鹿よりは速いね」

秋の風はすこし寒いくらいだが、杜ノ国で暮らし慣れたせいで、閉め切られた無風の空間にいるよりもずっとよかった。

高速道路も、渋滞がありそうなルートも避けたので、山村をつなぐ昔ながらの道を走ることになった。紅葉の季節にさしかかり、赤や黄色に色づきはじめた山並みを眺めながらの、のんびりしたドライブだ。

岩森町をめざしたものの、まず向かったのは、道の駅でも鍾乳洞でもなかった。

「ごめんね、一ヵ所だけ寄り道をさせて」

寄ったのは、父が眠る墓地だった。

父が生まれた家はもうなかった。真織が物心ついた時には、空き家になっていた。

『お父さんはこのあたりで生まれたんだよ』

父からそう教えてもらった時にも、車の窓越しに見えた山里には雑草が茂《しげ》る家がぽつぽつ残るくらいで、真織は「廃墟だ」と思った。

『誰も住んでいないの？　友達はいた？』

『それなりにいたよ。人が住まなくなって、いつのまにか山に戻っちゃったけど、昔はまあまあ賑やかだったんだよ？』

家が草に覆われていき、かつて村だった場所が山に埋もれるくらいだ。

墓地でも、世話をする人がいる墓と、そうでない墓がはっきりわかった。

父が眠る墓も、背の高い草に覆われていた。

「夏にこられなかったからなぁ。一年でこれじゃ、放っておいたら森になるね」

たびたび母ときていたが、母の容態が悪くなってからは、それどころではなかった。

道沿いに車を停めて、バケツと雑巾《ぞうきん》を抱えて古い石段を登る。

軍手をはめて草引きをして、そばを流れる小川で汲んだ水で墓石を拭《ふ》き清めて、墓石の扉をひらく。墓石の下には、粉々になった骨の白いかけらが、やわらかな山になっていた。

父の骨はすこし土埃《つちぼこり》を被《かぶ》った程度で、記憶にある姿と同じだった。

火葬炉の高温の炎で焼かれた後のままの白さで、土に還《かえ》ろうとした気配もない。

「お母さんを待っていたのかな？　お父さん、お母さんを連れてきたよ」

真織は骨の山に笑いかけて、骨壺の封をあけ、父の骨が頂点になった骨の山に、母の骨を重ねてまいた。骨が降る音が水琴窟《すいきんくつ》の音色に似ていて、「きれいな音だね、お母さん」と、話しかけながら。

父は早くに親を亡くして、祖母に育てられたらしい。親戚はいないそうだ。

母は「お母さんの身の上も似たようなものよ」と笑っていたが、たぶん、母の家は父よりも複雑だった。

(葬式に親も呼べないって話していたけど——生きてるんだ。両親は亡くなったってきいていたけど。兄弟もいないって)

父と母は仲が良くて、真織は家にいる時間が一番好きだった。

父も母も亡くなり、ひとりになってしまったけれど——。

苔《こけ》を落とした花立《はなたて》に澄んだ水を汲んで、花を供える。

母を父のもとに送ったのは悲しいが、葬儀の日の悲しみは癒《い》えていた。

母を追って知らない世界へ迷いこんだけれど、いまもこうして真織は生きているし、杜ノ国で過ごすあいだ、母のことを思いださない日もたくさんあった。

最後には、母の顔すら忘れてしまった。

肩を震わせてうつむくと、玉響が覗きこんでくる。

「真織が泣いている」

「うん。でも、平気だよ」

「でも、泣いている」

玉響は心配してくれたが、泣いたのは、自分の冷酷さに呆《あき》れたからだ。

失踪するほど母の死を悲しんでいたのに、あっさり忘れた。母がいなくても真織は勝手にひとりで生きていけるし、母がいない生活にもとっくに慣れ、母のことはもう過去になった。なんて冷たい奴だ。恩知らずだ。最低だ。

真織は笑みを浮かべて、玉響に言い直した。

「平気だよ。玉響がここにいてくれて嬉しいから」

墓参りの道具を片付けて、最後のお別れをする。

(またね、お父さん、お母さん。ふたりで仲良く過ごしてね)

つぎにお参りにこられるのは、いつだろうか。

そのころには墓石はまた緑に覆われ、森の一部に近づいているだろうか——。

でも、これで心残りはなくなった。母を父のところへ送り届けることができた。

「いこう、玉響。杜ノ国の在り処を捜して、石を帰そう」

玄関を出る時にはブレーカーを落として、ガスの元栓もしめた。

冷蔵庫の中のものも捨てた。からっぽだ。

出発してしまえば、同じ暮らしにはもう戻れない予感がしたからだ。

(森、か)

◇　◇

真織が墓所の片づけをしているあいだ、玉響は先に車の中に戻っていた。

(やっぱり、声がきこえるようになっている)

真織の家で見つかった〈祈り石〉は、荷物と一緒に運ばれて、車のうしろの席に鎮《しず》まっていた。車が墓所に着くと、ブツブツ独《ひと》り言《ごと》をいった。

耳を澄ますと、こんなふうにきこえる。

『——ここではない、ここではない——』

ふしぎなことに、真織が〈祈り石〉の不平をききつけた様子はなかった。

真織は神々の側に寄っていて、玉響がきけなくなった精霊や神々の声を、神王《くまみこ》だったころの自分のように鮮明にきいているはずだったが——。

(真織が、人に戻ってきたから?)

真織の家には、そこら中に真織の家族の気配があった。

死者とはいえ、家族がそばにいれば、人に戻りゆくものなのか?

(家族。母、か)

玉響は息を整え、祈りの支度をした。

ここしばらく、垢離《こり》の調子がいい。

真織の国にきてからというもの、神々の側に寄りやすくなっていた。

「国見の社の神。私の声がきこえますか」

うしろの席で荷物に囲まれて独り言をつぶやく〈祈り石〉へ、声をかける。

(真織が戻ってくる前に。気づかれないように)

声がやんで、荷物の中から自分を見つめる視線を感じる。

玉響はほっと安堵した。声が届いている。

玉響は、石の神と話すことができるようになっていた。

「教えていただきたいのです。なぜ真織は、水ノ宮へ向かうことばかり考えているのでしょうか。誰かが真織を呼んでいますか?」

― 流天《るてん》 ―

流天《るてん》は、一日も早く水《みず》ノ宮《みや》へ戻りたいと願っていた。

しかしまさか、玉響《たまゆら》失踪の報とともに戻ることになるとは――。

流天が、水《みず》ノ原《はら》の 轟《とどろき》 邸から内《うち》ノ院《いん》へ駆けつけた時も、玉響は行方知れずのままだった。

「内ノ院の館は、玉響さまと真織《まおり》さまが使っておられた時のままにしております。その、流天さま。いかがでしょうか。あやしい様子がございましょうか」

水ノ宮の神官が平伏して出迎え、懇願する。

秋の花が香る庭を通り抜けて殿上《てんじょう》するが、内ノ院の御座《ござ》には人の気配がなかった。

流天は、神王《くまみこ》のための正装、耀《かが》ノ葉衣《はごろも》を身にまとっていた。狩りの女神《めがみ》を助けて杜《もり》ノ国《くに》に豊穣をもたらす聖なる御子《みこ》が身にまとう衣で、森の色をしている。

流天は八つで、身体も小さい。幼い子どもは髪の結《ゆ》い方や衣裳に子どもならではの童形《どうぎょう》を取り入れるものだが、神王はそうではなかった。時がきて女神から認められば現人神《あらひとがみ》となり、人ではない存在となる。人ですらなくなるのだから、子どもでも大人でもない者とされた。衣裳も、大人の神官と同じ形のものを身につけた。

「あれは？」

内ノ院の隅《すみ》に、巻物が載った文机《ふづくえ》が据《す》えられている。

流天が目を向けるなり、その巻物は、流天に向かって手招きをした。

——ここだよ、流天。

先代の神王《くまみこ》、玉響と、玉響の世話をしていた娘、真織が、巻物に重なって立っている——そういう幻が浮かんだ。

(言霊《ことだま》？)

階《きざはし》を登って近づいていくと、供をする神官が説明した。

「真織さまの手記です。玉響さまの依頼にて書かれていましたが——」

巻物を手にとり、結い紐をほどいてひろげてみると、奇怪な字が並んでいる。

流天は字の稽古《けいこ》をしていないが、時たま目にする書状にある字とは異なる字だ。

字には、声がのっていた。文机に向かって筆をもつ真織と、筆の先を覗きこむ玉響の仲睦《なかむつ》まじい姿が目の裏に浮かんだ。

(読めとおっしゃるのですか？　玉響さま)

神王となる子は、生まれた時から、目に見えないものを操《あやつ》る力に長《た》けている。

目に見えぬ神々の声をきいたり、気配を感じとったりするのは、流天には縁遠いことではなかった。だが――。

裳袴《もばかま》の衣擦《きぬず》れの音が、流天の後を追ってくる。

「どうなさいました、流天さま」

水ノ宮の奥、神王のための寝殿《しんでん》、内ノ院は、杜ノ国随一の聖域である。

本来神王はたった一人で昇殿するもので、血のつながった親兄弟であれ、謁見《えっけん》に訪れるには段取りがさまざま必要だったが、此度《このたび》の昇殿には、母の蛍《ほたる》が付き添うことになった。

卜羽巳《うらはみ》氏が、神王に非礼をかさねてきたことが明るみになり、神領諸氏《じんりょうしょし》側のお目付け役を置くことが認められたのだ。

山吹《やまぶき》色の袿《うちぎ》をまとって昇殿した蛍は、内ノ院を見回して呆れた。

「もぬけの殻《から》ですね。どういうことなのです、玉響さまが、突如《とつじょ》お行方知れずになられた、とは」

「はっ」

庭で平伏したのは、玉響の警護をつとめていた武官。神兵と帯刀衛士《たいとうえじ》がひとりずつおり、神兵のほうは女で、武長《ぶのかみ》という位につく、万柚実《まゆみ》といった。帯刀衛士のほうは守護役《しゅごやく》という位につき、猪乃《いの》と名乗った。

ふたりは顔をあげ、「もうしあげます」と、まずは万柚実が報《しら》せた。

「玉響さまと真織さまは、御供山《みそなえやま》の神の啓示にて、〈祈《いの》り石《いし》〉という御神体を北《きた》ノ原《はら》の郷《さと》、千《ち》紗《さ》杜《と》の古い社《やしろ》へ戻す神事をおこなわれました。社は崖の上にあり、玉響さまと真織さまのおふたりのみが社へお登りになったので、われら神兵と帯刀衛士《たいとうえじ》は崖の下でお守りしていたのです。すると、神事がはじまってすぐに、崖の上に白い光が現れたのでございます」

「白い光？」

蛍が眉をひそめる。「はっ」とふたりはうなずき、猪乃が続けた。

「崖の上、ちょうど社の屋根のあたりに、白い光の輪が浮かんだのでございます。何事だと、すぐさま声をおかけしましたが、返事はなく、崖を登ってみたところ、おふたりのお姿が忽然《こつぜん》と消えていたのです」

「そのようなことがあるものか。社の神がお隠しになったとでもいうのか？」

「〈祈り石〉は鎮まっており、神事は終えられたご様子でした。千紗杜の者の手をかり、総出でお捜ししましたが、いまだお行方は知れず。さらに翌日、水ノ宮の神官をつれて社へ戻り、占《うら》をおこなったのでございます。詳しくは、占をおこなった神官、根《ね》木《ぎ》月《つき》よりお伝えを――」

階《きざはし》近くの縁側で控える神官が頭をさげ、口をひらく許しを請う。

「恐れながら」

根木月という名の神官は文箱から紙をとりだし、出居殿《いでいどの》の縁側に寄った流天と蛍に向けて、恭《うやうや》しくひらいて見せた。紙には横に一本、線が書かれている。

流天のそばで胸を張る蛍が、命じた。

「説明せよ」

「はっ。社の前にて、玉響さま、真織さまの居どころのお伺《うかが》いを立てたところ、返事《かえりごと》として、この紋《もん》が返ったのでございます。これは、『凪《なぎ》』を表します。無風、静かな水面《みなも》でございます。そして、こちらも」

根木月は同じ仕草で、二枚目の紙をひろげた。新たな紙には「〇」の模様が描かれている。

「それは」

「『円《まどか》』です。輪がとじ、騒動がまるくおさまることを意味しております。豊穣の風が吹いた後の瑞穂《みずほ》の年も、この紋で記します」

「つまり、なんじゃ。神々は、おかしなことは起きておらぬと仰《おお》せだというのか？」

「そう見受けられるのです」

「酔狂《すいきょう》をもうすな。玉響さまがお姿を消したのだぞ？」

神官は床に両手をつき、顎を引いた。

「しかしながら、起きるべくして起きた、と解けます。もしくは、なさねばならぬ大切なお役目に出かけられた、と」

「お役目？」

「『神々《かみがみ》の路《みち》』をご存知でしょうか」

問いは蛍へ向けられたが、答えたのは幼い神王《くまみこ》、流天だった。

「神々が社と社を行き来する時に現れる天の道だね。春《はる》ノ祭《まつり》の時に見たよ。杜ノ国中から、八百万《やおよろず》の御霊《みたま》が水ノ宮の斎庭《ゆにわ》へ渡っておいでだった。天上に光の小川があつまりくるようで、恐ろしくも、美しい眺めだった」

八つの幼子の高い声は、大人たちの会話にまじると異質なほどよく通る。

神官も武官も聞き入って、流天が話し終えると、根木月が「はっ」とうなずいた。

「その路を、この者らは、玉響さまがお隠れになった時に見たというのです」

「なに、まことか。ならば玉響さまは——」

猪乃が「はっ」とこたえ、根木月に続けた。

「玉響さまと真織さまはその路を通り、いずれかの宮、社に向かわれたのではないかと、部下を向かわせたところでございます」

「なるほど、いまにお行方も明らかになるということだな。それは、どこなのじゃ」

「たしかめるべく、杜ノ国のすべての社に人を向かわせております」

「すべて？　国中のすべての社か？」

「はい。かならずお捜しいたします。しばしの猶予《ゆうよ》を」

猪乃たちが去ってから、蛍は嘆《なげ》いた。

「あの者たちめ。何が猶予を、じゃ。つまり、皆目見当もつかんという報せではないか！」

蛍はもともと、おっとりした女だった。

流天にとっても、甘えさせてくれるやさしい母上だったが、流天が轟領へ戻ってからの母はずいぶん気性が変わった。神王になる前以上に流天をいたわり、片時も離れず世話を焼いてくれたが、よく嘆き、苛立《いらだ》つようになった。

「黒槙《くろまき》さまも黒槙さままでです。あの鈍《なまくら》たちを叱《しか》りつけてくだされぱいいものを。地窪《ちくぼ》の女君《おんなぎみ》はなおさら役に立たないし、ご自分の御子が行方知れずだというのに、あのお方は――」

「母上、おやめください」

「しかし」蛍はくちびるを閉じかけるが、ちくりといった。

「もっともわからぬのは、玉響さままでです。流天さまに指南してくださると仰せだったのに、突如お行方知れずになるなど――。このように国を振り回すお方が、はたして神王の名をかりて水ノ宮に君臨してよろしいのか――」

「おやめください、母上」

流天はきっぱり言い、立ちあがった。

「聖なる宮にいびつな怒りはふさわしくございません。荷ほどきをしましょう。ここでしばらく暮らすことになるのです」

夏のあいだ、流天は内ノ院を二度ほど訪れたことがあった。

玉響から、「神事の見極めをしてほしい」と呼ばれたのだった。

はじめてきく言葉だが、神事の見極めというのは、いったいなんだろう?

参宮してみると、ようは神王の見習い《くまみこ》だった。玉響が祭主となっておこなわれる神事を、神官のひとりとして見届ける稽古だ。

「母上、奥《おく》ノ院《いん》へいってまいります」

水ノ宮に戻ったなら、狩りの女神に挨拶をしなければいけない。

流天は母を内ノ院に残して、奥の神域へ向かうことにした。

水ノ宮が祀る狩りの女神のための祭殿、奥ノ院へ続く道には、絶えず水音が響いている。

歩きはじめてすぐに、ぽろりと涙がこぼれて、流天は足をとめた。

神王として暮らしていたころに毎日かよった道だが、この道を通る時、流天はいつも泣いていたからだ。

——まだですか女神さま、まだですか女神さま、まだですか——。

泣きたいわけではないのに、勝手に涙があふれてくる。

厄介なことに、「ここは泣く道だね」と身体が覚えていた。

流天は手の甲で涙をぬぐい、ふたたび歩きだした。

(まだ女神さまは私を神王とお認めにならないけれど——ううん、永久に認めてもらえないかもしれないけれど)

奥ノ院の社殿は、洞窟の口を塞《ふさ》ぐ覆い屋として建っている。

祭壇の前で女神へ来訪を告げ、白木の橋を渡って奥へ。聖なる御洞《みほら》の入り口で燃え続ける聖なる炎、忌火《いみび》のそばへ向かった。

身体に帯びた人の世の穢《けが》れを、炎で焼き清める。ぎらぎら揺れる炎の前に腰をおろして、ごう、ぱちぱちと聖域の風を燻《いぶ》す火の音に聞き入った。

流天は、この火がとても好きだった。

(美しくて、清らかで、強い)

御洞はさらに奥まで続いていたが、水ノ宮きっての神域で、その先に進めるのは女神から認められた神王だけだ。

流天もまだ入る許しをいただけていないが、一度だけ、玉響に連れていってもらったことがあった。神事の見習いに訪れた時に、頼みこんだのだ。

「御洞の奥がどうなっているのかを知りたいのです。どんな場所かを知っていたほうが稽古に身が入ると思うからです。私はどうしてもこの奥へいきたいのです！」

「じゃあ、すこしだけ一緒に入ろうか」

「すこしだけ？　女神さまの居どころまで連れていってくださらないのですか？」

「ごめんね。いまは私にも難しいのだ。流天を無事に戻せるところまで、一緒に入ろうね」

玉響はやさしい人だ。

でも、流天がはじめて玉響に会った時は、そうではなかった。

流天がはじめて会った時の玉響は、神秘の神像のような人だった。流天が母から仕込まれた礼儀作法で挨拶をしても、目は虚《うつ》ろで、まばたきすらしなかった。人ではないものに会っている——胸がぞわりとして、玉響のことは、怖い人だと覚えていた。

神王《くまみこ》は年をとらない。

玉響も、十年にわたって少年の姿を保ち、現人神をつとめた。

だから、水ノ原で再会した時には、拍子抜けした。玉響は流天の兄上に似た姿になっていて、「こんなに大きくなってしまったんだ」と笑ったが、大きくなったどころの変わりようではなかった。目が合ったし、笑ったし、喋った。人ではなかったものが、人になっていた。

玉響に連れられて入った洞窟の奥は暖かく、甘い香りのする風が吹いていた。生き物の内臓《はら》にみずから喰われに入るような怖さがあるうえに、天井や足もと、闇の奥、そこら中から声がした。

——いらっしゃい——客人《まれびと》さま
——ありがとう
——母神《ははがみ》さまはいつお戻
「玉響さま。ここには八百万の御霊がたくさん暮らしているのですね」

暗がりの中で話しかけると、玉響は驚いた。

「精霊の声がきこえる？」

「はい」

「そうか。私にはもうきこえなくなったんだ。離れないでね。暗くなってきた」

肩を抱かれて闇の奥へ進むうちに、耳もとでちりちりと音が鳴る。首元を撫でられた気がして顔をあげると、玉響の横顔が光っていた。鼻先やくちびるだけでなく、首も頭も、衣に覆われていないむき出しの肌に、鱗粉《りんぷん》めいた光がきらめいていた。

「玉響さま、光っ——」

闇の中で玉響の輪郭が動いて、ひとさし指が「しいっ」と口元に寄った。

「ここは神域だ。垢離《こり》をする時と同じだよ。水に入る時に大きな声を出さないだろう？」

「でも――」

流天は動転した。身体が光っているのは、玉響だけでなかった。自分もだ。

神域の闇に触れたところから、肌や髪が光の欠片《かけら》になって崩れていく。

悲鳴をあげると、流天の肩を抱く玉響の手が強くなる。

「息を吸おう。心を凪にして。滝に入る時に、落ちてくる水に逆らったりはしないよね？　魂が無事なら、身体はあとで戻ってくるよ」

「でも」

「――戻るよ、流天」

気がついた時、流天は、忌火《いみび》の前で玉響と並んで腰を下ろしていた。

御洞の外に連れ戻されてしまったのだ。流天は悔しくて、涙をこぼした。

「やはり、私は出来損ないなのだ。私などが〈神隠れ〉の神事に憧《あこが》れてはいけないのだ！」

「はじめてだから驚いただけだよ。私も前は御洞の中で気が遠くなって、真織に運んでもらったんだよ？　また今度一緒に入ってみよう」

「でもね」と、玉響は息をついた。

「神々の居場所へ入ったからといって、うまくいくわけではないよ。私は何もできなかったし、退位して人に近づいてからのほうが、神々のことを理解できたよ？」

「玉響さまはお役目を果たしたからそんなことがいえるのです。私はまだ何ひとつ成し遂げていないのです！」

流天はとうとう泣きじゃくった。

「いいえ、玉響さま。力足らずなのは、私が穢れているせいです。私は玉響さまを恨《うら》み、妬《ねた》んでいるのです。私は卑《いや》しく、神王《くまみこ》をつとめられる器《うつわ》ではないのです」

玉響は「そんなことか」と、流天の肩をがっしり抱いた。

「私も穢れた。それに、穢れたことのない無垢《むく》は強いけれど、穢れを知った上の無垢は、もっと強いよ。流天は立派な神王になるよ」

行方知れずになった玉響を思いながら、流天はひとりで両手を忌火にかざした。

（無垢、かぁ。忌火が、私の穢れをみんな灰にしてくれればいいのに――）

忌火のちょうど真向かいには、流天の背丈ほどある細長い岩がぽつんと置かれている。自然のままの岩だが、上部がまるくなっているせいで頭部に見え、子どもがぽつんと立つ姿に見えた。

（命《いのち》の石《いし》――）

その岩のことを流天に教えたのも、玉響だった。

「石に力が宿っているのがわかる？　流天のための命だよ」

奇妙な岩で、内側に生命がひっそり宿っていた。

「神の清杯《さやつき》たる証《あかし》だよ。時がくれば、女神が流天の身体へ移すはずだった。私が神王《くまみこ》になった後はからっぽだったけれど、すこしずつ溜まって、神王がさずかる不老不死の命になったんだ」

（この命さえ、私のもとにきていたら――）

玉響の言葉を思いだして、流天はくちびるを噛《か》んだ。

立ちあがって命の石に近づけば、人の子と対面する気分になる。

手を触れさせればどくどく脈打つのを感じるほどで、命の石には、岩というよりも生き物の気配があった。

岩の中からは、うふふ、あははと、笑い声もきこえる。

笑い声は十人、いや百人、もっと？

（なんの声だろう――ふしぎな石だ。命の石、か）

キイと木戸があいて、奥ノ院の社に入ってくる者がいる。子どもの話し声もした。

「――でも。僕はここに入っちゃいけないんだよ？」

白の水干《すいかん》に、黒髪が垂れている。童形をした少年だった。

流天と同い年くらいで、背丈もちょうど同じくらいだ。

（神子《みこ》かな）

水宮内には、各地から集まった神子のための住まいがある。

聖域の滝で水垢離をするので、時おり姿を見かけることはあるが、水ノ宮きっての神域、奥ノ院に近づいてよい者たちではなかった。

少年は、様子をうかがいつつ祭壇を越え、御洞へ渡る白木の橋に足をかけた。

命の石のそばに立つ流天には気づかず、少年の目は、ぱちぱちと音をたてて燃える忌火《いみび》ばかりを追っている。

「きれいな火だ。色が違う」

少年はまたつぶやいた。流天には、少年の話し相手の声がきこえた。

――ね。きれいでしょう？

（精霊と話しているのか？）

「うん。でも」

少年は虚空へ――精霊がうろついているあたりに返事をするものの、忌火の手前で足をとめ、それ以上寄るのを怖がった。

「やっぱり僕、帰るよ。ここは巫女しか入ってはいけない場所だ」

流天が立っていたのは、少年が踵《きびす》を返した先だった。

背丈がほとんど変わらない命の石の傍らに立っていたので、少年ははじめ、流天のことを石の影だと思ったらしい。しばらく目をこらした後で、少年は悲鳴をあげ、骨が砕けたようにその場に尻もちをつき、額を地面にこすりつけて平伏した。

「お許しください！　友達と遊んでいて、つい入ってしまったのです！」

白の水干に包まれた細い肩が、がくがく震えている。

薄暗い地面についた小さな手は、立派な薪《まき》を握りしめていた。

「その薪は？」

「これは、その」

少年は額が地面につくほど平伏したまま、涙声でいった。

「忌火《いみび》というものが見てみたいと巫女に話したら、薪を一本だけ分けてくれたのです――いえ、違います。僕が盗んだのです。巫女は僕のことなんか知りません。お願いです。罰を与えるのは僕だけにしてください」

へたな嘘だ。流天は呆れて、息をついた。

「ここは神域だよ？　偽《いつわ》りを口にしてよい場所ではない。忌火の世話をする者は厳しくさだめられているのだよ？　巫女にも、そのように話しておきなさい。その薪は私がもらう」

「はい――」

ぶるぶると頭上に掲げられた薪を受け取ると、流天は自分の手で火にくべた。

「顔をあげなさい。叱らないから。おまえは、忌火が見たくてここに入ったのか？」

「——はい」

「それも禁じられているね。おまえは囁き声がきこえるのか？」

「——はい」

「そうか。囁き声にいざなわれて、ここまできてしまったのだね。でも、ここは奥ノ院といって、とても神聖な場所だ。ここで神々に無礼をすれば、おまえだけでなく、杜ノ国によくないことが起きるかもしれない。もう二度と忍びこんではいけないよ」

「はい……」

「だから、忌火を見たいのなら、いまのうちに見ていきなさい」

涙に濡れた顔がそろそろと上がって、流天を向いた。

「えっ」

「忌火を見るならいまだよと、そういったのだ。見たかったのだろう？　もう入ってしまったのだ。見るなら、いましかないよ」

少年のぽかんとした顔を見おろして、流天は笑った。

「おまえの名は？」

「艸果《くさか》です」

「年はいくつ？」

「もうすぐ九つになります」

「なら、私と同じだ。どこからきた？」

「東《ひがし》ノ原《はら》から――」

「森の郷だね。美しいところだ」

艸果のまるみを帯びた頬が、忌火の明かりで赤く照《て》っている。

「あの、あなたは神王《くまみこ》さまでしょうか」

「――一応。まだ稽古中だけど」

「稽古を？　神王さまも稽古をなさるのですか」

艸果が素《す》っ頓狂《とんきょう》な声をあげる。流天はむっと眉をひそめた。

「当たり前だ。稽古をしない日などない」

「そうなのですか！」

艸果は大きく口をあけて面食らった。

「なら、僕はもっとがんばらないと。ほかの子にも教えなくちゃ。稽古をつらがっている場合じゃないよって。――あの。戻らないと。もうすぐ水垢離の時間なんです」

「ああ。見とがめられないように出ていきなさい」

青ざめていた艸果の顔に、じわじわ笑みが浮かんだ。

「ありがとうございます。神王さまはおやさしいのですね」

「おまえを救うにはどうすればよいかと考えただけだ。私は、人を救うために神に仕え、稽古をしているから」

ばかにされた気がして流天はむすっとくちびるを結んだが、艸果は嬉しそうに破顔した。

「僕もそういわれているのです。そうか。稽古が厳しいのは、神王さまのおそばに近づくためなんだ。神子《みこ》って、尊《とうと》いお役目なのですね」

流天を見あげる艸果の目が、きらきら輝いた。

「いきます。水垢離は好きなのです。神官さまも、僕のことを筋がよいと褒《ほ》めてくださるんです」

「私もそう思うよ。精霊と心を通じさせることができる者は稀《まれ》だ」

「ありがとうございます」

艸果ははにかんで、おもむろに息を吸った。くちびるが動き、歌った。

水神《すいじん》さまのおともして、宝の森に入らるる、子ら子ら。

ほうびにいただく宝はひとつだけ。ふたつはいけない。ひとつだけ。

流天は目をまるくした。

艸果が歌ったのは、のどかな旋律のわらべ歌で、澄んだ歌声がよく合った。

「驚いた。おまえは歌がうまいのだな。東ノ原の歌か？」

「はい。母さんがよく歌ってくれたんです。すみません、お礼に渡せるものが、僕には歌しかなくて――」

そういって、艸果は恥ずかしそうにはにかんだ。

「囁き声もこの歌が好きだそうで、僕が歌っていると遊びにくるようになったんです。――いきます。稽古をがんばらなくちゃ」

奥ノ院から去りゆく艸果は、意気揚々としていた。

見送ってから、流天は両手で自分の頰をぱしんと叩いた。

（しっかりしろ。いまの私は、あの子よりも腑《ふ》抜《ぬ》けじゃないか）

神王《くまみこ》になるための稽古が厳しいのは、当然のことだ。

神王は、人と神をつないで杜ノ国に君臨する最高位の神官で、神王になったら、杜ノ国のすべての人を――神宮守《じんぐうもり》や緑螂《ろくろう》、それに準ずる立場にある黒槙すら、救ってやらなければいけないのだ。

そう簡単にいくものか。

怠《なま》けるな。くじけるな。こんなだから、玉響さまに心配されるのだ。

ぐずぐずしないで、稽古に励め――！

流天は、顔を上げた。

(負けるものか)

流天は、玉響が残した巻物を読み進めることに夢中になった。

時は夕刻。日差しが弱まる時間だ。

暗くなる前にもうすこし——と字を追う向こうから、話し声がきこえている。

黒槙が、蛍に会いに訪れていた。

「流天さまのご様子は?」

「巻物を眺めておいでです。このところ、ずっと」

神王が俗世の者と会う際には出居殿にもうけられた高座《たかくら》に姿を現すが、蛍のために使われる場ではない。蛍は庭におりていた。

庭からきこえる母の声が笑っている。

「水ノ宮にいらしてからは、落ちつかれて」

黒槙の声もほっと安堵した。

「よかった。流天さまは生来、気丈な御子だ。神王の証が現れた時も、泣きもせずにじっとしておられた」

神王《くまみこ》となる子かどうかは、生まれた時にわかる。産屋《うぶや》の周りに精霊が集まるそうで、「それはもう、たくさんの神々が祝いにきたものです。あなたを囲む雲ができたのですよ」と、流天は何度も蛍から話をきいていた。話をききすぎて、自分の目でその光景を眺めたと錯覚するほどだ。

流天の耳から離れようとしない玉響の声があった。

『私が水ノ宮に戻るのは、おまえのための居場所をつくりにいくためだよ』

『いつ呼ばれてもいいように支度をしていなさい』

流天は、神王になりたかった。

なぜ自分ばかりが神王になれないのだと泣き言をいったこともあった。

(あんなに泣いていたくせに、いざとなったら怠けるのか？　ええ、読んでみせますとも、玉響さま)

流天は、巻物に書かれている字そのものではなく、字に託された念を読み取っている。読み進める時にはいつも、玉響と真織が寄り添う姿が浮かんだ。

目の裏に現れた玉響は、神王のことを懸命に教えようとした。

『ねえ流天。神王というのはね、器なのだ。人の欲も、神々の望みも、すべて受けとめてやる器だ。自分の欲を入れてしまえば隙間が減ってしまうから、自分のことを忘れ去らねばいけないのだが、なかなか難しい。神の清杯《さやつき》たる証をいただけば、それがとても楽にできるのだが、人よりも神に近づき、人への興味もなくなってしまって、人が何を苦しんでいるのか、わからなくなってしまう。だからね、難しいけれど、人の身を保ったまま、自分のことを忘れたり、思いだしたりできるようになるのが一番よいと思うんだ』

玉響の言葉がわかるような、わからないような――。

いいえ、わかります。わかってみせます。

流天は字を指でなぞって、気を研ぎ澄ませた。

(水ノ宮。神の宮。人の宮。聖なる宮。穢れた宮――)

「ところで蛍。近頃、妙なことは起きていないか」

「妙なこととは？」

「緑螂の目つきがな、最近変わった気がするのだ」

黒槙と蛍のやり取りは続いていたが、流天の意識は手記にあった。

字に込められた念を解くのは、深く心を傾けねばできないことだった。

『あのね、流天。十年に一度、御種祭《みたねまつり》という大きな神事がひらかれる。そこで祭主をつとめることが、神王にとってもっとも大切な役目になり、「虚ろ」という役目をになって、女神が豊穣の風を吹かせる手伝いとなる。器、神の清杯ともいう。でも私は、誰も「虚ろ」にならなくて済む方法を探したいのだ――』

いつのまにか御座に届く光は薄れ、巻物の字が翳《かげ》ってきた。

日が沈みかけた黄昏時《たそがれどき》。庭は、琥珀色《こはくいろ》の光につつまれていた。

黒槙が、内ノ院で流天の警護をつとめる神兵に命令をくだしている。

「何が起きるかわからん。弓弦刃《ゆづるは》、万柚実、心してお守りするように」

(黒槙は面倒ごとをたくさん抱えているようだなぁ。片づけをしようか)

紙面から顔をあげた時だ。ふっと耳に届く歌声があった。


　水神さまのおともして、宝の森に入らるる、子ら子ら。

　ほうびにいただく宝はひとつだけ。ふたつはいけない。ひとつだけ。


こんばんは、神王《くまみこ》さま。と、笑いかけられた気もして、左右を見回す。

(艸果《くさか》?)

御座にいるのは流天だけで、母はまだ庭にいて、黒槙と話している。

そうするうちに、白の袴《はかま》が目の前を横切り、裾《すそ》からのびた細い脚がひょいっと庭に飛び降りた気がして、目をこらすが、とととっと土を踏む足音がきこえるものの、姿は庭の植え込みの向こう側に消えている。歌声も、すこしずつ遠ざかっていった。

流天は胸がざわりとして、自分も庭へおりた。

「母上、奥ノ院の社へいってまいります。女神へ、夕のご挨拶を」

「お気をつけて」と蛍も黒槙も、神兵たちもにこやかな笑顔で見送るが、奇妙だ。

歌声も足音も、まだきこえているのに。

(どうして誰も艸果を追わないの?)

神子《みこ》が内ノ院に忍びこんだのだから、神兵はすぐさま追いかけるべきだった。

(きこえていないの?)

軽やかに駆けゆく足音は、奥ノ院へ向かっている。

とととっ、たたたっ。うしろ姿が見えそうなほど追いついたと思えば、ちょうどいいところに木々や岩があって、隠れてしまう。

「まって、艸果。どこへいくのだ」

奥ノ院へ近づく許しを得る者は一握りだ。

神王と、神宮守《じんぐうもり》と、忌火《いみび》の世話をする巫女と、特別な許しを得た神官だけである。

行く手に、奥ノ院の社が見えはじめた。社の前には庭がある。行く手がひらけて、すこし先をいく艸果のうしろ姿も見えるようになる。

いまのうちだ、急げ——駆け足を速めるが、戸がぱたんと閉まる音がする。

またた。追いついたと思えば、艸果の姿は物陰に隠れる。

奥ノ院にたどりついて戸をあけると、忌火が御洞の岩肌を照らしている。

宵《よい》を迎えて、火は血の色めいてあかあかとしていた。

赤みを帯びた薄闇の中を、艸果は、御洞へ向かってすばしっこく駆けていった。

奥ノ院も御洞も、水ノ宮随一の神域だ。艸果が入ってよい場所ではない。

咎《とが》めるべきだが、流天の口から出たのは、懇願だった。

「いくな、艸果！」

駆け足で遠ざかっていく艸果のうしろ姿がようやく見えた時、艸果の身体はきらきら光っていた。星の色にぼんやり光る艸果の足は、御洞へ続く白木の橋をたんと跳ねて渡り、忌火《いみび》の向かいに立つ子どもの形をした岩、命の石へとまっしぐらに駆けていく。白藍色《しらあい》の光を帯びた身体が宙に浮き、流れ星のように白い尾を引いて、艸果のうしろ姿は、命の石の中へとすうっと吸い込まれていった。

命の石の周りに、うふふ、あははと、幼い子どもの笑い声が浮きあがる。

御洞に満ちる精霊の笑い声ではなく、人の子どもの声だ。

あどけない笑い声は命の石の周りで輪をつくり、時々は、「にいちゃん、まって」と兄上を追いかける声が御洞の端から端へと走り去り、「母ちゃん、だいすき」と母上に甘える声や、神子が祝詞《のりと》の稽古をする声もきこえた。

（あの石の中からきこえるのだ）

白木の橋を渡ったところで足をとめ、呆然としていると、艸果の歌声がきこえる。

歌声も、命の石の中からきこえた。

(どういうこと――？)

その時だ。命の石の中にいるものが、流天に気づいた。

百、二百――いや、千。大勢の目が流天を向いて、にっこり笑いかけてくる。

『僕たちのぶんまで、生きてね』

みんな子どもだが、死霊の声だと思った。

(どういうこと？　艸果はどうなったの？)

流天は咄嗟《とっさ》に背を向けた。

奥ノ院の社を飛びだして向かった先は、水ノ宮の西の端にある斎庭《ゆにわ》だった。

聖域と呼ばれる区画の端に位置し、外に近いので、神王《くまみこ》の流天がひとりで出かけていい場所ではなかったが、艸果の残り香を追ううちにたどりついたのが、そこだった。

天に夜の帳《とばり》がおり、一番星がきらめきはじめた。

斎庭は、背の高い板塀に囲まれていた。

御饌寮《みけのつかさ》の管轄にある斎庭で、「流天さま、ここは、神事の際に捧げられる鹿や鳥を一時的に留めておく場所なのですよ」と、案内されたことがあった。

門があり、戸を開けて中を覗くと、黒砂利が敷かれたまるい庭がある。

中央に背の高い斎串《いぐし》が四本たてられ、紙垂《しで》が夜風で揺れている。

内側に、子どもが倒れていた。

榊《さかき》の枝が飾られ、神に捧げる神聖な御饌《みけ》と同じ飾られ方をしているが、人だ。

細い身体の隣には、首から上だけになった子どもの頭部が、胴とつながっていれば向くはずのない方向を向いて、黒砂利の上に置かれている。しかも——。

(艸果だ)

身体とばらばらにされて星の光を浴びているのは、艸果の頭だった。

黒砂利の下から、奇妙な光がさしている。地面の下にいるものたちが艸果の身体に手をのばして、歓喜の声をあげていた。人ではないものの歌声もきいた。

おまえさんが持ち去った団栗《どんぐり》のかわりに、ひとつおくれ。

おまえさんが火にくべた小枝のかわりに、ひとつおくれ。

気づいた時にはもう、流天は身体が動かなくなっていた。

(死穢《しえ》だ)

人が命を落とした時には、凄まじい力が生まれる。神聖な場で暮らす神官にはとくによく効くので、水ノ宮では、御饌にいただく食材に至るまで、ありとあらゆる死が清められたが、この庭には死穢がありのままにあった。

生命の流れに杭《くい》が打たれるようで、流天は息ができなくなった。

黒砂利の上にくずおれ、身体が石のように動かなくなるが、涙は流れ続けた。

(どういうことなの？)

潤《うる》んだ目で見つめ続けたのは、斎庭《ゆにわ》に敷かれた砂利の底だった。

奥深いところに、光が蠢《うごめ》いている。

光は、艸果の身体を食べていた。

身体そのものではなく、生きるためにみなぎっていた力を。

一滴ずつ土にしみこんでいく血も、食べていた。

血とはすなわち、命が溶けた水だ。

◇　◇

(玉響さまは、見事にあちこち掘り返してくださったものだ。水ノ宮も神ノ原も、めちゃくちゃだ)

緑螂は、舌打ちをした。

先代の神王《くまみこ》、玉響の仲立ちによって、卜羽巳氏と神領諸氏《じんりょうしょし》のあいだの和が保たれたかに見えた。しかし、実際はどうだ？

自分が神宮守《じんぐうもり》になるといいはった玉響は、水ノ宮の聖域を占拠し、神領諸氏《じんりようしよし》の武官を世話役に迎えた。

刃《やいば》をもつ者が、水宮《すいぐう》内の聖域をわがもの顔でうろつくようになった。

神領諸氏の神官が評議の場に姿を現すようになり、力役寮《りきやくのつかさ》という役所を一新した。力役寮は、架橋《かきよう》や道路の工事を担う役所だ。

治水工事をおこなう部門を新たに設け、指揮をとる長《かみ》と次官《すけ》に神領諸氏を置いた。

水路建設の噂は、またたくまに神ノ原の内外にひろまった。

「きいたか？　水路をつくれば、豊穣の風に頼らずとも豊作がやってくるんだってよ！」

いまや民は、祈りを捧げる相手を、水ノ宮から水路にかえようとしている。

緑螂はぎりと歯を噛んだ。

(これが、奴らの望む祈りか？　祈りが濁《にご》る)

このままでは統制がとれなくなる。祈りの力で民を導く政《まつりごと》が崩れてしまうではないか――。

神領諸氏の傲慢《ごうまん》を不安がる声や進言も、朝な夕な寄せられる。

「治水工事の指揮をとる匠《たくみ》は、ほとんどが神領諸氏に仕えているそうです。水路をつくった後で乱暴な振る舞いをしないでしょうか？　水路の使用料をよこせと、難癖《なんくせ》をつけてこないでしょうか？」

「水路の恩恵を受けて新しい田畑ができたとして、そこに神領諸氏が新たに住みついてしまわないでしょうか？　そうなったら、領地まで奪われかねません。無主領が増えてしまった水ノ原のように」

そもそも、一時的な事業のために、役所の構造を変えてしまうべきではない。

評議の場で、緑螂もみずから黒槙を問いただした。

「水路の利は心得ました。しかし、黒槙さまは、つぎの飢渇《きかつ》が訪れるまでに神ノ原中の水路を整えきるとおっしゃっておられるわけです。水ノ宮の役所に手を加える必要などございません。枠組みの外に枠を設けて、いつ終わりを迎えたとしても影響がないようにすべきです」

黒槙の厄介なところは、不機嫌になると怒りを隠そうとしないところだ。

黒槙は日に日に声を荒らげるようになり、ついには「強情《ごうじょう》な奴め」と緑螂を罵《ののし》るようになった。

「何度もいったではないか。水路というのは造って終わるものではなく、うまく働かせるためには日ごろの管理が必要だ。期限を設けるのは、どのような役目が生ずるか、人や財《たから》がどれだけ要るかがわかった後であるべきだ。いまではない！」

罵詈雑言《ばりぞうごん》が飛び交う評議など、野蛮だ。

わがままを通すのも、水ノ宮で大勢をつかさどる為政者《いせいしゃ》にふさわしくない。

緑螂が黒槙を見る目は、冷めていった。

治水工事のほかにも、争点になったものがある。神子《みこ》制度だ。

黒槙は神子制度の撤廃を進言し、緑螂は反論した。

「水ノ原を見よ。制度そのものが腐っていたではないか。あの制度が信心の妨《さまた》げになっている里もあるのだぞ！」

神子は、杜ノ国のすべての郷に許された神官制度だ。

水ノ宮のお膝元の神ノ原だけでなく、すべての郷から分け隔てなく高位の神官になれる子を招集する制度で、古い時代から続いている。

神子制度への不満が鬱積《うっせき》していることは、緑螂も承知している。

神子は、水ノ宮で稽古をおこなった後に嘆願をたずさえて女神のもとへ向かう使者となるが、神々の国へいくには、首を斬られ、死の力をかりるからだ。かつては当然とされた手法だが、野蛮だと見る者が増えてきた。

「いま一度見直し、民が一丸となって神々に祈る国にすべきだ」

「それは、同意でございます。しかし」

制度の見直しについては緑螂も賛同したが、策の面での折り合いがつかなかった。

「評議が進むまで、神子《みこ》の招集を見送ってはいかがか。さしあたって、まもなく冬の招集があるが、一旦保留としては――」

「いいえ、黒槙さま。ひとたびあいだを置けば、民は神子を渡さずに済むと考えるようになりましょう。どう変えていくかを決めるのが先です」

「しかし、水ノ原の腐敗は緑螂さまもご承知だろう？」

神領諸氏《じんりょうしょし》側は、神子制度は全廃もやむなしとした。

卜羽巳氏側は、是正のうえで残すべしとした。

評議をかさねるごとに溝は深まり、ついに黒槙は、喧嘩腰《けんかごし》でいった。

「お尋ねしたいことがある。そもそも神子というのは、まことに女神のもとへ祈りを届けているのだろうか？」

神子制度とは迷信ではないのか？

まさに、愚痴《ぐち》無知《むち》な暴言である。

緑螂は黙って見過ごすわけにいかなかった。

「これはこれは、神領諸氏を率いるお方のお言葉とも思えません。神子は、わが国にとって重要な神官。人には通ることができぬ路を通って女神のもとへ豊穣の願いを届けにいく、聖なる使いでございます」

「されど、神子がまことに女神のもとへ着いているかどうかは、俺たちにはわからぬ。神子《みこ》制度は卜羽巳氏の管轄だ。せめて、神子というものがいつ、どのようにはじまったのかを教えていただけないか」

「俺の口からは言えませぬ。神子の縁起《えんぎ》はわが一族の『杜ノ国神咒《しんじゅ》』に記されており、当主のみが知る秘事でございます」

「言えぬ、言えぬで納得がいくわけがなかろう！」

「『杜ノ国神咒』は、卜羽巳氏の当主が代々受け継ぐ宝でございます。黒槙さまがおっしゃるのは、その宝をただで配れと命じるのと同義。従うわけにはいきませぬ」

「しかし」

立腹する黒槙に、緑螂は真っ向からたてつき、皮肉をいった。

「まだわかっていただけませんか？　ならば、『杜ノ国神咒』は、神領諸氏《じんりょうしょし》の血の掟と同じであるとお考えください。黒槙さまがおっしゃるのは、神領諸氏の血の掟は無意味、いますぐ撤廃なさいませと俺がもうしあげるのと同じです。——まあ俺は、そのようなまねをしませんが。あまりに無礼です」

評議が終わると、黒槙がかっかと肩をいからせて部下に不機嫌を見せつけた。

「譲歩はしている。しかし、相容《あいい》れぬ！」

館の外へ出ていく黒槙を見送る緑螂も、同じ思いだ。

譲歩はしているが、相容れない。渋いため息をついた。

玉響が神宮守《じんぐうもり》の代理になってから、評議の場は荒れに荒れた。

新しい勢力は、長いあいだ水ノ宮を守ってきた信念すら覆《くつがえ》そうとする。

なぜ、そのような横暴がまかりとおると考えられるのか。

なぜ、その程度のことが理解できないのか——。気が滅入《めい》ることばかりだ。

だから緑螂は、玉響が北ノ原へいくと話した時、引き留められなかった。

「神王《くまみこ》と神宮守が揃って水ノ宮を出ていかれるなど、認めるわけにはまいりません」

口先で拒んだ緑螂に、玉響は笑った。

「おまえがいるではないか。私も真織も、神宮守と神王の代理だよ。後は任せたよ」

——その通りだ。あなたは代理だ。あの娘も。

緑螂は、内心そう思った。

玉響と、真織という娘が行方知れずになったとの報が届いても、安堵が湧《わ》いた。

（よい。このまま帰ってこなければよい）

卜羽巳氏に仕える神官たちも、一様にほっとした顔を見せた。

「玉響さまがご不在となれば、緑螂さまが神宮守の座にお戻りになるしかございませんなぁ」

真織という娘の穴を埋めるため、流天も内ノ院に到着した。

卜羽巳氏が神宮守の座に戻り、頼りなく、御《ぎょ》しやすい子どもが神王の座に就いた。

水ノ宮に、ようやく平穏が戻ってきた。

守頭館《もりかみのたち》から、斎庭《ゆにわ》越しに内ノ院の屋根を眺めて、緑螂は息をついた。

(つぎこそ、流天さまが幼いうちに懐柔《かいじゅう》せねばなるまい)

玉響は去ったが、水ノ宮には神領諸氏《じんりようしよし》の息がかかった者が増えている。

以前のように神王《くまみこ》に近づけなくなったうえ、蛍という名の流天の母親が神王の供として内ノ院で暮らしはじめた。

(面倒な相手が住みついたものだ)

幼い子どもの母親というのは、獣《けもの》に近くなるものだ。子に害を与えようとするものを過敏に威嚇《いかく》し、自分の命などかなぐり捨てて子を守る。

流天はまだ八つだが、もし玉響と同じく御種祭《みたねまつり》を生きのびたとしたら——。

(そうなったら、終わりだ)

ト羽巳氏が権勢を誇ったのは、ト羽巳氏を超える位をもつ神王が政《まつりごと》に関わらなかったからだ。これから先、もとの神王という地位をもつ者が存在するようになれば、これまで通りの力の釣り合いは崩れる。

(譲歩はしたい。だが、相容れぬのだ——)

顔には出さぬようにしているが、玉響はよく緑螂の苛立ちに気がついた。

水ノ宮でともに過ごした四月《よつき》のあいだにも、「そうではないのだ、緑螂」と幾度もたしなめられた。

「神宮守《じんぐうもり》と神王はね、ともに手をたずさえてきたんだよ。歩み寄ってくれ」

(玉響さま、か)

守頭館《もりかみのたち》でぼんやりした時だ。

「緑螂さま」と、蟻真《ありま》がそっと膝をついた。

蟻真は幼いころから緑螂に仕える従兄弟《いとこ》だった。神官の役に就き、いまも緑螂を支える立場にある。

「水路工事を機に、神領諸氏が領土をひろげようとしているとの噂はまことでしょうか」

「噂にすぎない」

緑螂も工事の場へ視察に出向いたが、変わったことは別段なかった。

仕事に励む力役夫《りきやくふ》は、卜羽巳氏も神領諸氏もなく汗だくになって土を掘り、いずれ水路に水が満ち、潤った田畑が実りの季節を迎える日のことを語り合っていた。

緑螂の懸念は、別のことだった。

(民の心が、水ノ宮から水路に移りかけている——)

蟻真は、緑螂のそばで声をひそめた。

「緑螂さま。考えがあるのです。御調人《みつきびと》に密命を与えませんか?」

「御調人《みつきびと》に？」

「ええ。杜ノ国の財《たから》や地勢に詳しい一族です。民にまじらせ、余計なやりとりがかわされていないか、探らせてはいかがでしょうか。緑螂さまも、鈴生《すずなり》という男に目をかけておられたではありませんか」

鈴生は、御調人一族の若長《わかおさ》だ。調寮《つきのつかさ》と御饌寮《みけのつかさ》の次官《すけ》をつとめ、杜ノ国における物の動きや、作物の実りの良し悪しを掌握《しょうあく》していた。水路の視察にまじっても、なんらおかしくない連中だった。

「鈴生か。おまえがそうしたいなら任せるが、あの男が寝返った後にどうするかを考えておいたほうがいい」

「寝返る？　鈴生が？」

「あの男は俺をよく思っていないよ。口ではうまくいうが、俺の足をいつ掬《すく》ってもおかしくない男だ」

緑螂は普段から、偽りに敏感だった。

幼いころから黎明舎《れいめいしゃ》に入っていたせいだろう。

腹とは違うことを口にする者がいればすぐに気づくが、鈴生も、警戒すべき部類の男だった。

「前に倉で会った時も、妙な顔をしていた――そうだな。あの男が倉で何を調べていたかを先に探っておけ」

「倉で？　はあ――。承知しました」

「密命を下すなら、多々良《たたら》がよいのではないか？　あの男なら信を置けるぞ？」

多々良は、水ノ宮につとめる御狩人《みかりびと》一族の若長だ。

神官としては唯一神軍に属し、職務も武官と重なる部分が多く、精鋭と知られ、水ノ宮内の秘事にも多くかかわった。

「多々良さまですか？　しかし、多々良さまは先日、大きな祟《たた》りに触れられたとか」

「――すでに祓《はら》われた」

「しかし――ト羽巳邸に出入りする者は祟りに脅えております。また何か起きやしないかと。あなただって大けがを――」

緑螂も、神の怒りに触れたことがあった。人のひとりやふたりなどやすやす一飲みにする巨大な顔をした大蛇に絞め殺されかけ、重傷を負った。

しかし、いまもまだ生きている。

「ならば祟りではなく、禊《みそぎ》と呼べばいい。俺は祟られたが、生き延びた。またつぎが起きるなら、つぎこそ遠ざけてみせる」

「緑螂さま、おやめください。祟りを招いたらどうなさるのです！」

蟻真が血相を変えるが、ぎろりと睨《にら》む。

避けられる算段がついていることを心配されるのが、緑螂は好きではなかった。

「崇ってみればよいのだ。神とはなんだ。崇りとはなんだ？」

緑螂のもとには、一族が古来守る蛇脅《へびおど》しの鎌《かま》、神縛《かみしば》りの封《ふう》がある。どちらも、相手が神であろうとも遠ざけることができる呪具《じゅぐ》だ。

職務の合間を縫って父のもとへかよい、一族の秘事『杜ノ国神咒《しんじゅ》』を暗誦《あんしょう》する稽古も終わりに近づきつつある。『杜ノ国神咒』で伝えられるのは主に神事の手法や心得だが、条の終わりに数多く記されたのは、女神の祟りから逃れるためのすべだった。

「厄介を知れば、避けるための計略をめぐらせられる。俺は、それができぬほど間抜けではないぞ？」

蟻真の目を振り払って立ちあがるが、我に返る。

（なんと、不遜《ふそん》な）

神々の仕置きすら、払いのけるつもりなのか？

（祈りが濁っているのは、俺も同じか——しかし）

「そうではないのだ、緑螂」と自分を見つめる、澄んだ目を思い返した。

（玉響さまも、俺の腹に気づいていたのだろうか——）

― 祈《いの》りの跡《あと》 ―

「花宴《はなうたげ》の里とりもと」という道の駅は、山間にある小さな施設だった。

駐車場に着いて車からおりると、真織《まおり》は呆然となった。

「千紗杜《ちさと》だ……」

つい目がいく山があった。山頂が三角に尖《とが》って、東側の斜面に岩がむき出しになった崖があって、その崖が珍しい形をしている。翼をとじた鳥に見えた。

駐車場には、案内の看板があった。

【鳥下《とりもと》の名前の由来】

兜山《かぶとやま》に鳥の形の崖があることから、鳥下という地名がついたといわれています。

林業が盛んで、江戸時代に鳥下杉という材木が取引された記録が残っています。

(千紗杜のことは書かれてない――。江戸時代っていうことは、その前のことがわか

っていないのかな？　でも、絶対に千紗杜だ）

街並みや地名は違っても、目に焼きついた風景と同じ山並みが、目の前にあった。

真織が保護された食堂は、閉鎖されていた。

道の駅にはトイレと小さな売店があって、売店の一角に、花をモチーフにしたオリジナルグッズが並び、こんなふうに書いてある。

『いにしえの鳥下には、花の祝いという行事がありました』

どんな行事だったのかはさっぱりだが、真織の目の裏には、花飾りまみれの花婿《はなむこ》衣裳を着た千鹿斗《ちかと》の姿が浮かんだ。

「花の祝いって、結婚式のことかな……もう千鹿斗に会えないのかな」

涙ぐむのをこらえてレジへ向かった。

会計をしてもらうついでに、尋《たず》ねてみる。

「近くに、岩の上に建つ神社がないでしょうか？」
五、六メートルくらいの崖の上にある小さな神社なんですが——。
特徴を説明すると、店員は目尻にしわを寄せた。

「国見《くにみ》神社のこと？　よく知ってるね。あれかな？　ＳＮＳ？」

「いえ——人気なんですか？」

真織が目をまるくすると、店員は「違った？」と恥ずかしそうに笑った。

定年後に再就職したという感じの男性で、穏やかな話し方をする人だった。

グレーのシャツに「販売スタッフ　柳世《やなせ》」と書かれたネームプレートがついている。

「若い人がドローンを飛ばして投稿したらしいんだよ。絶壁に立つ孤高の神社、日本最後の秘境とか、なんとか。ありがたかったよ。もうなくなっちゃったからね」

「もう、なくなった？」

「いまはもうなんにもないよ。跡形もない」

柳世という店員は寂しそうに笑った。

「四年くらい前になるかな。あのあたりはいま立ち入り禁止なんだよ。高速道路の橋脚《きょうきゃく》を建てる工事がはじまってね。管理が難しい神社だったから、工事の話が出た時に、もういっそ移そうという話になってね。ぼくが小さかったころは、あそこに登れる奴はちやほやされたもんだよ。秘密基地みたいな場所だったんだがなぁ」

柳世は懐かしそうに話したが、苦笑する。

「すみません、お客さん相手に余計な話を――」

「いいえ」真織は首を左右に振った。ありがたい話だった。

「その神社はどこに移されたんですか？」

「どこだっけなぁ。どこかの神社のはずだけど――」

「どこにいけばわかるでしょうか。わたし、その神社にお参りがしたくてきたんです。お世話になったことがあって——」

「御礼参《おれいまい》り？　若いのに、信心《しんじん》深いね」

柳世は首をかしげるものの、ポケットからスマートフォンを取りだした。

「管理をしている人にきいてみましょうか」

スマートフォンを耳に当てているあいだ、「どこからお越しですか？　えっ、東京？　わざわざ御礼参りに岩森《いわもり》まで、へえ」と世間話をしていたが、一分近く経って、柳世は「出ないなぁ」と渋い顔をした。

「忙しいみたいです。連絡がついたら、あとでお電話をさしあげましょうか——あっ、若い女性に連絡先をきいちゃよくないですね」

「いいえ、お願いします」

ハラスメント対策の気遣いはありがたいが、男とか女とか年とか、そんな差異がどうでもいい問題も世の中にはたくさんあるものだ。

真織は礼をいって、帰り際にスマートフォンの画面を見てもらった。

「この鍾乳洞《しょうにゅうどう》にいこうと思っているんですが、遠いですか？」

柳世は「また辺鄙《へんぴ》なところを」と笑った。

「車で四十分くらいかかるかなぁ。早くいったほうがいいですよ。来週には閉まりますから」

「えっ？」

「休業期間にはいるんですよ。もともと客があまりこないから、閑散期の冬は見学を受けつけていないんです」

店員に尋ねた鍾乳洞は、杜《もり》ノ国《くに》では水《みず》ノ原《はら》に位置し、滴《しずく》ノ御《み》洞《ほら》と呼ばれていた洞窟だ。

道は整備されていたものの、道沿いの店は軒並み閉まって、駐車場もがらんとしている。

施設の受付所は、トタン屋根の小屋だった。

受付窓口の脇に「冬季休業のお知らせ」の案内が貼られている。

休業に入るのは三日後だった。

「ぎりぎりだったね。開いていてよかった」

笑いあう真織と玉響《たまゆら》を眺めて、受付窓口に座る老齢の男性がにっこり笑った。

「そんなに喜んでもらえると嬉しいですね。開いていようが閉まっていようが、誰も気にしやしないかと思っていました」

入場料は八百円。チケットを受け取ると、受付の男性が奥を指さす。

「入り口はあちらです」

鍾乳洞の入り口は、見覚えのある鳥のくちばしの形をしていた。

入り口には崩落防止の屋根と鉄製の手すりがつくられ、洞内の通路は凸凹《でこぼこ》が埋められ、照明が設置されていた。

見学ができるのは洞窟の途中までで、しばらく進んだところで、「キケン！　立ち入り禁止」と書かれた看板に通路が塞がれる。

最終地点でオレンジ色のライトに堂々と浮かびあがるのは、立派な鍾乳石だった。

水が流れた跡が衣のひだのようになびく白い石柱で、「岩の貴婦人」と書かれたプレートが設置されている。

「御滴石《おしずくいし》だね」

真織と並んで、玉響はライトアップされた鍾乳石を見つめた。

「滴が落ちていないね。精霊もいない」

「岩の貴婦人」と名づけられた鍾乳石は、杜ノ国では滴大社《しずくおおやしろ》が祀《まつ》る御神体《ごしんたい》で、「御滴石」と呼ばれていた。この石の前、ちょうど真織たちの足元あたりで、滴ノ神事という神事がおこなわれた。

真織が覚えている滴ノ御洞は、四方八方から、ぴちょん、ぽとんと、水音がする水気の多い洞窟で、水音を真似《まね》て遊ぶ精霊たちが大勢暮らしていた。

でもここは、しんとしている。通路は金属の鎖で囲まれ、鍾乳石に近づけないようになっていた。「岩の貴婦人」と書かれたプレートにも「お手を触れないでください」と赤字で書いてある。

「岩の貴婦人」を見つめて、玉響が怪訝《けげん》顔をしている。

「真織の国って、杜ノ国なの？」

真織は言葉を選んでこたえた。

「わたしが暮らしている国はね、玉響が知っている杜ノ国から、長い時間が経った後なの」

「じかん？」

「もしかしたら、千年くらい。千年っていうのは――」

杜ノ国では、時間の感覚がアバウトだ。

薪《まき》の火が燃え尽きたから真夜中だとか、明け方の空に昴《すばる》があがるようになったから田植えをしようとか、星や火や水や、鳥の鳴き声や陽光の傾き方や、身の回りにあるものが時計やカレンダーの代わりだった。

れっきとした暮らしの知恵で、十分事足りたし、現代ほど正確に時間を知ろうとする人はいなかった。

百年前になにが起きたかとか、そういうことを語れる人もかぎられた。

千紗杜の古老《ころう》など、生き字引の長老たちが話す時も「わしの爺さんの代」とか「五代前」とか、人の一生が単位になった。

「ええとね。澄影《すみかげ》と蜻蛉比古《あきつひこ》が暮らしていた時から、玉響が生まれるまでは三百年くらいあったんだって。わたしが生まれたこの時代は、玉響の時代からさらに千年くらい経った後のはずで――千年っていうのは、三百年が三回分より長くて――」

「つまり、私が真織の国を訪れているのは、澄影と蜻蛉比古が、時が経った後の杜ノ国を訪れるようなもの？」

玉響は理解が早かった。

「ふうん」と金属の鎖のきわに寄って、鍾乳洞を見渡した。

「私が神王《くまみこ》をつとめた杜ノ国は、澄影と蜻蛉比古が生きていたころから見れば、とても変わってしまっているだろう。その後また長い時が経って、変わってしまった後の杜ノ国がここ、ということ？」

ふう。玉響はため息をついた。

「こんなにも変わってしまうんだね」

「あの、このあたりに昔、大きな神社がありませんでしたか？」

帰り際に尋ねてみると、受付の男性は首を横に大きく振った。

「若い方におすすめできるような神社なんか、ありませんよ」

「小さな神社なら……」と断りを入れ、男性は照れくさそうに教えてくれた。

「駐車場から歩いて二分くらいのところにありますよ。何もないですが、石がたくさん並んでいて、なかなか壮観ですよ」

いってみると、石の玉垣とこんもりと茂る小さな森に囲まれた神社があった。

「水野原《みずのはら》神社、だって。名前は水ノ原に似ているね」

石の鳥居をくぐって階段を登っていくと、本殿の脇に石碑が並んでいた。

石碑は五十センチくらいのものから二メートル近いものまで、大きさも形もさまざまだ。穏やかに佇《たたず》む観音《かんのん》様の姿が彫られた石碑も、文字だけが大きく彫られた石碑もある。

「おじいさんがいっていた石って、これかな」

境内の端に並ぶ石碑をひとつひとつ見物しているうちに、真織の足がとまる。

腰丈《こしたけ》くらいの石碑があった。インパクトのある巨大な石碑と並ぶと物足りなく見える上に、他の石碑よりも損傷が激しくて、彫刻がぼんやりしている。

でも真織には、すぐわかった。石に彫られているのは、蛇だ。

「巳津池《みついけ》の底にあった石だ！」

真織が覚えているその石は、湖の底にあった。地底を流れる川が湧《わ》き出るあたりに、ふつふつと揺れる砂粒のもとで、すこし傾いて沈んでいた。

「どうしてこんなところに――玉響」

玉響は、隣の石碑の正面で両手の指先を合わせていた。

親指で山形の印をつくる、杜ノ国の祈り方だ。

「前に会った石だった」

玉響が祈りを捧げた石には、『水神《すいじん》』と彫られている。

「あっ。巳紗杜《みさと》の川のそばにあった石？」

水ノ原では川がよく氾濫《はんらん》したそうで、水の神様へ祈る場所があちこちにあった。

『水神』と彫られたその石も、神《かみ》ノ原《はら》から水ノ原に入ってすぐの川沿いにあった。

「どうしてここに――」

蛇が彫られた石も、この石も、小高い場所に立つ神社の境内《けいだい》に、こんなふうに並んではいなかった。

「運ばれてきたんだよ、きっと」

玉響は境内に並ぶ石碑ひとつひとつの前で立ちどまり、祈りを捧げた。

二十基近く並ぶ石碑すべてに「ゆるりとお鎮《しず》まりください」と祈り終えたころ、風が吹く。境内の森の木々の葉を揺らし、石碑を撫でた風は、玉響の黒髪も浮かせた。

「このあたりを潤していた水が涸《か》れてしまったのだろうね。石に宿る神々は、人を守る役目を終えて、ここで休んでおられるようだ」

「石が、そう話しているの？」

真織もしゃがみこみ、蛇の姿が彫られた岩にそっと触れてみた。

こんにちは、真織です。この前はお世話になりました――。

そう、胸で唱えた時だ。どくんと風が脈打った。

いや、脈打ったものが風か、岩か、真織自身かもわからないが、反応して震えるものがあった。

うふふふ、と女の笑い声をきいた。声は、真織を知っているように話した。

――ようこそ。久しゅう。

懐かしい声だった。前に会った時は蛇の形をしていた神様で、水中を泳ぐ水の背に真織と玉響をのせて、岸に戻るのを助けてくれた。またがった蛇の背のぬるさが血液のようだと感じたのを、真織はまだしっかり覚えていた。

(久しぶりです。じつは、あの)

水ノ原になにが起きたのかを、教えてもらえないだろうか？

滴ノ御洞から、どうして水と精霊がいなくなってしまったのか？

ここが杜ノ国の水ノ原にあたる場所なら、大きな湖があるはずだが、その湖すら、地図には載っていなかった。滴大社《しずくおおやしろ》も――。

どう尋ねたらいいだろうか？

真織は言葉を探そうとしたが、その先に、身体に電気が走って大きく跳ねた。

オパール色の靄《もや》につつまれて周りがなにも見えなくなり、そうかと思えば、入れかわり立ちかわり浮かんでは消える景色がある。

水ノ原の大地を流れる幾筋もの川。西の方角から山を越えて流れてくる川は、真織が覚えているよりも水の量がぐんと減っていた。

川の流れが変えられ、干上がっていく湖。

干拓され、湖があった場所は、広大な農地に生まれ変わった。

地下に用水路をはりめぐらす工事。トラックに乗せられて運ばれていく石碑。

（――苦しい）

水神の石に触れてから起きた異変は、初代神宮守《じんぐうもり》が残した『蜻蛉記《あきつき》』を読んだ時と似ていた。

受けとめるには多すぎる情報量と、尺度《しゃくど》。情報の洪水《こうずい》に流されるようで、真織には強すぎた。受け入れようとむりをすれば、「真織」だった部分が遠ざかっていく。

細胞や神経や、肉体にあるはずのものが押し流され、身体が水になっていく――。

真織の中に入りこんだ水神の声が、真織の内側で波紋をひろげていく。

音の聞こえ方、話の仕方すら、人のものとは違った。

——だから、おまえは旅をしているのだろう？

——おまえが呼ばれた場所はここではないよ。でも、会えて懐かしい。うふふふ。

「真織！」

はっと気づくと、両肩を揺さぶられていた。

玉響の顔が真正面にあって、怖い真顔をしている。

「よかった。戻ってきた」

玉響は膝をつき、蛇が彫られた岩に手のひらを置いて目をとじた。

「鮎《あゆ》群れる豊穣の水、笑らかなる心安《うらやす》の水、淀みなき清浄の水。恐《かしこ》み恐み」

それから、「いこう」と真織をつれて立ちあがった。

「離れよう。真織は稽古をしていないから、あぶないよ」

「あぶないって？」

玉響は真織の手を引いて、境内から出ようとした。

遠ざかっていく石碑たちが「さようなら」と手を振っている気がして、うしろ髪をひかれる思いだが、ぐいぐい前へ進んでいく玉響の手が強い。

「真織の国は、私が暮らした杜ノ国からとても遠いところにあるのだろう？　でも、ここにいる神々は、そうではないようだ。遠いところ同士を好きに行き来するというのか、神々の路《みち》に近いものに感じる。あの水神は、真織になにか話した？」

「水ノ原になにが起きたのかを尋ねようとしたの。そうしたら景色を見せてくれたんだけど、たぶん、答えてくれたんだと思う」

「そう」と、玉響は深刻そうな顔をした。

「ここに鎮まる神々は、私よりも真織に反応したね。でも、真織が近づくのはあぶないよ。自分を保つ稽古をしていないから、また――」

玉響の怯《おび》え方には、見覚えがあった。

「わたし、おかしくなってた？」

「すこし」

（まずい）

油断していた。

真織は人と神様のあいだにいるが、神様の側に寄っている。水ノ宮で暮らしはじめた後はさらに神様の側に寄ってしまい、記憶や感情を失いかけたのだった。

現代に戻ってきてからは、人の感覚が戻っていたが――。

（またおかしくなったら、玉響はどうなる）

ここは現代だ。玉響が何者かを知っているのは、真織だけだ。

真織が玉響を守りたい気持ちを忘れて、玉響を守れなくなったら――。

（絶対に、だめだ）

青ざめた真織の隣で、玉響も、無言になってじっと虚空を見つめていた。

ある時玉響は、ぽつりといった。

「なぜ、神王《くまみこ》は稽古をするのだろう」


宿泊先を検索すると、民宿が一軒あるだけだった。

『宿泊は可能なんですが、食事が今日は出せなくて、素泊まりでもよければ……』

「大丈夫です。お願いします」

電話で予約を済ませて、早めの夕飯と買い出しに寄ることにした。

宿の人から、おすすめの店も教えてもらった。

『和食のお店なら、近くにありますよ。ええと、駐車場ですか？』

運転に自信がなくて——と正直に話すと、宿のスタッフは受話器越しに笑った。

『大丈夫ですよ。お店に広い駐車場がありますから。この時間なら、好きに停めても誰も困りませんよ』

通話を終えると、助手席に座る玉響に笑いかけた。

「ごはんのお店を教えてもらったよ。玉響が食べられるごはんがあるといいね」

玉響がこれまで食べたのは、レトルトのおかゆと、昆布《こんぶ》のおにぎりと、うどんと、白ごはんと、具沢山《ぐだくさん》のお味噌汁と、卵焼き。
唐揚《からあ》げやグラタン、ハンバーガーや、脂《あぶら》っぽいものを食べる姿が想像つかなくて、杜ノ国の食事に近いメニューを用意してみたが、玉響はしょっちゅう困り顔を見せた。

「からい……」

現代の料理は、塩分が多いのである。生まれてはじめてコンビニのおにぎりを口にした玉響でなくとも、杜ノ国の味に慣れた真織にも、現代の食事はしょっぱかった。

「杜ノ国じゃ、塩は貴重品だったもんねぇ」

塩が貴重品？　と、はじめはピンとこなかったけれど、考えてみれば、塩の産地は海なのだ。山国の杜ノ国では、塩は、山を越えてやってくる輸入品だった。

そのうえ塩は、現代では考えられないくらい大事なものだった。

冷蔵庫がない時代、塩は保存食をつくるのに欠かせないものだ。

調味料としても万能で、これさえあれば食事が美味しくなる魔法の粉だ。

味噌もあったが、味噌をつくるためにも塩が要る。

ちなみに砂糖は杜ノ国になかった。甘味は果物だけである。

調味料は大事に使われるので、その結果、食事は超薄味だった。

「ここだ、ここ！」

地図アプリのナビを頼りに到着したのは、「猟師の田舎料理いわもり」。

木製の大きな看板と、「営業中」と書かれた手づくりのサインボードがかかってい
て、入り口には、年季の入った背負子《しょいこ》や藁沓《わらぐつ》が飾られている。

内装も、「猟師の家」風。木目の風合いを生かしたテーブルと、民芸調の布張りの椅子《いす》が並び、柱は燻《いぶ》されて黒い艶《つや》をまとっていた。

まだ五時過ぎだ。客は真織と玉響だけだった。

「そうなの。こういうのを玉響に食べさせたかったの！」

注文したのは、猪鍋《ししなべ》のお膳《ぜん》。

運ばれてきた一人前の土鍋の中で、猪の肉と野菜がぐつぐつ煮えている。

味噌の香りの湯気がのぼり、人参やコンニャク、豆腐と、杜ノ国になかった食材が使われていたけれど、里芋や大根など、食べ慣れた野菜もスープからのぞいていた。

「懐かしいね」

千紗杜で暮らしていたころ、玉響とふたりで暮らした小さな家で、こういう鍋料理をよく食べたっけ——。おすそ分けでいただいた野菜や肉を煮込んで、味噌の香りがする湯気で、家の中をいっぱいにしたものだ。

「割り箸の使い方を知らないよね。やってあげる」

真織が玉響のお盆に手を伸ばすと、玉響は首を横に振った。

「自分でやりたい。真織は食べて。私はまねをする」

そういえば、玉響が飲食店に入ったのははじめてのことだった。

どこにどう座るとか、そういうことは一切教えなかったのに、玉響はゆったりくつろいで見えた。この秋に発売されたばかりのファッションに身を包む姿も、過去からきた人には見えない。

「お待たせしました。つけあわせの小鉢です」

店員の女性が、酢の物を盛った小さな器を運んでくる。

「ご注文の品はお揃いでしょうか？」

伝票をテーブルの隅に置いてから、店員は玉響の顔を覗きこんだ。

「きれいな髪ですね。役者さんですか？」

玉響の髪は背中まであった。ファッションもメイクも十人十色の現代でも、長髪の青年は珍しい部類に入るかもしれない。

玉響はきょとんと店員の女性を見つめている。

店員は五十歳くらいだろうか。真織の母親よりもすこし年上に見えた。

真織が「いいえ」と答えると、店員は愛嬌のある笑みを浮かべた。

「なら、バンドマン？　モデルさんとか？」

玉響はきれいな顔をしている。

色白で、粗野過ぎず可憐過ぎず、杜ノ国では神領諸氏《じんりようしよし》という一族ならではの顔だが、現代人から見れば、中性的な雰囲気を帯びた美青年だ。

「いえ。神職なんです。神社の――」

間違ってはいない。玉響は杜ノ国の神官だ。

「あらあ、そう！　神主《かんぬし》さんの恰好をされるのね。似合いそう」

玉響は会話に加わらなかったが、やさしく笑い返した。

「観光ですか？」

「まあ、はい。今日は鍾乳洞にいってきました」

「水野原鍾乳洞？　夏には涼しくて人気なんですけど、どんどん入場料が高くなっちゃって」

「そうなんですか。隣にある水野原神社にも寄ってきました」

「あんなところに？　あ、そうか。神職さんですものね。お仕事ですか？」

「いえ。石碑がたくさんあるって、鍾乳洞で教えてもらったんです」

「ああ。田んぼの再開発をする時にあそこに集めたらしいんですよ。曰《いわ》く付きの石を捨てるわけにはいかないからって、うちの父も手伝ったみたいです」

「お父さんが？」

「ええ、私が子どものころにね。すぐそこに『三《み》ツ池《いけ》』っていう民宿があるんだけど、そこのご主人がこのあたりの自治会長をしていて、父の幼馴染《おさななじみ》だったもので、タダでやれって頼まれちまったけど、断れなかったって」

店員は冗談をいうように笑っている。

「あ——今日わたしたち、その『三ツ池』に泊まるんですよ」

「えっ、そうなの？　いい宿よ。みんなすごくいい人。娘さんが後を継いでいて、私の幼馴染なんです。弥子《やこ》さんっていって——いえ」

店員は湯気がのぼる土鍋に視線を落として、照れくさそうにお盆を持ち直した。

「長話をしてごめんなさいね。つい——。召しあがってください」

店の入り口のほうから「おばあちゃーん」と子どもの声がする。

六歳くらいの女の子がラメ入りの黄色のバケツを抱えて、「はい！」とさしだした。

「こんなに見つけたの。団栗《どんぐり》！」

「あらすごい。でも、外に出ようね。お客さんがいるからね。お母さんは外？」

子ども用の小さなバケツが、団栗で満杯になっていた。

「ごめんなさいね。孫が寄ってくれたみたい」

店員は真織たちを振り返って、か細い背中を押しつつ孫娘の戦利品を褒《ほ》めた。

「たくさん拾ったのねえ！　あぁでも、上のほうの団栗は虫に食われちゃってるわ。捨てておこうね」

民宿でチェックインを担当したのは、銀縁メガネをかけた女性だった。

「お食事が出せなくてすみませんね。料理長が今日は臨時のお休みで」

ベリーショートのマダムで、目鼻立ちがくっきりした顔に、赤いエプロンが似合っている。電話に出た人と同じ声だった。

「猟師の田舎料理いわもりにいってきました。おいしかったです」

お礼をいうと、女性は笑った。弥子さん、だろうか。

「昔ながらの味を守っている店なんですよ。ジビエ料理が食べられるって、最近はちょっと話題になっているみたいですよ」

「弥子さん」は、ふふふっと快活に笑った。

「お風呂の説明をさせていただきますね。当館では家族風呂のみになります。内鍵をかけて貸し切りでお使いください。お部屋は――」

客室にはみんな名前がついていて、真織たちの部屋は「うたかた」の間。

荷物を置いて、先に玉響に風呂に入ってもらうことにした。

「お風呂が貸し切りだって。ラッキー」

恋人同士に見られてしまうのは困るが、一緒に入れるなら、蛇口やシャワーの使い方を教えられるし、トラブルが起きても駆けつけられる。

洗い場に入って、お湯の出し方や湯舟の入り方をひととおり説明するが、玉響は覚えるのが早かった。

なにかあったら呼んでね、と真織は脱衣所の外の廊下で待っていたが、扉越しにきこえるシャワーの音も、開き戸がスライドする音もスムーズだ。

廊下に姿を現した時、玉響は浴衣を着こなして、バスタオルを肩にかけていた。

「鍵の開け方がわからないかもしれないから、一緒にいくね」

客室まで送り届けると、玉響は座椅子に腰をおろして、備えつけのテレビをつけた。

「真織がおふろにはいっているあいだ、私はてれびを見て待っているね」

玉響ははじめて使う物にもうろたえず、たった数日で語彙《ごい》も増えた。

真織が風呂から戻ってくると、部屋のテーブルが隅に寄せられて、布団が敷かれていた。玉響は布団に寝ころんでテレビを見ていて、振り返って「おかえり」と笑う。

枕元には冷蔵庫で冷やしておいたミネラルウォーターのペットボトルがあって、「飲む？」と差しだしてくる。完全に現代人だ。

「玉響って、覚えるのが本当に早いよね……」

「だって、真織と同じことができないと真織が困るでしょう？」

「玉響は玉響のままでいいんだよ」

「ううん、覚えないと。せっかく真織を守れるようになったと思ったのに、また無力になってしまった」

「いまも守ってくれているよ」

「そうだといいな」

玉響は二十二歳の青年にしては無垢《むく》すぎる笑みを浮かべて、掛布団の内側にもぐりこんだ。

「ふとん、好きだ」

「はじめて見るものばかりなのに、動じないよね。頼もしいよ」

杜ノ国に戻れなかったら、どうする？

どうして現代にいるかも、帰り方もわからないままなのに――。

真織のほうが不安になって、言葉をぐっと呑みこみ、あいているほうの布団の上に腰をおろした。

玉響は枕に頭をのせて、真織を見上げて笑っている。

「だって、真織がいるから。もしも逆で、たくさんの人がいて、真織だけがいないところにいたら、きっと慌てていたよ」

「それに」と、玉響は静かに続けた。

「私に助けてほしい人が、ここには誰もいないから。たくさんの人のことを考えないのは、はじめてだ」

玉響は生まれた時から神王《くまみこ》になると決まっていたそうで、大勢の人を救うために生きてきた。いずれ最高位の神官に就く尊《とうと》い御子《みこ》なので、父母や兄弟からも敬《うやま》われ、いずれ救う民の暮らしを見るべく、幼いころから杜ノ国中をまわって、諸郷《しょごう》の神々に挨拶をして過ごしていたらしい。

現人神《あらひとがみ》になった後で、当時の記憶はすべて失われたが。

「たいへんな人生だよね」

玉響はのんびり笑っている。

「ううん。だからかな。いまは真織のことばかり考える。真織のことが好きだなぁと思う。いつも好きなのに」


(眠れないな。十時か)

スマートフォンを手にとって、息をつく。

杜ノ国では夜明けとともに活動を開始する日々だったので、すっかり朝方人間になった。

真織と玉響の就寝も早く、八時にはあくびがとまらなくなって、電気を消した。隣で眠る玉響の寝顔が、豆電球の明かりに浮かびあがっている。

玉響は布団を気に入って、いまのところ毎晩、真織は玉響の寝息をきいてから眠りに落ちた。いまも、安穏ときこえてくる寝息が暗闇をやさしく撫でている。

（連絡は、ないか。ないよね、こんなに遅い時間に）

道の駅からの着信はなかった。

神社の管理をしている人との連絡が、まだついていないのだろうか？

（明日またいってみよう。でも、その後でどうしよう？）

〈祈《いの》り石《いし》〉をもとの社へ帰すのは絶対だ。でも、その後で、どうする？

玉響をつれて家に帰る？　バイト先の店長にお礼の挨拶にいって、大学に戻って、就職活動をして、玉響とふたりで暮らせるように働く？

（それでもいいのかな。玉響は賢いから、きっとうまくやる。わたしが玉響を守る。でも）

現代の世界は、玉響には縁もゆかりもない場所だ。もしも真織になにかあったら、彼はたった独りで異質な世界に残されてしまう——。

ふと、部屋の隅から、そわそわと外を覗く気配を感じた。ふたりぶんの荷物をまとめて置いたあたりで、〈祈り石〉が、ここはどこだとふしぎがっている。

（ごめんなさい、あなたの社はまだ見つかっていないの）

石に向かって胸で話しかけるものの、真織はそうっと布団を抜けだして、ショルダーバッグを摑んで客室の外に出た。

玉響を起こしてしまいたくなかった。せめて、ゆっくり休んでほしい。

客室は二階にあって、廊下は通りに面している。窓にかかったカーテンの隙間から街灯の明かりが漏れていて、やっぱり現代の夜は明るい。

廊下の先に談話コーナーがあったのを思いだして、いってみる。

コミックや本がぎっしり詰まった本棚と、小さなソファが置かれていた。そばのカーテンがあいていて、街灯の明かりがさしこんでいる。

ソファに腰かけて、ショルダーバッグの中から〈祈り石〉を取りだすと、青白い光を浴びて、石はまぶしそうなそぶりをした。

「あの。念のためにききますね。あなたの帰りたいところに近づいていますか？」

石はボソボソと喋った。

「あの、もう一回いいですか？　ちょっと声が遠くて」

石に耳を近づけて精一杯耳を澄ますと、石は笑顔が似合う口調で喋った。

『ああ、近い。すぐそこだ――といったのだ』

「よかった。明日、もうすこし近くまでいく予定なんです」

『早いなぁ。おまえさんと旅に出たのもついこの前だったのに、もう戻れるのか』

「わたしと旅に出たって、わたしが子どものころのこと？」

十年前の話だ。

石は時間の感覚が長いという話だが、十年前も「ついこの前」なのか。

(杜ノ国があった時から、わたしのことを覚えてくれていたんだものなぁ)

杜ノ国がいつの時代に栄えた国だったのかはわからないままだが、仮に千年前だとしたら、この石は千年前の恩を返してくれたことになる。

街灯の明かりで青白く浮かびあがるまるい石に、真織は尋ねた。

「あの、教えてほしいことがあります。杜ノ国であなたを社に戻した後、神々の路が現れて、わたしと玉響が吸いこまれました。ほかの石を戻した時には現れなかったのに、どうしてあの時だけ、神々の路が現れたのでしょうか？」

『おまえさんがわしを置いて、その先が決まったからではないかな？』

「その先って、未来？」

『さあ、知らん。だが、わしは、おまえさんを呼んでいたよ。戻ってきてくれー、わしをもとの社へ帰してくれー、と』

「じゃあ、もう一度あなたを置いたら、また神々の路は現れますか？」

『誰かがおまえさんを呼んでいたら、現れるのではないかな？』

「――わたしを呼ぶ人は、いないと思います」

そもそも真織が杜ノ国にいった時も、誰かに呼ばれたわけではなかった。

母の葬儀の後、純白の火の粉《ひこ》をまとったふしぎな光が家の中に現れて、ふらふらさ迷ううちに杜ノ国の女神《めがみ》に出逢い、気がついたら、水ノ宮にいた。

「杜ノ国にいる誰かに必要とされて、向こうの誰かに呼ばれたら、あの道が現れて吸いこまれていくのでしょうか？」

『もしくは、誰かが命を終えた時にもひらくよ。おまえさんも、大事な人の魂を追いかけていったろう？』

「お母さんのこと？　お母さんは杜ノ国にいったんですか？　あなたはあの家にずっといて、見ていたんですか？」

『死者が向かうのは黄泉《よみ》の国さ。ずっとおまえさんを見ていたわけではないが、あの道がひらいたことくらいはわかるさ』

窓の向こう側、通り沿いに車が停まった。バタンとドアが開閉する音がして、アスファルトの上を歩く足音がきこえる。宿の玄関の引き戸がガラガラと鳴った。

「すみません、夜分遅く」

「いいんですよ、お部屋ならたくさん空いていましたから。お疲れ様です。明日も早いんでしょう？」

「はい。一刻を争うので」

団体客が到着したのだろうか。

玄関で出迎えた「弥子さん」のほかに四人はいるようで、話し声がする。

「いいですか。無理をしても眠ってください。いまあなたたちができることは身体を休めることだけです。——じゃあ、三ツ池さん、弥子さん、よろしくお願いします。明日の朝に迎えにきますので」

一階には食堂と浴場、ロビーなど、共用スペースがあって、客室は二階にある。宿泊客が着いたなら、もうすぐのぼってくるだろう。

「話に付きあってくださってありがとうございました。わたしも休みます」

〈祈り石〉をしまい直して、客室に戻った。

音を立てないように忍び足で布団の端を踏んで、もぐりこむ。

玉響は眠っている。

豆電球のほのかな明かりのもと、まぶたをとじる玉響の寝顔は彫像のようだった。色白の肌が薄明かりのもとで澄んでいて、寝息がきこえず、生きているよね——と心配になるくらい、微動《びどう》だにしない。

廊下から足音が響いている。

宿泊客が客室へ向かっていて、夫婦らしい男女の声がした。

「まさか、別の遭難者《そうなんしゃ》が見つかるとは——。あちらは一週間前から行方不明だったそうだ。あの子はまだ八時間だ。無事だよ」

「部屋はここね……『ほうおう』か。力をもらえそう」

ドアが開閉する音がして声は遠のくが、きこえた声は泣いていた。

(遭難者？)

真織も、子どものころに山に迷いこんで、捜してもらったことがあった。

あの時と同じように、誰かが行方不明になったのだろうか。

玉響の声がする。

「真織、どこかにいっていた？」

「あ、うん。ちょっと。起こしちゃった？」

「真織のところに戻ろうとしたけれど、ここにいなかったから、驚いたのだ」

「ごめんね——」

謝るものの、真織は、豆電球の明かりに浮かびあがる玉響の横顔を見つめた。

「戻るって？　玉響もどこかにいっていたの？」

「うん。流天《るてん》に会ってきた」

「え？」

玉響も頭を傾けて、真織と目を合わせた。

「魂を飛ばして、流天の夢の中に会いにいってきた。会えたよ」

「真織」と、隣の布団の中から浴衣の袖が持ちあがって、薄明かりの中で玉響の指が宙に浮く。腕をのばして、玉響は指先で真織の頰に触れた。

「大丈夫。私はまだ力を保っている。真織がいくところへついていける」

真織をじっと見つめて笑う玉響は、霊能者の顔をした。


杜ノ国の目覚まし時計は、夜明け前に鳴く鳥の声だった。

空が暗くても、夜明けの到来を察して鳴きはじめる鳥がいるのだ。

岩森町の街中では、烏《からす》が鳴いた。

昨日買っておいたおにぎりとサンドイッチの朝食をとりおわると、朝六時半。テレビを見はじめた玉響の隣で荷物の整理を終えたころ、客室のドアが開く音をきいた。

(昨日の人たちかな。一刻を争うって話していたし)

身内の誰かが遭難したような雰囲気だった。

明るくなるのを待って、捜索をはじめるのだろうか。

(朝を待つなんて、やっぱり、山の中で行方不明になったのかな)

街中だったら、夜でも捜し続けるだろう。昼間より効率が悪くても、昨日の様子だったら無理をしてでも捜しただろう。

（無事に見つかりますように）

チェックアウトをして、道の駅「花宴の里とりもと」へ向かうと、販売員の柳世という男性は「すみません、わざわざきてもらって」と謝った。

「いいえ。ほかに用事もあったので」

「花宴の里とりもと」にきたのは、国見神社があった崖にいってみるためだ。

立入禁止になったそうだが、石が帰りたい場所がそこなら、忍びこんででも、と。

「もしかして、まだ電話が繋《つな》がらないんでしょうか？」

「いや、連絡はとれたんですよ。国見神社にわざわざ御礼参りにきた人がいるって話したら、案内したいのはやまやまだけど、予定がしばらく立たないって断られてしまって」

「そうだったんですか。お忙しいんですね」

「じつはね、山で遭難者が出て、捜索の手伝いをしているそうなんだよ」

「遭難者？」

「ああ。子どもらしい。モリカゲさんは山に詳しい人でね。いつも山岳救助隊の手伝いに呼ばれてね」

「モリカゲさんという方が、神社の管理をしているんですか？」

「ああ。あのあたりの山守《やまもり》だよ」

柳世が売店の窓越しに指をさす。ガラス窓の向こうに、こんもりと群れる山が続いている。神ノ原があった方角だった。

千紗杜で眺めた景色よりも緑の色が濃くて、うっそうとしている。

「でもね、国見神社にいくのは諦めたほうがいいよ。移った先をきいたけれど、あんなところには地元の人もいかないよ。道もないし」

「険しいところなんですか？」

「『光ル森《ひかるもり》』といってね、しょっちゅう人が遭難するんだ」

「光ル森――」

「特に子どもの失踪事件が多くてね。十年か二十年くらいに一度、森が光る日があって、その日より前に行方不明になった子は二度と戻ってこないって伝説も残っていてね」

柳世の表情が翳《かげ》る。

「なんでも、かつて狩りの神様のための神殿があった場所で、神隠しにあうのは森の神様に呼ばれるからだって、地元の子はあのあたりに近づかないよ。でもほら、ちょっと前にキャンプブームがあったでしょう？　新しいキャンプ場がいくつもできて、遠くからやってくる家族連れで賑わっているよ」

真織は迷ったが、いった。

「あの。わたしも昔、このあたりで神隠しにあったんです。子どものころに遭難したことがあって、森が光ったそうなんです」

柳世はぎょっとした顔を見せて、真織の背丈や顔をたしかめた。

「ひょっとして、ここで保護された子かい？　あれは……そうだ、十年前？」

「はい、わたしです」

「よかったなぁ――無事で」

柳世は幽霊を見るような目をして、脱力した。

「そうかい、こんなに大きくなられて――。あの時はぼくも捜索の手伝いをしたんだよ」

「そうなんですか！　ありがとうございました」

「見つかった時は嬉しくて――じつはね、あなたが見つかったすこし前に行方不明になった子が、もうひとりいたんだ」

柳世は窓に目を向けて、こんもり茂る森を見つめた。

「男の子だったよ。その子はまだ見つかっていないんだ」

柳世と別れてから、玉響がぽつりといった。

「神子《みこ》かな」

「そうかもしれない。もしかして、昨日行方がわからなくなった子も、神子になりに呼ばれてしまったのかな……」

「でも、誰に呼ばれたんだろう。女神がいるのかな。水ノ宮らしい場所は見つかっていないいんだよね？」

「うん——地図には、なにもない」

ちょうど神ノ原にあたる盆地は、まるごと森の中に埋まっていた。

道らしきものがひとつすらない緑一色で表されたエリアの中に、「ウラノ集落跡」や「廃寺跡」と、杜ノ国のどこかを思わせる名前ではないものの、かつての人の営みを感じさせる名称がぽつぽつある。

「〈祈り石〉の社が移された場所が『光ル森』で、狩りの神様のための神殿があった場所——水ノ宮だね」

助手席で神妙な顔をする玉響に、真織は笑いかけた。

「なら、〈祈り石〉を帰す方法が見つかったね。水ノ宮を見つければいいんだ」

道の駅から続く道路沿いには、蕎麦《そば》と麦《むぎ》の畑が並んでいる。

鳥下というエリアは山に囲まれた盆地にあって、緑の衝立《ついたて》のように集落を囲む山の稜線は、真織の目に懐かしかった。

「やっぱりここ、千紗杜だよ。もうすぐ千紗杜と恵紗杜《えさと》の郷境《さとざかい》。ほら——」

千紗杜から恵紗杜へは何度も出かけたことがあった。徒歩で、千鹿斗や古老や、根《ね》古《こ》たちと歩いた道を、自動車で走り抜けていく——奇妙な気分だ。

「東回りの道の入り口も、もうすぐだよ」

恵紗杜を経由して水ノ宮へ向かう時には、東回りの道と呼ばれる山道を通った。

山と山の谷筋にできたその道からは、御供山《みそなえやま》という霊山がよく見えた。

御供山はきれいなお椀の形をしていて、山々に囲まれた神ノ原でもひときわ目を引く。

助手席に座る玉響が、フロントガラスの向こうを指さした。

「真織、御供山だ」

綿雲が天に散る秋晴れの空のもと、まるく頭を突きだす山があった。

地図アプリによると、その山はいま「岩神山《いわがみやま》」と呼ばれているらしい。

麓《ふもと》に小さな遥拝所《ようはい》があって、御供山の頂上を向いて立つ鳥居がある。

山際へすこし進んだところに、林道の入り口があった。アスファルトの舗装はなく、砂利の上に落ち葉が積もっているが、うっすらと轍《わだち》の跡がある。

「もうすこし、車でいけそう」

車一台しか通れない狭い林道だが、対向車も後続の車もない。

ゆっくり進んで、駐車場らしいスペースまでたどり着くことができた。

その駐車場も、落ち葉で埋まっていたが。

駐車場の隅に、「史跡　神泉沢《しんせんさわ》」と書かれた看板が立っている。

「ここ、峠《とうげ》の泉だね」

玉響が周囲を見渡している。東回りの道の峠には湧き水が出るところがあって、切り株や岩が置かれて、旅人たちの憩《いこ》いの場になっていた。

その泉は涸れていた。周りに茂る木の種類も変わっている。

でも、木々の隙間からのぞく山並みは、記憶にある眺めと同じだった。

神ノ原へおりていく道のありかも、すぐに見つかった。

「ここだね、真織」

山を覆う木々のあいだに、土埃をかぶったバリケード看板がある。黄色と黒の斜めストライプと「安全第一」の文字が見えるが、その向こうに細い隙間があった。

現代の感覚なら行き止まりと感じただろうが、道だ。杜ノ国にも、これくらいの頼りない山道がそこら中にあった。

「すごいね、電波が入る」

地図アプリはまだ利用できていた。

山奥に入るかもしれないと予想していたので、一通りの装備も用意していた。紙の地図や方位磁石、雨具に飲料水、非常食、モバイルバッテリーも、後部座席に積んだふたりぶんのリュックに詰めてある。

オフラインで使える山歩き用の地図アプリもダウンロードを済ませた。

「いこう。気をつけて」

かかげられた手に、真織も指をかさねた。

「うん」

バリケード看板を避けて、草に覆われた下り坂へ分け入っていくが、頼りない山道を下りていく怖さはなかった。

ただ、手を取りあって進んでいく玉響が、むしょうにいとしくなる。

（水ノ宮を見つけたら、どうなるんだろう。〈祈り石〉を帰したら、なにが起きるんだろう）

この道をふたたび登ってくる時、ふたりで一緒にいられるだろうか？

ううん――と、真織はくちびるを嚙んだ。

（水ノ宮がかかわる場所なら、杜ノ国への帰り道が見つかるかもしれない。ううん、捜すんだ。もし見つけたら、玉響を……玉響を、杜ノ国へ帰す）

— 旧水ノ宮《きゅうみずみや》 —

山道から盆地へ抜ける辻《つじ》には、大きな岩がある。

その岩は旅人の目印で、ここを過ぎれば道は平坦《へいたん》になり、水《みず》ノ宮《みや》と神領《じんりょう》を繋ぐ大道《おおみち》に近づき、人通りが増えて賑やかになる——はずだった。

「神《かみ》ノ原《はら》だ」

山を越えてたどりついた先は、水ノ宮のお膝元だった。

宮殿に仕える神官たちの邸《やしき》が並ぶメインストリート「大道」が敷かれ、貴族に仕える召使《めしつかい》や行商人が行き来をする、賑やかな都への、入り口。

でもいま、大道は跡形もなかった。邸も人影もなく、このあたりには盆地を流れる川に沿って田畑がひろがっていたはずだが、田畑どころか、川すらない。

頭上には枝葉がひろがり、青空を隠している。盆地は一面が森に埋まっていた。

山並みは、そのままだ。青空のもとで森を囲むのは、大地を泳ぐ蛇のような山々。

かつて御供山《みそなえやま》と呼ばれた山のまるいフォルムは、とくに目立った。

「水ノ宮はあっちだね」

水ノ宮は、御供山《みそなえやま》の麓にあった。

木々の隙間を縫って、御供山をめざすことにした。

(やっぱり、道だ)

駐車場から山道をくだる途中にも感じたが、真織《まおり》たちは、自然のままの山中を進んでいるわけではなかった。

赤いテープが巻かれた枝や、昨日切られたばかりのような枝もある。

道沿いの枝を切るのは、道が森に埋まるのを防ぐためだ。

(やっぱり、誰かがここを行き来しているんだ)

しばらく進んで、玉響《たまゆら》も怪訝な顔をする。

「ここは、人の手でつくられた森だね」

旧神ノ原を覆うほとんどが、杉の木だった。木と木の間隔もほどよく離れている。

木々の向こうに、煙があがった。

杉の林の奥に、素朴な丸太小屋の屋根も覗きはじめた。

小さな窓が備わり、木枠の陰に人影がある。

「誰かいる」

すぐに、人が外へ駆けだしてくる。ポケットがたくさんついたオレンジ色のベストを着た男性で、年は六十くらいだろうか。真織たちをまじまじ見て、怒鳴った。

「なにしとんじゃ、こんなところで！」

どすのきいた声で凄《すご》まれるものの、動じずに近づいていくと、男性は奇妙なものを訝《いぶか》しがる表情になり、さらに不機嫌になった。

「なんなんだ、おまえらは。ハイキングにきていい場所じゃないぞ？　あれか、ＳＮＳか？　動画の撮影か？　心霊スポットでも探してるのか？」

「えす……？」

返答に詰まる玉響にかわって、真織が答えた。

「いいえ。この先に古い神社があるはずなんです。どうしてもそこにいきたくて——」

男性はぽかんとして、不揃いに伸びた黒眉《くろまゆ》をしかめた。

「もしかして、柳世《やなせ》さんに頼んだ子か？」

柳世は、道の駅の販売員の名前だ。国見《くにみ》の社《やしろ》が引っ越した先を知る管理者に連絡をとってくれていた。

柳世は、その管理者のことを「モリカゲ」と呼んでいた。

「じゃあ、あなたがモリカゲさん？」

「ああ。木が三つの森に、影踏みの影。森影だ」

森影はいらいらといい、首をかしげて、「こい」と丸太小屋の中を指した。

「自己顕示欲《けんじ》に狂ったバカじゃなさそうだが……ますます妙な奴らだよ」

ぶつぶつ独り言をいって、先陣を切って丸太小屋の中に入っていく。

丸太小屋は六畳くらいで、ひとり用の寝台があって、寝袋がまるまっている。

手製の木のテーブルが置かれて、森影はテーブルの上に積まれたファイルをいじると、中から紙を取りだし、鉛筆を添えて突きだした。

「名前と住所を書け。入山届がわりだ」

玉響が覚えたての達筆で「玉響」と書き、真織も「真中《まなか》真織」と氏名と住所を書いて、手渡すと、森影が訝しがる。

「なんて読むんだ？　ギョク、キョウさん？」

「違います。たまゆらです。苗字は――」

地窪《ちくぼ》玉響と書き足してさしだすと、森影はさらに眉をひそめた。

「苗字が地窪？　むかし、地窪さんっていう家があった。もしかして、このあたりに縁があるのか？」

玉響が「はい」と答えて、西の方角をさした。神領諸氏《じんりようしよし》の領地あたりだ。

「たぶん、向こうのほうで生まれました」

「生まれた？　おまえはいくつだよ？　俺がガキのころに、俺の家一軒だけになったんだぞ？　地窪、玉響？　古風な名前だなぁ。おまえらは、国見神社を捜してるんだっけ？　こんなところまできて？」

森影は男性的な粗野《そや》さのある人で、男のほうが答えろと、玉響ばかりに問いかける。真織はふたりのあいだに割って入った。

「じつは、わたしがむかし、このあたりで遭難したんです。その時に国見神社の神様に助けてもらったので、どうしてもお礼をしたくて——」

「遭難？　いつだ」

「十年前です。小学四年生でした」

「あの子か」と、森影が息を吐く。

真織は深く頭をさげた。

「あなたも救助に関わってくださったんですね。お世話になりました」

「あの子がねえ、こんなに大きくなったのか。そりゃ——いや、そんなのはどうでもいい。なんでこんなところまで入ってきたんだ。また遭難したら、親父さんとおふくろさんが真っ青になるぞ！」

真織は「すみません」と謝りつつ、こたえた。

「父も母も他界したんです。母のほうは、ついこの前」

森影が空を仰いだ。

「――わけありかぁ。こんなところまでくるんだもんなぁ。どっちにしろ、物好きか化け物だろうが、化け物じゃなきゃ、いいかぁ。どんな変人だろうが、生きてる人間なら化け物よりもましだよなぁ」

「仕方ねえなあ」と森影は首のうしろを指で掻《か》いて、小屋から出るようにいった。

「祠《ほこら》にいきたいんだろう？　案内してやる。忙しいからいまは無理だって断ったのに、まさか、そっちからくるとはなぁ」

不機嫌でぶっきらぼうだが、参拝を許してくれるらしい。

三人で小屋を出て、遠ざかりゆく丸太小屋を振り返りつつ、真織は尋ねた。

「森影さんは、あの小屋で暮らしているんですか？」

大の男が暮らすには小さな家だが、周囲の木の枝にロープが渡されてタオルが干してあったり、丸太小屋の奥にポリタンクが見えていたりと、生活のあとがあった。

「たまに泊まってるだけだよ。このあたりにはむかし、俺が生まれた家があった。子どものころに見た星空が懐かしくなると、ここで眠るんだ」

「星、ですか」

「ああ。都会の若者は星なんか見ないか？　街の明かりに追いやられて見えなくなった星もあるが、星が消えたわけじゃないのに、人は星を見なくなったよなぁ。星はたぶん、かえって自由だろうが」

森影が、ははは と笑う。

不機嫌がなおってきたのか、驚くほど目がやさしくなった。

「あとな。昨日、この近くで遭難者が出たんだ。今日と明日はこのあたりを捜したほうがいいと思ったから、泊まったんだ」

森影は先頭に立って真織と玉響を案内していたが、ちらりと振り返る。

「杜《もり》信仰って知ってるか？」

「いいえ」

「世の中にはな、決して近づいてはいけない場所っていうのがあるんだ。そういう場所を、このあたりじゃ『杜』という。力の強い神様が棲《す》んでいて、このあたりの神様は、子どもをよく招《まね》くんだ。こんな言い伝えも残っている。『杜へいきたがる子がいたら、その子は神様に呼ばれている。とめてはいけない』」

「杜、子ども――」

「日本じゃな、神様を祀る時、古い時代ほど捧げものをしてきた。神様はただ働きがお嫌いで、お供え物がなければ願いをかなえてくれないが、因果応報っていうかな、いいことをすれば必ず幸運が返ってくるし、悪いことをすれば不運が起きる。このあたりじゃ、子どもも、お供え物のひとつといわれてきたんだ」

森影はため息をついた。

「しかしな、もうそういう時代じゃない。遭難者が出るたびに、またかと、地元のもんはがっくりきてる」

「祟《たた》り神だよ」と、森影はボソッと吐いた。

「あの、遭難したのは子どもなんですか？　昨日、『三ツ池』という宿に泊まったんですが――」

遅い時間に宿へ到着した夫婦がいた。泣きながら、行方不明になった誰かを捜していた。

森影が「ああ」と顔をあげる。

「三ツ池さんのところか。息子が山岳救助隊員で、宿の親父にもよく世話になってる。なら、昨日は食事が出なかっただろう？　料理を作るのは親父だから――待て」

森影が空を仰いで足をとめる。

かあ、かあと烏の鳴き声が近づいていて、頭上を通り抜けて東へ向かった。烏は四羽。森影は烏が飛んでいく先を険しい目で追ったが、ふたたび歩きはじめた。

「違った。死体があるとな、烏が集まるんだ」

「死体って――」

「昨日も、南のほうで烏が集まっていたのを見つけて通報したが、別の遭難者だった。迷いこむ人が増えてるんだよ。認知症の方とか」

「別の遭難者って、つまり――」

小声になる真織に、森影は「そうだ」とうなずいた。

「このあたりはな、死人に縁があるんだよ。俺が星を眺めるのが好きなのも、そのせいかもなぁ。俺たちが見ている星の光は、何光年も昔の光だそうだ。とっくに死んでなくなったかもしれない光に惹《ひ》かれて、夜通し眺めるわけだ。俺も、死にとり憑《つ》かれてるんだよ」

しばらく進んだ後だ。行く手に、こんもり茂る森が姿を現す。

人の手が入った杉の林とは見るからに違う、見事な森だった。

枝も、地面に張った根も、長い年月をここで過ごす堂々たる貫禄《かんろく》ぶりで、周辺の土すら黒々として湿《しめ》り気を帯び、輝いて見える。

大きな岩がふたつ、森の入り口に門のように並んでいる。

「あの岩の先だよ。このあたりじゃ『光ル森』と呼んでる」

森影はそこで足をとめ、礼をし、柏手《かしわで》を打った。

「あな、うるわしき岩宮《いわみや》。宝の山。おいとまするのが口惜《くちお》しき神の山。恐《かしこ》み恐み」

真顔で聞き入る真織と玉響を振り返って、森影は照れくさそうに笑った。

「魔法の呪文みたいだろ？　仏教でいう『ナンマンダブナンマンダブ』みたいなものさ。『すばらしいものがたくさんある宝の山でございます』とここを褒めて、『あまりに素晴らしいので、どうか一時おじゃまさせてください』と、神様に立ち入る許可をもらう言葉なんだ」

「いこう」と、岩と岩の隙間を抜けて森の奥へ進む森影の背中を追いつつ、真織と玉響は目を合わせた。

「神呪《しんじゅ》だったね」

森影が唱えたのは、水ノ宮の背後にそびえる霊山、御供山《みそなえやま》に入山の許しを得る時に唱える呪文だった。

森には、丸砂利が敷かれた道があった。道は、森の奥へと続いている。

先頭を進んでふたりを案内する森影が、振り返って凄んで見せる。

「いうのを忘れていたが、杜の中のものは葉っぱ一枚、枝一本持ち帰るなよ。祟られるぞ」

「わかりました。あの、森影さんは山守なんですか？　柳世さんがそういってました」

「ああ、このあたりの番人。自称だがな。料理研究家と似たようなもんだ。本業は猟師だよ」

森影は、森の緑の中でもよく目立つオレンジ色のベストを身につけている。

ポケットからは、無線機のアンテナやペットボトル、タオルが顔を出し、内ポケットが多いのか、ベストの生地は物でふくらんでいた。

「いまじゃ、食うための狩猟じゃなく駆除のための狩猟だがな。うちは代々猟師をやってる家系で、うそかほんとか、俺で八十八代目らしいんだがな、猟師の暮らしは変わったよ」

ははは と、森影は豪快に笑う。

「ご先祖様は、世の中がこうなってるって知ったら驚くだろうなぁ」

「八十八——」

玉響が反芻《はんすう》する。

八十八は、玉響にも馴染み深い数だった。彼は、八十八代目の神王《くまみこ》だ。

「ああ、八十八。八は、日本じゃ聖数、最大って意味だ。俺はな、俺の代でおしまいにしろっていうことじゃないかと思ってる」

「おしまいって?」

「墓じまいをしろってことさ。時代は変わった。つぎの代が苦しまないように面倒ごとを俺の代で片づけるのが、俺の人生の役割なんじゃないかなぁと。——見えてきたぞ。あの先だ」

森の奥へ続く砂利道の行く手に、また岩と岩が現れる。

玉響が、注意深くあたりの山並みを見回した。

「ここは、水宮門《すいぐうもん》だね」

道をはさんで置かれたふたつの岩は、ちょうど水宮門の柱と同じ場所にあった。

水宮門は、水宮内《すいぐうない》と呼ばれた聖域の入り口だ。神事のための官舎が集まるエリアで、館が密集して建ち、屋根だらけだった。いまあるのは、木々だけだ。

森の奥にはじめて屋根が見えたのは、かなり奥へ進んだ後だった。

御供山《みそなえやま》の麓、崖の下に小さな神社が立っていた。水ノ宮の女神《めがみ》を祀る社殿が建っていたところだ。

玉響の目が、神社の背後の崖を追う。

「奥《おく》ノ院《いん》の御洞《みほら》だ」

御洞への入り口は塞がれていた。岩山が崩落したのか、誰かが埋めたのか、大きな岩と礫《れき》が、はるか奥へと続く洞窟の入り口を埋めていた。

かつて神域だった場所の景観は様変わりしていた。

奥ノ院の社殿は、水ノ宮でも一、二を争う背の高い建物だったが、いまそこに立つ神社はかなりこぢんまりとして、苔生《こけむ》した屋根をいただき、凛《りん》と佇《たたず》んでいる。

御洞の前から内《うち》ノ院《いん》があったあたりまで、まるくひらけた庭になっていて、背の低い野草が群れている。

まるい野原の円周上に、小さな社がぽつぽつ並んでいた。まるで、ストーンヘンジの環状列石だ。

「国見神社だよ」

森影は、円状に並ぶ社のうちひとつへ、真織たちを案内した。

「まだ新しいだろ？　四年前につくり直したんだ」

木製の社はまずまず新しいが、中に据えられた石の祠は古かった。

もしかしたら、杜ノ国で使われていた祠がそのまま残っているのかもしれない。

丁寧《ていねい》に削られた岩の窪《くぼ》みに、留守居《るすい》の御神体、鏡が鎮まっている。

森影は正面で柏手を打ち、真織たちに場所を譲った。

「どうぞ」

促されるので、真織と玉響も社の前で手をあわせて来訪を告げるが、玉響は浮かない顔をした。

「ここではない」

真織も、ショルダーバッグの内側を覗いた。

〈祈《いの》り石《いし》〉が入っているが、石はそろそろと外を覗き、ふしぎそうにしている。

——どこだ、ここは？

「石も、違うって」

でも、なら、〈祈り石〉はどこへ鎮めたらよいのだろう？

（やっぱり、社が移される前の崖の上かな。捜してみようか——でも……）

玉響は、円周上に並んだすべての社を回って挨拶をした。

「こちらは、杜《もり》氏の杜《もり》ノ宮《みや》の神だ。こちらは 轟《とどろき》氏の社の神。こちらは地窪氏の神。こちらは卜羽巳《うらはみ》氏の神。そちらは御狩人《みかりびと》の社の神。そちらは——」

社の前で足をとめるたび、玉響のくちびるからは杜《もり》ノ国《くに》の一族の名がこぼれる。

かつて内ノ院だった庭には、神ノ原に領地をもった一族の神々が集められていた。

見覚えのある紋が彫られた社もあった。

「これ、卜羽巳氏の紋だ。こっちは杜氏の紋」

二本の鎌が刃を重ねて描かれる『双《ふた》つ鎌《がま》紋』や、神領諸氏《じんりようしよし》の蛇を模した紋に、水の波紋を模した流《なが》る氏の紋。どの一族の紋かはわからなくても、水ノ宮や杜ノ国のほうぼうで見かけた紋章が、石や錺金具《かざりかなぐ》に、ひっそり刻まれている。

（水ノ宮は、ここに在ったんだ——）

社を回って熱心に祈る玉響を、森影は急《せ》かすことなく待っていた。

「連れてきてくださって、ありがとうございました」

礼をいいにいくと、森影は、ははは と笑った。

「しっかし、信心深いな。若いのに。こんなところまでくるんだもんなぁ。いいよ。俺たちの神様に丁寧に接してもらえるのは嬉しいよ」

「さあ、戻ろう」と、社が集まるまるい庭を後にして、水ノ宮の正門にあたる「光ル森」の境から出たところだ。

「光ル森」の外、杉の林の隙間に、ふらふら揺れる青色の影がある。

サッカーのユニフォーム風の青いTシャツに、モスグリーンのズボン。黒のスニーカー。背が低く、身体が細い。子ども——十歳くらいの男の子だった。

森影が勢いよく駆けだした。

「リクくんか？」

男の子の小さな顔には生気がなく、目がうつろだった。森影が走り寄って肩を揺さぶっても、水中を揺らぐ人が水面《みなも》を見あげるように、ふらりと顎を上へ向けるだけだ。

「しっかりしろ、リクくんだな？」

男の子は水筒を下げていた。森影の手がのび、水筒についたネームプレートをたしかめる。ほっと力が抜けた。

「遭難した子だよ。よかった。よかった——」

脱力したのはつかの間。森影はベストのポケットから無線機をつかみとって通信をはじめた。

「見つかった！　ああ、そうだ。場所は——」

リクという少年は、意識が朦朧《もうろう》としているのか、身体がぐらぐら揺れていた。

森影が揺さぶっても、瞳が動くこともない。

玉響が、少年の正面に膝をつく。うつろな目を、玉響は真正面からじっと見つめた。

「この子の中に、女神がさずけた命がある」

「えっ？」

「この子はきっと、呼ばれたのだね。ここへおいで、と」

「じゃあ――」

少年がぼんやりしているのは、不老不死の命が宿って神様の側に寄っているから？

感覚や記憶が遠のいて、人間の感情を失っているから――。

青ざめた真織を仰いで、玉響は笑いかけた。

「大丈夫。神の清杯《さやつき》たる証は、稽古をおこなっていない人の内側へすぐに入っていくものではないよ。真織もそうだった。人の身体は、異なるものを受け入れられるようになるまで時がかかるものだ」

通信を終えて、森影が戻ってくる。

「何やってんだ？　その子がどうした？　けがはないか？　脱水症になってないか？　ぼやぼやしてねえで何かしろよ！」

血相を変えて怒鳴る森影を、玉響は静かに見上げた。

「すこし待っていなさい」

「はあ？」

玉響は少年の両肩に手を置いて、まぶたをとじた。

「掛けまくもかしこき、杜ノ国をしらしめす母なる女神の御前《みまえ》にかしこみかしこみ白《もう》さく――」

玉響が小声でつぶやき、ふたたび目を開けた時。少年の瞳がさっと動いた。

「あれ、ぼく――」

「もう大丈夫だよ。水を飲もうか？」

玉響がリュックを下ろして、ミネラルウォーターのペットボトルを渡してやる。

森影が、気味悪そうに眉をひそめた。

「いまの、なんだ？」

「祈禱《きとう》です。私はこのあたりで生まれた神官の一族なんです」

「――妙な奴だな。それどころじゃない。この子を合流地点まで連れていかないと」

「では、私と真織は来た道を戻ります」

「ちゃんと戻れるか？　今度はおまえらを捜索する羽目になるのは勘弁しろよ？　GPSはあるか？　電話は？　俺の小屋まで戻れば電波がギリギリ届くから」

「大丈夫です。ありがとうございました」

「なら、さっさといけ。俺は、おまえらが帰るまでここを動かん！　いっておくが、ここは私有地だ。おまえらは不法侵入をしてるんだからな！」

森影は仁王立ちになり、逆らうならぶん殴ってでも——とばかりに殺気だってせかした。

少年を背負って別方向へ向かいはじめた森影のうしろ姿が小さくなったのをたしかめ、玉響が方向転換をする。

「戻ろう、真織」

玉響の目がまっすぐ見つめるのは、すこし遠ざかった「光ル森」だ。

このまま帰る気はなさそうだが、真織もそのつもりだった。

「もう一度お参りがしたいんです」といったところで森影を説き伏せることはできないだろうと、大人しく従うふりをしていただけだ。

「ねえ、さっき、あの男の子にどんな祈禱をしたの？」

気になっていたのだった。玉響は笑った。

「ええとね、女神に挨拶をして来訪を告げた。森に、私を入れてくださいって」

「——どういうこと」

「あの人が案内してくれた森は御供山《みそなえやま》と同じだったよ。入り口に結界があったね。女神はあの奥にいると思うんだ。ほら。森が光ってる」

来た道をたどってふたたび「光ル森」へ近づくにつれて、風が脈打っていく。

玉響が、水ノ宮の正門跡に置かれた大きな岩と岩のあいだで、足をとめる。

両手の指先を合わせて親指で山形の印をつくり、唱えた。

「あな、うるわしき岩宮。宝の山。おいとますのが口惜しき神の山。恐み恐み」

森影が唱えたのと同じ呪文だ。

すると、岩と岩のはざまが、玉響の声に呼応してちかちか瞬《またた》く。

地面を埋め尽くす蛇のような太い根や、巨大な天蓋《てんがい》をつくりあげる葉の一枚一枚、虚空を埋める枝の一本一本が風にひるがえって、パズルのように別のものへ置き換わっていった。

さっき訪れた森の景観は、仮の姿だったのか。

瞬きを終えた時、玉響を出迎えた森は新たな姿に変わっていた。巨大な岩から巨人へと姿を変える山の神のように、森そのものが、別の森になった。

「玉響、これは」

面食らう真織に、玉響は微笑みでこたえた。

「これでも元の神王《くまみこ》だ。稽古をしていない人と私は違うよ。——ううん、森が私たちを招いたんだ。見られているね」

日本には古くから、自然のすべてのものに霊魂が宿るという信仰がある。意思をもった霊魂は八百万《やおよろず》の御霊《みたま》や精霊とも呼ばれ、草木や風、水、土、星の光、あらゆるものに宿っている。

いま目の前に現れた森には、数多《あまた》の精霊たちの気配があった。真織と玉響を凝視する視線が、そこかしこから注がれていた。

「さっきの子は、影が射抜かれていたんだ」

「影？」

「うん。冬になったら、神王《くまみこ》は女神と一緒に御洞《みほら》の奥で暮らして、矢を射られて遊ぶ。〈神隠れ〉の神事っていうんだけど——真織も、前に女神から影を射抜かれたでしょう？」

一年前、杜ノ国でおこなわれた御種祭《みたねまつり》の数日前の出来事だ。

真織のもとに女神が会いにやってきて、矢を射かけられたことがあった。

でも、玉響がいうような「遊び」だとか、そんなかわいいものではなかった。

あれは、予告だった。もうすぐおまえを射てやる。おまえは私の獲物だと、女神は矢を射かけて、目印をつけにきていた。

「あの子にも女神さまの印があったっていうこと？　でも、どうして——」

「御種祭が、続いているんだね」

「御種祭？」

玉響は落胆した。

「真織の国は、私が知る杜ノ国よりもずっと後なのだろう？　誰も捧げなくていい新しい豊穣が見つかってくれればいいと願っていたけれど、叶《かな》わなかったのだね」

御種祭は、水ノ宮で十年に一度おこなわれる秘祭だった。

〈御《み》狩《かり》神事〉とも呼ばれる、狩りの女神をもてなす狩り遊びで、杜ノ国を潤す豊穣の風を吹かせるための重要な神事だが、祭主となる少年王、神王は、〈御狩神事〉の締めくくりに胸を射抜かれて殺される。

神王は神と人をつなぐ現人神だが、杜ノ国に豊穣をもたらす生贄《いけにえ》でもあった。

「さっきの子は、御種祭で射抜かれるために女神さまから呼ばれたっていうこと？　でも、なんのために——。御種祭は豊穣の風を吹かせるものでしょう？　あの風を待つ畑も田んぼも、もうないよ」

いまの神ノ原は、見渡すかぎりの一面が森だ。豊作を願われる田んぼなど、どこにもなかった。

真織の腰のあたり、ショルダーバッグの内側から〈祈り石〉が外を覗いている。

——帰ってきた……？

——みんながいる。こんなところに隠れていたのか？

「石が――。〈祈り石〉を帰す場所は、ここでよかったみたい……」

「うん。いこうか」

正門跡から続く砂利道を辿って、水宮内――杜ノ国での聖域、祭祀に関わる官舎が集まるエリアの出入り口、水宮門に戻りくる。

門柱の跡に置かれた大きな岩のあいだを通った時だ。

砂利が純白に輝き、つま先がぴりっと痺《しび》れる。粉々になった骨の上を歩くようで、この世ではない場所に入っていく感覚があった。

玉響が「あっ」と足をとめる。

「また結界だ。御供山《みそなえやま》の上よりも強いね。私がいって〈祈り石〉を戻してくるから、真織はここで待っていてくれる？」

森だけでなく、玉響もおかしい。いまも、突然真織のことを部外者と扱いはじめたようなものだ。

「どうして――」

「だって、ここを進んだら、真織がまた人離れした力を使ってしまいそうだ。また真織でなくなってしまうのは、いやだから」

「でも、玉響は――」

「私は、真織がいくところに一緒にいくために稽古を続けたんだよ？　真織の国までついてくることもできた。いってくるから、真織はここで待っていてね」

玉響の顔に浮かぶ笑みが無垢だ。

真織は顔をしかめた。

「なにを考えているの？　この先に女神さまがいるって話していたよね。玉響は、ひとりで女神さまに会おうとしている？」

「ううん？」

玉響が微笑する。真織は睨《にら》んだ。

「嘘《うそ》だ。玉響は嘘つきになった」

玉響は嘘をついた。でも、玉響は嘘をついたことを隠そうとしなかった。

「ごめん。この先に真織をつれていきたくなくて」

「どうして、ひとりでいこうとするの？　ふたりでここまできたんじゃない」

「でも」

玉響は渋《しぶ》ったが、真織も折れる気はなかった。

「石を帰さなくちゃいけないのは、わたしだよ？」

ショルダーバッグの内側では、〈祈り石〉がそわそわと外を覗いている。

間違いない。〈祈り石〉を帰す場所は、この奥だ。

「子どものころに、この石に助けてもらったのはわたしだよ。社に帰してほしいって杜ノ国から呼ばれたのも、わたしだよ」

玉響は「わかった――」と渋々折れた。

「でも真織、お願いだよ。奥に入っても、私のことを忘れないで」

玉響は水宮内へ続く大きな岩のあいだにすっくと立ち、両手の指先を合わせ、親指で山形の印をつくった。杜ノ国流の祈りの仕草だ。

「あな、うるわしき岩宮。宝の山。おいとまするのが口惜しき神の山。恐み恐み」

風が吹き抜けていくようなふしぎな声の発し方で唱えられた言葉が、森に染みる。

その刹那《せつな》のことだ。岩と岩をかこむ隙間に、淡い緑色の輪っかが生まれる。

神々の路《みち》の出入り口と似た光の輪で、向こう側に続く世界が、人ならざるものが棲む神域の気配を帯びていく。

来訪を告げた真織と玉響へ、空から、木々の蔭から、地中から、視線がいっせいに注がれた。

森をなす土粒ひとつ、葉の一枚一枚、のぼりたつ蒸気や滴《しずく》や、森を吹きわたる風や、ここに棲む虫たち。ここにいるすべての霊魂、精霊たちが、声を揃えて歌った。

おまえさんが持ち去った団栗《どんぐり》のかわりに、ひとつおくれ。

おまえさんが火にくべた小枝のかわりに、ひとつおくれ。

森の天蓋越しに、御供山《みそなえやま》の崖が覗いていた。

◇ ◇

(ここは——?)

流天《るてん》が目を覚ました時、肩口はなめらかな絹の布で覆われていた。

ねころんだ畳は、人肌にぬるまっている。

うつらうつらとひらいていく瞼《まぶた》の隙間に、御簾《みす》越しの光が揺れ、板壁の木目が目に入りゆく。柱に彫られた雲と蔦《つた》の文様も、衣の香りも、ぬくもりも、光も、眺めも、馴染みがあった。

(内ノ院だ。あれ、玉響さまは? さっきまでここにいたのに)

流天は、雲でできた洞にいたはずだった。

玉虫《たまむし》色に輝く美しい雲の中で、そばに玉響がいて、すこし話した。

玉響は淡い緑色の狩衣《かりぎぬ》をまとい、白の袴《はかま》をはき、神王《くまみこ》の恰好をしていた。

神王が身にまとう緑の布は天蚕《やままゆ》という虫の繭《まゆ》からとる糸で織られ、糸そのものが森に降るやわらかな木漏《こも》れ日の色を宿したので、耀《かが》ノ葉衣《はごろも》とも呼ばれる。

玉響が身にまとっていたのも、その布で仕立てられた正装だった。

このところ玉響は、会うたびに凜々しくなる。

それでいて光のようにやさしく笑う。

だから流天は、会うたびに寂しくなった。

流天のほうは、玉響に会うたびに弱くなるからだ。

しばらくぶりに会っても、流天の背はさほど伸びないし、賢くもならない。

同い年の童《わらわ》のように遊び呆けることなく稽古に励んでいるのに、女神からはいまだ呼ばれず、神王《くまみこ》になれる気配もない。

『大丈夫だよ、流天。おまえは必ずよい神王になる』

目が覚め、玉響と交わした会話が遠のいていき、流天を助けてくれる人の気配が薄れていく。

流天の頬に、つうっと滴が落ちた。

（いいえ、玉響さま。私にはできません）

鼻をすすると、蛍《ほたる》が振り向いた。

「流天さま、よかった」

母、蛍は寝床に寄るなり嬉し涙をこぼすが、流天は自分の目もとを指でおおって、顔をそむけた。

「どうしよう、母上。私は神王になりたいと思えなくなりました」

「えっ？」

蛍が目をまるくする。流天は、首を横に振り続けた。

「私にはむりです。できません」

内ノ院の庭に黒槙《くろまき》の声が響いたのは、その時だった。

「蛍はいるか！　緑螂《ろくろう》が――」

「お静かになさいませ！」

蛍が一喝《いっかつ》する。

しかし、黒槙はかまわず庭を横切って寝所間近の縁側へ寄ってくる。

神領諸氏《じんりょうしょし》の長とはいえ、許しなく近づいてよいところではなかった。

「緑螂がな、流天さまの下殿《げでん》を求めた。一時《いっとき》のみ、死穢《しえ》を祓《はら》うためだといっておるが――あいつめ、いまのうちに何かする気だぞ」

「黒槙さま、いい加減になさいませ。流天さまが――」

「急いでまいったのは、流天さまが関わる一大事だからではないか！　玉響さまが行方知れずのいま、流天さままで下殿させるなど、魂胆があるに決まっている。流天さまの目はまだ覚めないのか？」

「許しもなくお入りになってはなりません。神王の宮でございます」

蛍は毅然《きぜん》とたしなめたが、黒槙は聞く耳を持たず、内ノ院の奥を隠す御簾の隙間へと顔を寄せてくる。

流天の背中に手を添えていた蛍の手が、怒りで震えた。

「なんという乱暴な振る舞いを――黒槙さまとはいえ、神兵に捕縛させるべきか」

「母上、そのように怒らないでください」

流天は息をつく。

仕方がない――。流天は、御簾の向こう側へ声をかけた。

「黒槙、心配をかけた」

「その声は流天さま？　お気づきになられたのですね。よかった！」

黒槙の影は大仰《おおぎょう》な身振りで喜んだが、流天は目を逸らした。

「さっきの話のことだが、緑螂が私の下殿を求めているなら、私は従おうと思う」

「流天さま？　いま、なんとおっしゃいました？」

「ちょうどよいところだった。水ノ宮にいたくないのだ。私には何もできない」

流天は黒槙に伝えてしまうと、「ひとりにしてほしい」と蛍の手も振り払って、その場から遠ざけた。

それからの流天は、一日のほとんどを命《いのち》の石《いし》のそばで過ごすようになった。

御洞は静かだった。

日に幾度か、巫女が忌火《いみび》に薪を足しにくるが、ここに響く音といえば、巫女の足音と、木戸が開く音くらいだ。聖なる火がぱちぱち薄闇を焦がす音を、きき続けた。

なぜ——と、流天はずっとわからなかった。

どうして玉響は、外《と》つ國《くに》へ旅立った女神を引き留めてくれなかったのか。

女神から神の清杯《さやつき》たる証が授けられなければ、流天が苦しむことになると気づいていたくせに、どうして。どうして。どうして！

でもいま、流天も、欲しくないと思った。

目をとじれば、艸果《くさか》の姿が浮かんだ。宵の斎庭《ゆにわ》で、首と身体をばらばらにされ、御《み》饌《け》として供えられた細い身体。そこから飛び去った魂が、奥ノ院の奥、命の石に吸い込まれていったこと。命の石は、艸果の命を吸った。

命の石の内側にあったのは、艸果の命だけではなかった。

（この石は、早く亡くなった子らが使うはずだった命が溜まるところなのかな）

神王《くまみこ》がいただくのは、艸果たちが使うはずだった命なのだろうか。

神々と話し、女神に仕える現人神になるために、早く生き終えてしまった者たち——死者の命をいただいて、生かしてもらうのだろうか。

（だから玉響さまは、この命を使わない方法をお探しだったのかな。水ノ宮は、恐ろしいところだ——）

水ノ宮は聖なる宮だ。それなのに、不可思議なことがたくさん起きた。

ここに集えば、人の心は波立っていく。

母の蛍も、水ノ宮に入ってからはずっと不機嫌だ。やさしかった母は、流天を守るために牙を得て、黒稹だろうが神宮守《じんぐうもり》だろうが、かまわず叱責《しっせき》するようになった。

艸果は殺され、斎庭《ゆにわ》で御饌《みけ》となった。

艸果を食べようとしたものをこの目で見たが、奇妙なことに、邪《よこしま》な気配をもたないものだった。

(あれは、なんだったのか)

子どもの形をした岩、命の石を前に、流天は泣き続けた。

「玉響さま、どうか戻ってきて。夢の中だけではいやです。私を導いてください。私には、神王《くまみこ》の大役がつとまりません。人を超える命をいただけないまま、この世のふしぎを受け入れる力が、私にはありません」

膝頭を囲んだ腕に涙を押しつけた時だ。

耳の内側で、そうっと流天を覗きこんでくる少年の声があった。

『――困っているようだな?』

少年の声は、流天を気遣った。

でもすぐに、恥ずかしそうに引っ込むような素振りを見せた。

『いいや、私に教えてやれることなど、何もないが——』

(あの声だ)

内ノ院で暮らしはじめてから時々きこえる、ふしぎな声だった。

流天が知らなかった神咒《しんじゅ》や祝詞《のりと》を囁《ささや》いて教えてくれることもあったので、流天はその声を、女神の使いの声だと思っていた。

(はい、とても困っています。あなたは、どなたなのですか?)

問いかけると、耳の内側で、少年の声がほっと笑った。

『そうか、私の助けがほしいか。私が誰か——。そうだなぁ。話せば長くて。今度、夢の中で話そうか』

(夢——また、夢か)

夢は、神々と会える場だ。

(わかりました。ならいずれ、夜に)

流天は声にこたえたものの、半信半疑だった。

(なら、この声はやっぱり女神さまの使いなのかな? でも、女神さまが私を気にかけるなんて、ないか——)

― 緑《みどり》の都《みやこ》 ―

かつて宮殿だった場所は、草木に埋もれていた。

あのあたりに守頭館《もりかみのたち》があった。そっちは御饌寮《みけのつかさ》。あっちには倉――。

森影《もりかげ》の案内で入った時の既視感が、確信に変わっていく。

（やっぱり水《みず》ノ宮《みや》だ。でも）

廃された社《やしろ》の跡が残る、忘れられた宮殿。

かつてここは、神官や幼い巫女が大勢行き来した人の宮だったが、いまは、人ならざるものが暮らす緑の都になっていた。

さらさら、ぎしぎしと、木々がざわめいている。

自然のノイズの陰に、ちち、ささと、囁く声がきこえはじめた。

――いらっしゃい、客人《まれびと》さま。

滝の音はきこえなかった。水ノ宮を囲む御供山《みそなえやま》の崖から小さな滝が幾筋も落ち、聖域に水音を響かせていたのだが。

かわりに、精霊たちがまとう淡い光が水飛沫《みずしぶき》のように森を飛びかっている。

水宮門《すいぐうもん》だった岩のはざまから続く砂利道を進んでいくと、ちちち、と耳鳴りに似た音が、森をなす幹の向こうから近づいてくる。

テニスボールくらいの大きさの、彼岸花《ひがんばな》の形の火花をまとう青白い光。

壊れかけた蛍光灯のように激しく瞬き、ひゅん、ひゅんと飛んでくると、光は真織《まおり》の顔のそばを回った。光の奥に、にやりと笑うビーズ玉くらいの小さな目があった。

『よう、神王《くまみこ》じゃないか』

「トオチカ？」

『ああ、俺だ、俺。おまえを覚えているぞ。久しぶりだなあ』

六連星《むつらぼし》の精の末っ子だという精霊だ。代々の神王と仲がよかったそうで、真織のところにも訪れたことがあった。

「そうだね、神々の路《みち》で会って以来――」

『神々の路？　あんなところを通ったのか？　神王のくせに』

トオチカは真織の鼻先にぴたりと浮いて、けらけら笑った。

「あんなところをって、その神々の路で会ったじゃない。ちょっと前に――」

『あそこを通ったら誰にだって会うさ。全部と繋《つな》がるから。ん？』

トオチカは星の色の尾を引いて遊びつつ、真織の顔を覗きこむ。

『ああそうか、ニンゲンはあそこを通らないのか。あそこで俺に会ったのか？』

「──覚えていないの？」

『俺はこのジダイのトオチカだぜ？　あの路を通る時には全部のトオチカになるから、いまの俺とはすこし違うさ』

「全部のトオチカ？」

目の前にいるトオチカは記憶にあるのとまったく同じ姿をして、ははははっと屈託なく笑うが、真織たちが知るトオチカの千年後の姿、だろうか？

人間、時代と、言葉遣いがすこし現代的だ。

仮に、杜《もり》ノ国《くに》が栄えていたのが千年前としたら、だが。

『いや、俺も、神々の路のことはよく知らないんだけどな。あそこに入ると、わけがわかんなくなっちまうから』

トオチカは興味がなさそうに笑った。

『ニンゲンがいうところの、過去と未来と繋がってるっていうのかな？　生きたままであの路を通るニンゲンはそういないぜ？　待てよ？　そっちもか？　おまえはアレだろ？　出来損《す》ないの神王《くまみこ》だった奴だろ？　おまえもあの路を通ったのか？』

トオチカは素っ頓狂《とんきょう》な声を出して、玉響《たまゆら》の肩にまとわりついた。

『おまえこそニンゲンだったろ？　百年後には形が変わって崩れちまうんだろ？　あ

んなところをよく通り抜けてきたな！』

トオチカは玉響の首筋の肌にわざわざぴたりと寄って『へえ。生身だ。すごいな』と笑う。玉響が苦笑した。

「魂を外側に出して、自分を守ってきたんだ」

トオチカは『へええ！』と、光の奥にある黒目をしばたたかせた。

『ニンゲンは器用なんだよなぁ！　ちょっとうまくいかなくても、新しい方法をすぐ見つけちまうんだ。ん？　おまえ、俺の声がきこえるのか？』

「うん。うまくやる方法を見つけたんだ」

玉響がうなずくと、トオチカは気をよくして、『すごいな、おまえ』と宙でひるがえった。

『話が通じるのは楽しいな。知ってる奴が遊びにくるのって、わくわくするよ！』

トオチカは宙にひゅんと舞いあがって、空中遊泳した。

『案内するよ。人はいなくなったが、この通り、住みやすいよ。まあ、ちょっと乾いちまったけどなぁ。水の精が大勢いたころが懐かしいよ』

トオチカと一緒にいると、森の警戒はさらに解けていく。

草木や石の隙間から、樹液が染みでるように精霊がひとつ、ふたつとはじけ出て、星に似た光が森に満ちていった。

神々が姿を自在に変えるように、枝や葉や木そのものや、土も石も、好き勝手に伸びをし、リズムに乗ってうねっている。

まるい庭の端に立つ国見《くにみ》神社に、ふたたび近づいた時だ。

──ここは、どこだ？　時が戻ったようだ。

〈祈《いの》り石《いし》〉が外に出たがった。

「石が帰りたがっているね。真織、石を」

ハンカチに包まれた〈祈り石〉が取りだされて、玉響の手に渡っていく。

玉響は、すぐに神事をはじめた。石を目の高さに掲げ、祠《ほこら》へ近づいていく。

いまは国見神社と呼ばれる、四年前にここに新しく建った社だ。

「掛けまくもかしこき、荒金《あらかね》の土の神の御前《みまえ》にかしこみかしこみ白《もう》さく、水ノ宮より杜ノ国をしらしめす母なる女神《めがみ》の祝《はふ》りをもちて、この地にとこしえに鎮まりますよう」

神事の祭主をつとめる時の玉響は、男にも女にも見えない。

異質さに気づいた精霊たちが、ひとつ、またひとつと玉響のそばに集まりはじめた。

精霊が群がり、玉響の指も頰も、青白い光を浴びてほのかに色づいていき、玉響の姿は人にも見えなくなっていった。

——どこにいっていたの？　おかえりなさい。

——人ね。人だわ。

——この子は誰？　人ってなぁに？

精霊が集まってくるごとに、真織は腹をおさえてうしろにさがった。

（気持ち悪い——）

肌にピリッと痛みを感じたり、吐き気がこみあげたりして、寒気がとまらない。気も遠のきそうだ。

精霊は人を避けていくこともあれば、突き抜けていくこともある。

精霊に実体はなく、光の姿をしているが、意思をもつ神々に身体を通り抜けられれば、内臓や骨が撫《な》でられるようなものだった。

（滴《しずく》ノ神事《しんじ》の時もこうだった。制する稽古をしていないから？）

でも——と、違和感がつのる。

皮膚がピリピリ裂けていきそうな痛みは、滴ノ神事の時よりも、御洞《みほら》の奥に入った時と似ていた。人間には強すぎる神域というのがあって、入れば、肉体が崩れてしまうからだ。

そういう神域の影響を受けるのは、神様の側に寄った真織よりも、玉響だった。

（玉響は？）

平気だろうか――と姿を追うが、玉響に苦しがる様子はなく、石の祠の正面で凜と立ち、〈祈り石〉を丁寧に戻していく。

グレーのスウェットと紺のワイドパンツという、現代の街を歩く人と同じ恰好をしているのに、玉響は青白い光を浴びて、人外の生き物じみた妖艶な気配をまとい、精霊が集う妖しい森で、唯一無二の存在感をはなった。

彼こそが、神々に立ち向かえる稀有《けう》な人間――。玉響の異質さに、目を奪われる。

(この景色、どこかで見た……)

真織の脳裏に、淡い緑色の狩衣を身にまとう玉響の姿がふっと浮かんだ。

御種祭《みたねまつり》の時の玉響だった。真織が杜ノ国に迷いこんだばかりのころに水ノ宮でひらかれた秘祭で、玉響は、その神事で祭主をつとめ、狩りの女神を天から迎えた。

(あの時の玉響と、いまの玉響が似ている――?)

どうしていま、あの時のことを思いだすんだろう?

おかしい――。自分だけが知らない深みで、何かが動きだしている。

不安の正体を一瞬でも早く見つけなければ、取り返しがつかなくなる――。

胸騒ぎに脅されるけれど、葉擦れの音と重なりあう囁き声や歌声がいまは嵐のように耳障《みみざわ》りで、うまく集中できない。

(気持ち悪い……)

精霊の囁き声をこんなふうに、耳障りなノイズと感じたことはなかったのに——。

しばらくして、分厚い層になった光の壁の中から、玉響が戻ってくる。

「真織。石は戻したよ。済んだね」

精霊の光とさざめきに埋もれて堂々と笑う立ち姿が凛々しいが、その姿にも、真織はいやに見覚えがあった。

蘇るのは、玉響が御種祭に向かう前、真織と別れの挨拶を交わした時の、微笑。

『真織を助けてみせる。心安らかにしていなさい』

(まさか)

石の帰還を喜んで、国見神社の柱や屋根に、星の光がつどっている。

玉響の背後で、人ならざるものたちの歌声もしだいに大きくなった。


おまえさんが持ち去った団栗《どんぐり》のかわりに、ひとつおくれ。

おまえさんが火にくべた小枝のかわりに、ひとつおくれ。

おまえさんが持ち去った、わが子のかわりに。


古い石の社に鎮まった〈祈り石〉は、幸せそうにしていた。

——帰ってきた。故郷へ帰ってきた。

精霊たちも、しきりに〈祈り石〉に話しかけた。

――ちょうどよい時に戻ってきたね。まもなくはじまるよ。

――昼と夜のはざまになったら……。おや、客人《まれびと》さまを連れてきてくれたんだね。

（はじまる？　なにが――）

石を帰す神事が済んで、一段落したところだ。

真織は精霊の声に耳を澄ますが、どういうわけか、囁き声がききとりづらくなっている。電波の状態が不安定なラジオをきくようで、雑音にかき消された。

（おかしい。やっぱり――）

玉響のほうは涼しい顔をしている。くちびるを震わせて見つめる真織のもとへ戻ってくると、真織の肩をそっと抱いた。

「つらそうだ。真織は外で待っていよう？　送っていくよ」

真織が気づきはじめたことを、玉響はとっくに知っている顔をした。

真織は、玉響を睨んだ。

「玉響は、わたしに隠しごとをしている」

「私は真織に隠しごとをしない」

玉響は真上から覗きこんで、ふふっと笑った。

「真織の国にこられてよかった。真織の国はいいところだね。みんなが離宮のような宿に泊まって、ごちそうを食べて、おふろに入って、ふとんで眠る。神王《くまみこ》もいない。杜ノ国とはまるで違うところだね」

真織はぞっとして、首を横に振った。こうきこえたからだ。

——真織と一緒にいて、楽しかった。

玉響がついと顎をあげた。

「いま、森にある気配を知っているよ。ひらかれるんだ。真織の国の御種祭《みたねまつり》が」

「御種祭が？　どうして？　だって——」

ここは森だ。

豊穣の風を待ちわびる田んぼもなければ、神官も民衆も、ここにはいない。

ただ、森には熱気がみちていく。森は、何かがはじまるのを熱心に待っていた。

夜に染まりゆく崖を、さあっと照らす光があった。

平たいスポットライトに似ていて、はるか上のほうからさしている。

日が沈みはじめた黄昏時。暮れなずみ、山の端は赤黒くなりはじめたが、盆地にある旧神《かみ》ノ原《はら》の天上には青空がうっすらあり、昼間の余韻《よいん》が残っている。

光の出所をたどると、昼と夜がまじり、十二色の絵具を全部使ったかのような色彩豊かな空に、純白の光の筋がある。玉虫色の風をまとった光の道が、宙に現れていた。

光の筋の彼方から、こつん、ことんと、蹄《ひづめ》の音が駆けてくる。

「神々の路だ――」

真織はすぐに気づいた。

「あの鹿《しか》だ」

雨粒が落ちるように、緑色の葉っぱもぽつりと落ちてくる。風に揺られて表裏にひるがえりながら手元に降ってきた葉を、玉響は手をのばしてつまんだ。

「欅《けやき》だね。女神がくるんだ」

欅の葉が降るのも、鹿の足音が響くのも、水ノ宮が祀った狩りの女神の来訪を告げる合図だった。その女神は白鹿にまたがって訪れ、蹄が虚空を踏む時に、四季の葉や花が、泉のごとく宙で湧くからだ。

まるい庭に溢《あふ》れんばかりに集まった精霊たちが歓声をあげている。

人であれば平伏して祈りを捧げるように、星の光はゆっくりなびいた。

――お待ちしていました。いざ、はじめましょう。

――命を分けてください。いまを生きる子らに、眠りについた子らの命を。

玉響はまぶたをとじ、耳を澄ました。

「歌声が揃っている。嬉しいのかな。精霊は、女神がくるのを歌でもてなすのだね。人が女神を呼ぶ時には、笛や太鼓を奏でていたけれど」

玉響は平然としているが、奇妙なことだった。

どうして玉響に、精霊の歌声がきこえているのか。

真織も懸命に耳を澄ましたが、ノイズまじりだ。

人になることに憧《あこが》れた玉響の身体は人に寄っていて、玉響にあった人離れした力も薄れ、精霊と話をする力も失ったはずなのに——。

(精霊が、歌でもてなしている？　人なら、笛や太鼓を？)

真織はまぶたをおさえた。星の姿をした精霊たちを見ていられなくて、ぐらりと脳内が揺れ、吐き気がこみあげる。

玉響はよろけた真織を支えて、真織の額のあたりの髪に頬を寄せた。

「つらそうだ。ここから出たほうがいい。水宮門の外まで送るよ」

玉響は寂しそうにいうが、同じ神域にいるのに、苦しがる様子が一切なかった。

(やっぱり、わたしと玉響が入れ替わったみたいだ——)

森は何かのはじまりを待って、さらに熱を帯びていく。

精霊たちの光が一ヵ所に集まりはじめ、御洞の前に、青白い光や、赤みを帯びた光や、緑や白や、それぞれの色にほんのり光る塊《かたまり》の層ができていく。

精霊たちは真織たちがたどる砂利道には立ち入ろうとしなかったので、星に似た光の層には、まっすぐな隙間ができた。まるで、「旧約聖書」のモーセの海割りだ。

隙間の果てには、御洞の入り口があった。

旧水ノ宮の正門から続く砂利道の終点も、神々の路の終点も、そこにある。

精霊たちの光の層の切れ目と、真織たちがたどってきた砂利道と、宙に敷かれた光の道が、御洞のもとでまじわった。

光の隙間は、真織たちをそこへ辿り着かせるための通路のようだった。

――さあ、どうぞ奥へ。お進みください。客人《まれびと》さま。

「神々の路――そうだ」

真織ははっと顔をあげて、玉響の腕を引いた。

「玉響、いこう。あの光の中に入れば、杜ノ国へ戻れるよ」

「ううん、水宮門とは方角が逆だ。真織は結界の外へ出よう。真織の国に戻れるよ」

「わたしの、国？」

(そんなものはない)

眉根が寄り、真織は唸《うな》るようにいった。

「なにを考えているの？」

問いかけたが、答えを待つまでもなかった。

精霊はおそらく、狩りの女神をここに招き、御種祭《みたねまつり》をひらこうとしている。

いまここにあるのも、御種祭の気配に間違いなかった。

その祭りで豊穣の風を吹かせるためには、獲物が要る。

うつろな目をした少年が結界の間際で保護されたが、その子が、御種祭で仕留められる狩りの獲物、「器」と呼ばれるものになるために、ここまできていたとしたら――。

（ここにいたら、わたしか玉響が、いまに狩られる……）

真織の息が速くなるが、玉響はくつろいで見える。

玉響は真織に寄り添って、頭の上に頬を寝かせた。体温と息が額に触れる。

「人がいなくても、御種祭はひらかれるんだね。なら、御種祭ははじめ、神々のものだったのかなぁ。祭りのことを知った人がまねをして、一緒におこなうようになったのかな。――残念だ。真織の国でもこの祭りが続いているなら、私も、誰も、御種祭をとめる方法を見つけられなかったのだ。豊穣の風が吹くたびに、ずっと誰かが狩られてきたんだね」

玉響からこんなふうに甘えられたことはなかったし、玉響がする話も、別れを惜しむ恋人同士のように触れ合いながらするものではなかった。

膝が震えて、真織は玉響の服にしがみついた。

「玉響、早く神々の路に入って。そうしないと――」

「うん。だから、早く外に出よう。そうしないと、はじまってしまう」

脚の震えが、指とくちびるまで迫りきた。冷や汗をかいて寒くて、息苦しくて、心臓がどくどく脈打っている。五感が敏感になっている。

真織がこんなに身体の有《あ》り様《よう》を感じるのは、久しぶりのことだった。

(やっぱり、人に戻ってる——まずい)

「玉響、やめて。神王《くまみこ》になろうとしているでしょう？　また前みたいに、わたしから神様の命を奪っていこうとしているでしょう？」

「うん」と、玉響はうなずいた。

「私が人になりたがると、真織は私がなってほしくない真織になる。ずっとそうだったから、制することができないかな、と。私が神々の側に近づけば、真織を人に戻せるのではないかな、と」

玉響は、人と神様とのあいだを行き来する稽古を続けていた。

いまも、人から遠ざかろうとして、ふたりをつなぐ細い糸をたぐって、ふたりで分け合っている不老不死の命を、意図通りに操ろうとしている。

もともと玉響は子どもにも大人にも、少女にも少年にも見える中性的な顔立ちをしていた。彼が神王を輩出する一族の出だからで、神官に徹している時の玉響も、男にも女にも見えない。

いまも、そうだった。性別を感じさせないのは、男と女のあいだにいるからだ。

人と神のあいだにいる神王になるため。つまり、虚《うつ》ろだ。

女神好みの獲物になるために生まれてきた彼は、そのための稽古に励んできた。いままで、ずっとだ。

真織の目に、涙が溜まった。

「いやだ。玉響は杜ノ国に帰らなくちゃいけない」

「ううん。もう流天《るてん》がいるよ」

玉響は、思惑通りに進むと信じきった笑みを浮かべた。

「真織を守るためにはどうすればいいのかって、ずっと考えていたんだ。よかった。うまくいきそうだ」

まるい庭に、ぽとり、ぽたりと花が落ちてくる。桜《さくら》に楓《かえで》、桃《もも》に椿《つばき》、南天《なんてん》。春夏秋冬の花や葉や果実。森の上空、神々の路に沿って、草花の雨が降りはじめた。

(女神さまがくる――)

空から降る花を追う真織の目が、ぞっと凍りついた。その時だ。

淡い光に包まれた御洞の入り口に、ぽつんと立つ子どもの人影を見つけた。

(誰かいる？　流天？)

杜ノ国で玉響の帰りを待つ少年の姿に見えて、真織は、玉響の手を振り切って駆けだした。

精霊の群れの隙間を走り抜ける。星に似た光が波打つさまはまるで、たわわに実った稲穂《いなほ》の原だ。その隙間を、全力で駆けた。

御洞の入り口に見つけた人影をめざして走るものの、近づくにつれ、真織の足はすこし遅くなった。流天の幻を見た気がして駆け寄ったが、めざした場所にあったものは、細長い岩だった。

(人じゃない?)

岩は子どもの背丈くらいあって、上部にゆるい凹みがあるのだが、その上のふくらみが子どもの頭部に似ていて、見間違えたのだ。

その岩は、崩れ落ちた岩穴の正面にぽつんと立っていた。

(命《いのち》の石《いし》だっけ。忌火《いみび》の向かい側にあった——でも、人みたいだ)

かつて御洞を赤く照らし続けた忌火は跡形もなかったが、命の石は、人の気配のない薄暗がりで、異様な存在感を放っている。

そばまで辿り着いて、命の石に触れた瞬間だ。

子どもの白い影が四つ、五つ、闇の中から浮きあがった。

白い影は洞窟の入り口で輪をつくり、ふふふ、と幼い笑い声が重なった。

洞窟の岩場が白く輝きだし、気づいた時、真織は白い蔦《つた》で埋め尽くされた野原にいた。光のもとになったのは白く輝く蔦の葉で、葉の表面には顔があり、口を大きくあけて歌っている。

(精霊——)

頭の中に浮かびあがった白い蔦の野は、森に集まった精霊の姿と重なった。大勢の子どもたちの姿も、白い蔦に重なった。子どもたちが精霊と同じようにここにいて、みんなで笑っている。そういう幻が浮かんだ。

(杜ノ国で、同じものを見た……)

杜ノ国に居た時に御洞で見たのと、まったく同じ景色だった。

いま真織は、それから長い時間を経た時代の、何もかもが様変わりしたところにいるのに、石に触れていると、神王《くまみこ》の代理としてここにいた時に戻っていくようだ。

景色だけでなく、自分まで——。

ちゃぷん——と、身体の内側に水音をきく。

手の甲を見下ろした時、肌の表面にぽたんと波紋がひろがった。

身体を構成するものがつくり変えられていく、あの感覚。

細胞や神経や、肉体にあるはずのものが消えて水になっていく、あの——。

石に触れるなり、真織の身体を流れる血が、ふしぎを思いだしていく。

精霊の歌声が鮮明にきこえるようになり、目の見え方もすこし変わった。

(水神《すいじん》の石に触った時と同じだ。身体が、神様の側に戻っていく——あっ)

「真織！」

星野原《ほしのはら》のまんなかを玉響が追いかけてくる。

真織が気づいたのだ。玉響もここにくれば、すぐに気づく。

（早く）

この石の周りは、杜ノ国のまま変わっていないのだ。

この石は、水神の石のようなふしぎな力をもっているのだ。

水神の石のように、過去と繋がったままでここにいるかもしれない。なら――！

真織は、石にしがみついて叫んだ。

「お願い、流天に伝えて。玉響を呼んで！」

石の表面、子どもに見立てるなら、頭部や首、胸のあたりには、奇怪な紋が彫られていた。円や十字、水の流れに似た曲線を組み合わせたものなど、紋が意味するものはわからないが、触れていると、石そのものがほのかな光をまとっていく。

（石が、こたえたんだ）

その岩は、異様な気配を帯びていた。過去と未来をまたにかけて鎮まる水神の碑や、神々の路や、かつて真織の時をとめた卜羽巳《うらはみ》氏の穢《けが》れの札《ふだ》や、女神の侵入を防いで長年建ち続けた黎明舎《れいめいしゃ》と似た気配を。

（これは、呪物《じゅぶつ》？　なんでもいい。力があるなら手をかして。流天に声を届けて！）

真織は叫び続けた。

「流天、きいて。玉響を呼んで！　玉響を杜ノ国に戻せるのは、あなたしかいない！」

「真織」

追いついた玉響に両肩を摑まれて、命の石の前からよけさせられる。

玉響は怖い真顔をしていたが、責めるよりも先に、場所をずれさせた。

「踏んでいる」

真織の足元、スニーカーの靴底の下には、白い石があった。いや、石にしては白すぎる球形をしている。

頭蓋骨《ずがいこつ》だった。大きな眼窩《がんか》がふたつある。三角形の鼻の穴と、下顎《かがく》骨、白い歯も。

小さな身体をした誰かがここで倒れて、そのまま骨になったようなころがり方で、鎖《さ》骨や肩甲《けんこう》骨、腕や足の骨も、きれいに並んでいた。

「いつのまに――」

森影とここにきた時に、骨はなかった。

骨は三人分あって、ひとつは骨になってから長い時間を経ているのか、ぼろぼろだ。真織の靴底が触れただけで、白い欠片《かけら》がぽろぽろと土に積もりゆく。

ぞっと背筋が寒くなった時、地の底から響くような女の声がきこえはじめた。

『よう来た、娘。ようやく森がつくれるなぁ』

蹄の音も、いつのまにか近い場所からきこえる。

森を包む湿り気が増し、風がぬるむ。ムスクに似た甘い香りも風に漂いはじめた。

(女神さまの匂いだ)

『やあ、賑やかだ』

声がやけに近いところからきこえて、振り返った時、白鹿が、ちょうど庭におりたったところだった。

ほ、ほ、ほと笑う声もきこえるが、まるい庭の中央、星の色に輝く精霊たちが着陸場所にあけた隙間におりた純白の鹿の背には、誰ものっていない。

かわりに、白鹿の頭上で大樹のようにひろがる角の隙間に、白いものが覗いている。

積み荷、子ども——?

角の奥に見え隠れするものに真織は目を凝らしたが、しばらくして、白いものはふわりと宙に浮きあがった。

白い袴姿の女だった。真織も玉響もよく知る、杜ノ国の狩りの女神だ。

白い肌に、能の面に似た美しい顔立ち。背中でゆるく結った腰まである黒髪、眼球に動く気配がない、水晶のような目。腹は臨月《りんげつ》の妊婦のように大きい。

ただ、背は流天くらいの高さしかなかった。杜ノ国で会った狩りの女神の背は、男よりも高かったはずだが、身体が小さくなっていた。

ふわりと宙に浮いた女神は、星野原の真上をすんすんと歩いた。

真織のちょうど真正面で足先をぴたりと止めると、女神はまばたきをしない目で真織を見つめて、笑いかけた。

『おまえのうしろに森が見える。さあ、遊ぼう。ともにいい森をつくろう』

杜ノ国の狩りの女神は、杜ノ国に無数にいる神々のなかでも神様らしい神様だ。白鹿に乗って天を駆け、白い大蛇に姿を変え、豊穣の風を吹かせて、大勢を救う時もあれば、人の命を容赦《ようしゃ》なく奪おうとした時もあった。

身体は子どもくらいに小さくなったが、神々《こうごう》しさというのか、威圧感は相変わらずである。真織を正面から見つめる目はずっと見開かれて、人に似た姿をしているが、生き物の気配がなかった。

話しかけられた相手は真織だが、言葉を返したのは、隣に立つ玉響だった。

「お久しぶりです。そのお姿はどうしたのですか？」

『おまえは、はて？』

女神が、白い顎を傾ける。

ぴくりとも動かない宝玉のような目で玉響の頭のてっぺんから足の爪先まで丹念に

検分した後で、女神はにまっと笑った。

『ああ、覚えておるぞ、私を清めた神王《くまみこ》だ。あの時は世話になった。おかしいのう。なぜここにいるのだ？　おまえは前に、森をつくる器になってくれたろう？』

　玉響がうなずく。

「ええ、器になりました。真織とふたりで、御種祭《みたねまつり》であなたに狩られ、矢で貫かれました。ききたかったのです。私と真織はどうしてまだ生きているのでしょうか？　私と真織は、あの場で命を終えたはずです。けれど、あなたからいただいた命が余分にあったので、ふたりで分け合って、いまも生きながらえている――私はそう考えているのですが、正しいでしょうか？」

『またそれか』

　宙に浮いた女神は白の袖で口元を覆い、く、くと笑った。

『知らぬといったろう？　生きているとか、死んでいるとか、細かいことにこだわるのは人だけだ。おまえはいまここにいて、動いている。喋っている。止まってはいない。土に埋まる種にもなっていない』

「大事なことなのです。どう生きればいいのか、時々わからなくなるのです」

　玉響は慎重に続けたが、女神は一笑に付した。

『私にとっては、おまえがここに現れたことのほうが大事《おおごと》だ。戻るべきところへ早く戻れ。いや――追い立てずとも、いずれ戻るのか？　私はむかし、おまえを狩った』

「ええ、狩られました。真織と一緒に」

『その後だ。おまえが、狩れ、狩れというから、おまえを器にした。おまえは特別な神王だったから、礼をしたのだ。よく覚えている』

「あの後に、私が、狩れと？」

話の噛み合わなさに、玉響が眉をひそめる。

（もしかして――）

真織と玉響は、そばにぴったりくっついて立っていた。

玉響の腕が真織の肩を抱き、真織も、玉響の背中に腕を添えている。

「あの。どういうことでしょうか？　玉響は、わたしと一緒に御種祭で器になった後で、二度目の祭主をつとめたということですか？　あなたの矢に、もう一度貫かれましたか？」

真織が尋ねると、女神はやれやれとばかりに笑う。

『ああ。二度も器になった神王はその者だけだ。あの後、その者は動かなくなった。数多の死者を受けとめた、よい虚ろだった。だから、なぜまたここで会ったのかと驚いている』

「じゃあ――」

真織の胸が落ちついていった。

玉響は、どうにかして二度目の御種祭《みたねまつり》を迎えるらしい。

つまり、この場では絶対に死なない、ということだ。

(玉響はこれからも生きるんだ。杜ノ国にも、帰ることができるんだ。なら――)

女神が、真織を向いてにまりと笑う。

『おまえが戻ってきてよかった。旅に出したはいいが、なかなか戻ってこないもので、痺れを切らして、ちょうど昨日、影をひとつ射たところだった』

「昨日? 青い服を着た男の子ですか?」

森影に保護された「リクくん」だろうか。

「あの。わたしもききたいことがあります。この子たちは神王《くまみこ》ですか? 前に、あなたの手伝いをした子たちですか?」

命の石の周りにころがる人骨のことを尋ねてみる。

崩れかけた頭蓋骨を含めて三人分はあるが、どれも子どもの骨だった。

(「リクくん」もこうなるところだったのかな。――わたしも、か)

『いいや。この子らは器になれなんだ。そろそろ森をつくってほしいと子らから頼まれて、いい子はおらんかと捜していたのだが』

真織は眉をひそめた。

「器になれなくても、殺されてしまうんですか？」

『弱っていって勝手に死ぬのだ。使い物にならん、はずれの子ばかりさ』

「そんな言い方――」

真織は咎めようとしたが、言葉をのみこんだ。

女神の能面のような顔が、やや残念そうに横を向いている。人間も、森で捕まえた虫や魚を水槽で飼って弱らせたら、こんな顔をするのだろうか。

『人の育て方は難しい。命の石に溜まった命を与えて、よい器になれと育ててみても、とんとだめだ。ぴいぴい泣きだしてしまう。人がいれば、ちょうどよい神王を寄越してくれるのだが、いなくなってしまったなぁ』

（そういえば、神子《みこ》のほうが、神王よりも歴史が古いんだっけ）

黒槙《くろまき》の邸で、杜氏《もり》に伝わる縁起《えんぎ》絵巻を見せてもらったことがあって、黒槙はこんなふうに話していた。

「豊穣の風が吹く前には、男の童《わらわ》が行方知れずになった。その子らが女神が豊穣の風を吹かせるのを手伝っているのだろうと、ならば、女神の手伝いができる神子を育ててお仕えさせよと、水ノ宮に集めることになったそうだ」

杜ノ国に伝わる神話では、創始の時代に狩りの女神が杜ノ国を訪れ、風の神を招いて、豊穣の時代をもたらしたという。

絵巻に描かれた女神も、弓矢を手にして凛と立ち、子どもを従えていた。

卜羽巳氏の名が絵巻物に登場する前の出来事で、神王《くまみこ》の名が登場するのは、さらに後だ。

子どもたちが行方不明になるのは、この子なら「器」になれるかと見込まれて連れていかれたから？

でも、どの子でもいいというわけではなく、風を吹かさず息絶えてしまえば、また次の子が連れていかれる——そういうことだろうか。

（女神さまの手伝いをするのに一番ふさわしく育てられたのが、神王っていうこと？）

神王の制度というのは、たったひとりの犠牲で済ませるためのもの？

真織は、息をついた。

（やっぱり、生贄じゃない——）

「わかりました。わたしが器になります。森をつくりましょう」

真織は一歩踏みだした。

御種祭《みたねまつり》がひらかれると知った時から、そのつもりだった。

真織でなければ、射抜かれる役が玉響になっただけだ。どちらも器にならなければ、またいずれ、どこかの子どもが神隠しにあって、ここに迷いこむのだろう。

「だから、お願いです。玉響を杜ノ国に帰してもらえませんか？　玉響をここにひとりで残さなくてはいけないなら、逃げます」

「ううん、いけない。真織」

玉響は真織を庇《かば》うように前に出て、女神の正面に立った。

「女神、私を狩ってください。あなた好みの器になれるのは、私のはずです」

女神が『またか』と呆れた。

『おまえにはむりだ。おまえでは欠けた器にしかならん。割れて、すべてこぼしてしまう』

「いいえ、つとめてみせます」

『おまえはいま、ここにおらんのだ。おまえの存在はいま捩《ねじ》れている』

「いいえ、います。いるではないですか」

『欠けた森はつくれない。私はその娘と森がつくりたい。そう決めて連れてきた』

女神は墨筆で描かれたような目を細めた。

『見よ。ふしぎな娘だ。陽炎《かげろう》のように揺らぐのに、虚ろなのだ。祈りも、渇きも知ったうえでそうなれる人には、はじめて会った。会った時より、さらに面白い器になりよった。おまえのうしろに森が見える。美しい、いい森だ』

真織は眉をひそめた。どこかできいた言葉だと思った。

「神々の路ではじめに会ったのは、あなた？」

女神が、ほほほと笑う。

『ああそうか、人のおまえにとっては、そうなのだろう。私がはじめておまえに会ったのは、おまえの旅先だった。どこからか迷いこんだ奇妙な娘で、神王《くまみこ》になりたがるが、いったいどこで豊穣の風を吹かせるのかと、おもしろく眺めていたが——。娘、前へ出よ。石の前だ。そこがおまえのための祭壇になる』

「そこ」と白い指先で示されたのは、命の石の真正面で、杜ノ国でいうなら、奥ノ院から白木の橋を越えて御洞へ渡ったあたりだった。

いまはそこに、髑髏《どくろ》が砂埃をかぶっている。

「はい」

従順に石のそばへ向かおうとする真織の腕を、玉響が掴んだ。

「いいえ、女神。私と森をつくりましょう」

玉響が女神に差し向かう。

「今日、私はいいことをききました。八は聖数、最大という意味だそうです。私は八十八代神王。おしまいにする神王、という意味でしょう」

「やめて、玉響」

呼びかけても、玉響は顔色ひとつ変えなくなった。目も、女神だけを見つめている。

　玉響は凜と微笑んで、くちびるをひらいた。

「豊穣の女神に御狩《みかり》をたてまつる、ここにあるはあなたさまの御饌《みけ》。我今、この杜でもっともよい馳走《ちそう》なり、豊穣の風を吹かせたまえ」

（あの呪文だ）

　玉響が口にしたのは、御種祭《みたねまつり》にのぞむ神王のための神咒《しんじゅ》だった。

　あなたの獲物をどうぞお狩りください。

　豊穣の風を吹かせてください。

　風の歌声のようなふしぎな声色で女神に祈り、自分の命を捧げて女神を誘う言葉で、玉響は神王になった時から、その神咒を唱える稽古をしていた。

　玉響は、美しかった。

　人間がもつすべて——無垢や無邪気、欲や願い、清らかなものも穢れたものも、何もかもを美しいものに変えて身にまとい、睨むように笑って、人ならざる女神を、全身全霊で自分のもとへ誘った。

　妖艶で、狂気すら漂わせ、人でも神でも、男でも女でもない美しさで、森中のものが、玉響の不可思議な魅力に目を奪われていく。精霊が玉響を向き、星の光が同じ方向に揺れ、祭りのはじまりを待つ大合唱が揃っていった。

人ならざるものを虜《とりこ》にする存在など、もはや人を超えたものだ。

玉響が人から外れていけば、真織は人に戻される。

「やめて！」

耳が人に戻り、精霊の合唱を大音量のノイズに感じていく。

音に襲われて立っていられなくなり、よろけたが、支える手はなかった。

玉響は真織のすぐそばにいたが、彼が見つめる相手はいま、女神だけだ。

しかし、女神は玉響を拒んだ。

『おまえとは森をつくらんといっているだろう？　私は新しい森が欲しいのだ』

「でも」

『おまえたちとつくる森は、どうもうまくいかない。昔ほどいい風が吹かず、いやになった』

女神の目が吊りあがり、夜叉《やしゃ》の面のようになる。

精霊たちもしんとなり、合唱もやんだ。

玉響のかわりに注目を浴びることになったのは、真織だった。

――ならば、あちらが客人《まれびと》か。

星野原がふたたび大祭《たいさい》の興奮を帯びていき、肩を組んで揺れるように星の穂がなびきはじめた。

『さあ娘。虚ろの器になれ。あの時のおまえが、私はとても気に入った』

宙にすいと立つ袴姿の女神が、真織を向いて手招きをする。

玉響がいくら誘おうが、女神は相手にしなかった。

玉響の顔が蒼白になり、くちびるが震えた。

「真織を、助けられない……」

その瞬間だ。玉響が神官の力で溜めていた命が放たれて、真織の息が楽になる。

玉響の顔が苦しげにひきつり、ぐらりとよろけるので、真織は咄嗟《とっさ》に手をのばした。

「玉響」

女神が弓を構え、矢をつがえた。

『娘、祈れ。からっぽにしたおまえのぶんまで、子らの願いを盛れ。おまえが見てきた森を思え。私は、あのころの森がとても好きだった。いまのこの乾いた森を、あのころの森に戻したいのだ』

弓がしなり、弦《つる》がきりりと軋《きし》む。

肘に力が入って白い袖が薄闇になびき、矢羽根《やばね》をたばさむ指が正面を向き、的を定めはじめた。

「わかりました」

自分を狙う矢じりの先端を見つめ、真織は杜ノ国の景色を頭に浮かべた。

御供山《みそなえやま》の麓でかつて栄えた、祈りの国。

無垢な祈りと、人の業《ごう》がひしめきあう、祭祀《さいし》の国。

少年神官と巫女が行き来する宮殿は屋根だらけで、神域には精霊が暮らし、人は、神々とともに暮らしていた。

御供山から落ちる滝の音に包まれ、水は大地を潤して湖へ流れゆき、大人も子どもも、男も女も、今日を生ききって明日を迎えることに懸命だった――。


おまえさんが持ち去った団栗《どんぐり》のかわりに、ひとつおくれ。

おまえさんが火にくべた小枝のかわりに、ひとつおくれ。

おまえさんが持ち去った、わが子のかわりに。

何者でもない虚ろとなって、豊穣の風を吹き渡らせておくれ。


夜に向かいゆく森にも、人ならざるものたちの祈りが満ちていった。

星を実らせた稲穂原のような精霊の群れの奥で、トオチカが大きく手を振っている。

小粒の両目が、真織を見つめてきらめいていた。

『ありがとうなぁ、神王《くまみこ》。女神の手伝いをしてくれて。みんな喜んでるよ。死んだ奴らも、これからまた甦って芽吹けるんだ！　俺も感謝する。ありがとうなぁ！』

トオチカにとっても精霊にとっても、豊穣の風を吹かせるために人が射られるのは、森で見つけた団栗をひとつついただくような感覚なのだろうか。

（わかったよ、トオチカ）

人も、それくらいは日常茶飯事だ。

命を狙われる怖さも、いまさらなかった。

「約束です、女神さま。豊穣の風を吹かせたら、玉響をかならず杜ノ国へ帰してくださいね」

真織は矢をつがえる狩りの女神へ念を押したが、玉響が拒んだ。

「いいえ」

玉響は、真織のまうしろに回っていた。真織の肩をうしろから腕でかこって、真織よりもすこし高い位置から、女神に懇願した。

「私も一緒に射てください。前と同じにしてください。真織をひとりで矢の的にさせるわけにはいきません」

「玉響」

振り仰ぐが、玉響は真織と目を合わせようとしなかった。

代わりに、抱きしめる腕がかたくなる。悔しそうだった。

「もし真織が私の立場だったら、同じことをする。前に真織が私と一緒に矢の的になった時だって、私はそんなことはやめてくれと思った」

「でも」

身をよじって腕をふりほどこうとするが、玉響はますます力強く抱きしめた。

「私がいまここで命を捧げても、無駄なことだ。でも、何もしないなんてむりだ」

玉響は真織の耳元に鼻先をうずめて、一度声を震えさせた。

「ごめん、流天。でも、もう決めた」

玉響はここにはいない流天へ詫び、すうっと息を吐くと、ふたたび真織のうしろから女神を見定めた。

「お願いします。かならず私を真織とともに貫いてください。ふたりで、あなたが風を生む手伝いをさせてください」

女神は『またか』と赤いくちびるの端をあげ、弓を構えた。

『重ねるくらいなら、欠けた器でもよかろうか。おまえたち、ふたつの虚ろとつくった森は、とてもよい森だった』

女神の白い手が弓を握り直す。

弦の張り具合を確かめるような手つきから狙う手つきに変わり、つがえられた矢の先がぴたりと止まる。矢の切っ先が、真織の胸、心臓を狙った。

『祈れ。己のためでなく、他のために祈れ。虚ろの器になれ』

きりきりきり……と弦の音が、森のさざめきに重なった。

そうか、死ぬのか。

この後の玉響を心配する理由もなくなり、思い残すことは何もなくなった。

真織の背後から、真新しいスウェット生地の染料の香りがふわりと漂っている。

ぴったり寄り添う玉響の温かさと息遣いに癒《いや》されて、胸も、すうっと凪《な》いでいった。

(幸せだな)

いまが一番いい。これ以上の望みは浮かびそうにない。

真正面でぎりぎり震える矢じりがいつ放たれるかわからないが、怖くもない。

不安を感じるなら、わたしだけが生き残りませんように、ふたりで一緒に射抜かれますように――いまは、これだけだ。でも、女神は約束をした。信じるだけだ。

真織は、両肩をすっぽり包む玉響の腕に、手のひらを添えた。

玉響も、ゆったりした仕草で真織を抱きしめなおした。

(静かだ)

星の野がたなびいている。もうすぐだ、まもなく風が吹く――と、精霊の歌声が澄んでいく。

八百万《やおよろず》の目が、女神の指が矢羽根から離れる瞬間を今か今かと待っている。

しかし、女神はなかなか射ようとしなかった。顔から、笑みが薄れていく。

『はじめて見る虚ろだ。どのような森が生まれるか。楽しみじゃ』

口では楽しみだというが、女神の眉は寄り、不機嫌な真顔になる。

しまいには、矢をつがえる手から力を抜き、弓をおろしてしまった。

『前と違うな。清らかだが、欲がある——悪くはないが。人というのは、まことによく揺らぐ』

女神は宙に浮いたまま、森を見回した。

祀る者がいなくなって廃れた神社。狂暴なほど祭りに焦がれる精霊たち。小さくなった自分の姿——狩りの女神は、辟易《へきえき》したように息をついた。

『あぁ、似た森ばかりを生むのは飽きたなぁ』

それから女神は、真織をうしろから抱きしめる玉響に目を向けた。

『さきほどおまえは、おしまいの神王《くまみこ》だともうしたな。おまえに尋ねてみたい。人にとって、死とはなんだろうか』

玉響は、真織の頭越しに眉をひそめ、女神を見つめ返した。

「——命が尽き、暮らしが終わることでしょうか」

『終わると、どうなる？』

「わかりません。まだ死んだことがありませんから。これからわかるはずですから、後で答えましょうか？」

『なら、娘。おまえはどうだ？　人にとって死とはなんだ』

「わたしも、そんなことはわかりませんが――」

真織は答えつつ、首を傾げた。なぜいまになって禅問答のような話をしなければいけないのか――幸せなうちに射抜いてくれればいいのに。

「死んだ母は、魂になって黄泉の国にいったそうです。死ぬというのは、住む世界や暮らし方が変わることでしょうか。まったく別の自分へ生まれ変わること、とか」

女神が、人形のように白い顎を引く。夜が迫り、白い肌に夜闇が落ちはじめた。

『おまえは黄泉の国へいきたいのか？　死は喜びか？』

「いいえ。悲しいことです」

『しかし、おまえたちは私の矢に射抜かれるのを待っている』

「喜んではいません。でも、器になるなら、脅えたり悲しんだりしてはいけませんよね？」

器になれ、虚ろになれと散々いわれているのに、理不尽だ。

真織は責め口調でいった。

「あなたが欲しい『虚ろの器』は、悲しんだり怖がったりしないで命を捧げて、森を生かす手伝いをする人のことじゃないんですか？」

玉響も、ふふっと苦笑いを浮かべた。

「女神、あまり長く待たせないでください。いまは、これでいい気がするのです。正しいところに辿り着いた気がするのです。さあ、どうぞ」

そういって、玉響は真織を抱きしめる腕に力を込めた。

女神は顔をしかめ、訝しげにしている。

『しかし、おまえたちの虚ろは、私の知らない虚ろだ。おまえたちを豊穣の風を生む器に使って、数多の死を掬《すく》うことができるだろうか』

「なら、どんな器ならいいんですか？　これまでと同じようにつくる森はいやだって、話していたじゃないですか」

真織はため息をついた。

女神が、あれもいやだ、これもいやだと子どものように駄々をこねるからだ。

女神は考えこむような素振りをして、首を横に振った。

『わからん。なぜこのようなことを望むかも、わからん。人を見過ぎたのかな。不動を良しとする我らにはわかり得ぬが、人は、もとからあったものを壊してでも、変わることを喜ぶ生き物だから』

『私が求める森。私がつくりたい森か――』と、女神は反芻して、星野原の上を一周回った。

その後、ぴたりと足をとめると、右手――矢をもっているほうの腕を振りあげる。星の稲穂めいて揺れる精霊たちを背景に、日本舞踊の振りのような優雅さで掲げられた腕はつぎに、勢いよく落ちた。白い袖が夜風をはらんで、ふわりと浮いているあいだに、女神は矢を握りしめた手を腹のあたりへ振りおろした。矢を、白い着物に覆われた腹――ふっくらとした臨月の腹へと、みずから刺した。

腹をうがった矢は、小さな孔《あな》をつくった。そこから、風が生まれる。螺旋《らせん》の渦《うず》をまいて吹きでた風は、春の花や夏の果実、秋の紅葉、冬の葉――春夏秋冬のさまざまな草木、花や実を彷彿とさせる色と香りをはらんでいた。

規模は小さいが、御種祭《みたねまつり》の最後に吹く、あの風だ。

「豊穣の風だ」

矢がつくった孔からは、水も流れ落ちた。滝のようにこぼれた水は土を打ち、ぼたりぼたりと水音が鳴る。

水ははじめ女神の頭の上まで勢いよく噴きあがり、放物線を描いて、真織と玉響がいるあたりまで跳ねてきた。飛沫には、血潮のような温さがあった。

水と風越しに見えた女神は、愉快そうに笑っていた。

能面のように美しい目を細め、くちびるの端をにこりと上げていた。

豊穣の風とは、死者の力を借りて、大地を甦らせる不可思議の風だ。大地中で眠りについた命を呼び覚まして風にのせ、波紋のように四方へひろがり、大地を潤していく森の形をした幻の風のことで、いま生きている命に再生の力を分けるべく吹きわたる。

豊穣の風が達したところから、地面がむずむず蠢き、地中で眠りについていた死者が「種」となる。「種」はいっせいに芽吹きはじめて、根が張り、双葉をもちあげ、茎をのばし、蔦を這《は》わせ、葉をひろげ、さらに伸びて、蕾《つぼみ》をつけ、花をひらかせ、みるみるうちに、夢の世界のような豊かな森をつくりあげていく。

豊穣の風が、かつて水ノ宮があったあたり、「光ル森」を隅々まで潤していくさなかに、女神は草の上に膝をついた。

宙に浮いていたはずだが、地面に降り、腹には矢が刺さったままで、温い水と風が矢の刺し口からほとばしり続けている。

腹の穴からはやがて、褐色《かっしょく》のドロドロしたものが押しだされはじめた。

泥か、肉か。堆肥《たいひ》やヘドロ、ゾンビの腐った肉にも似て、女神が身にまとう着物が純白だからいっそう不気味なものに見え、呆然と目で追う真織をうしろから抱きしめる玉響の腕も、こわばった。

土色の塊が身体の外へ、ぽたり、ぽたりと落ちゆくにつれて、女神の身体がしおれていく。顔の部分だけは面をつけているようにいっさい変わらないが、着物はたるみ、骨が衣を身に着けたような大きな皺《しわ》ができた。女神の姿で変わらないものは、土の上に散った長い黒髪と、面のような顔と、土の上にひらりとかぶさった着物だけになった。

地べたに落ちた面のような顔が、玉響に笑いかけた。

『そのように見て。醜いか？』

「いいえ」

玉響は首を横に振った。

「あなたはいつも美しいです。これまでも、これからも、ずっと変わりなく」

『ありがとう』

女神が白い肌を澄まして笑う。

女神の顔の下から、ぬるりと持ちあがるものがあった。

脱皮したての生き物のように向こう側が透けていて、茎の途中から枝分かれをして伸びる脇芽のように、新たな首が生まれ、ぐいぐいのびていく。首の先端には、別の女の顔がついていた。

白い襟《えり》の内側から肩がするりと現れ、肩からのびた両手を夜空にかかげ、女神の後頭部から生まれた顔は、肩と胴をたずさえてさらにのび、やがて腰と、脚まで引き抜き、分離した。新しい女神が、狩りの女神の身体から生まれた。

生まれたばかりの女神は、羽化した蝶《ちょう》のように透き通った身体をしていた。

大きく背伸びをして、宙に舞いあがり、ふふふ――と笑って、森の闇へと飛び去っていった。

呆気にとられて見ていたが、はっと我に返って目を地面へ戻す。

その時にはもう、面のような顔も、黒髪も、そこになかった。

土の上には、純白の上着と袴が落ちているだけだ。

そうかと思えば、地面にひろがった純白の着物すら、端から糸がほつれるように小さくなっていく。

――ウワアン　アア、アア！

母神《ははがみ》の死を嘆く声が森に溢れ、精霊たちの泣き声が森を圧迫する。

地中で手をひろげて、女神の体内から噴きだしたものを受けとめたものたちも、困惑の雄《お》たけびをあげた。

トオチカが泣きじゃくる声もきこえた。

『母神が死んだ。新しい神は生まれたが、古い神は死んだ。母神がいなくなった』

暗くなりゆく天にまぎれて、鳥の群れもやってきた。女神の身体が消えたあたりに集まり、カア、ケン、チチと、それぞれの声で鳴いた。死体があると鳥が集まる——そういって、森影が見間違えた鳥の群れよりも、ずっと騒がしかった。

ぬるい滴が真織の頬にぽたりと落ちる。見上げると、玉響が泣いていた。

玉響の腕の中で身をよじって、真織は玉響に抱きついた。

真織も、母を亡くした時は思いきり泣きじゃくったのだった。

悲しいよね。苦しいよね。泣こう。悲しもう。わたしも悲しむ——。

自分がしてほしかったことを玉響にするのに夢中になるうちに、玉響は真織を抱き返して、耳元で笑った。

「ありがとう。平気だよ。真織がいるから」

涙まじりの言葉が、耳に届いたかどうかの時だ。

さらさらさらと、砂が崩れるような音が近づいてくる。見れば、女神が身にまとっていた白い袴が消えようとしていた。砂が崩れるような音は、その音だ。

(女神さまが消えてしまったから、着ていたものも消えてしまうのか)

身体だけでなく、着ていたものや持ち物まで、ひとつすら残らず消えるのか——。

(弓もない)

弓はたしか、着物からすこし離れた土のうえに放りだされていた。

女神がみずから腹に刺した矢も、いつのまにか消えていた。

さらさらさら——という音が、大きく響いている。

とうとう袴が消えてしまうと、狩りの女神だったものはもう跡形もなくなった。

音が土の上からせりあがって、真織と玉響にまとわりつきはじめた。

抱きしめあう二人の、ちょうど、しがみつきあった胴と胴のあいだを移動した。

玉響が身体を離して、音がするあたりを覗きこむ。

「なんだろう……」

すぐに、顔が青ざめた。

「矢だ。消えていく」

(矢?)

音は、女神の持ち物をすこしずつ消していく消しゴムのようだった。

音が、ふたりの胸元と腹を撫で終わった時。ぱちんと水風船が弾《はじ》けるような音が鳴り、突如、ぐにゃり、と世界がねじれる。

繋がっていたものが断ち切れてバランスを崩すようで、身体が激しくよろけた。

地面にころがりそうになり、手をつこうとするが、たどりつかない。地の底まで滑落していく気味悪い浮遊感があって、身をかばった。

はっと気づいた時、真織は騒音に囲まれた場所にいた。

森の葉を揺らす風の音。

ここに死体があると知らせるように闇をつんざく鳥の声と、激しい羽音。

まるい森を埋め尽くす何かの声。無音だが、鳴りやまない拍手に似た嘆き。

狂乱する森で、真織はぽつんと尻餅《しりもち》をついていた。

さっきと同じ景色。水ノ宮の跡地にいたが、星野原をつくるほど集まった精霊も、トオチカも姿を消していた。命の石のそばにころがっていた白骨も消えた。

玉響の姿もなかった。

(矢――わたしと玉響の魂をつなぐ、女神さまの矢)

真織と玉響は狩りの女神に射抜かれたせいで繋がりあい、命を分けあっていた。

その矢のことを、玉響も、御供山《みそなえやま》の頂に棲む山の神も話していた。

――私と真織を繋いでいるものは女神の矢だよ。あの矢が、目に見えなくなった今も残っているだけだよ。

――その矢は射た者にしか抜けんからな。

(矢。矢――。消えていく？　消えた……？)

どういうことだ。何が起きた？

(玉響は？)

姿は消え、音もないが、嘆きで満ちた森を隅々まで目で追う。

ふと、人の喚《わめ》き声をききつけて、無我夢中で身体を起こして土を蹴った。

声を追いかけて辿り着いたのは、子どもの形をした大きな岩。命の石だった。

子どもであれば頭部にあたる場所に紋が彫られ、ほんのり光っているが、輝きは急に薄れていく。石が真織に気づいて、扉をしめていくようだ。

この者はすでに「客人《まれびと》」ではない、人だ、と。

(待って！)

石にしがみつき、残り香をむさぼるように声に追いすがった時。流天の声がした。

『玉響さま、お帰りを待っていたのです！　昼も夜も祈っていたのです』

どういうこと？　何が起きた？

玉響はどうなった？　どうして流天の声がきこえる？

流天が喜んでいる――何が起きた？

正しい状況の理解など、いまはむりだ。

ただ、先走って真織の感情が反応した。

ああ、よかった。こうなればいいと思っていた。

玉響は、彼が暮らすのにふさわしい世界へ戻ることができた。

女神さまが消えたから、関係するものもみんな消えてしまったのかな。

だからきっと、わたしと玉響を繋げていた矢も消えてしまったんだ。

――そうか、消えたんだ。

何が起きたのかの理解もできないくせに、冷静な自分が不審《ふしん》がった。
どうしたの？　なぜ喜ばないの？
こうなればいいと思っていたじゃない。
玉響を、杜ノ国へ帰すことができたんだ——。
狩りの女神が消え、杜ノ国は終焉《しゅうえん》を迎えた。
「きゃあああああ！」
混乱のさなか、真織にできたのは、叫ぶことだけだった。

―いい人《ひと》―

「それで、鈴生《すずなり》どの。いったいあなたはなんの話をしにこられたのだ？」

御狩人《みかりびと》の若長をつとめる多々良《たたら》は、人の本音に敏感なほうだ。

本音というものは、言霊《ことだま》とも呼べるかもしれない。

知らずのうちに言葉に重みを与え、消そうとしても消えにくい。

ところが、多々良の邸を訪れた鈴生からは、いつまで経っても言霊がのった言葉が出てこなかった。

鈴生は、御調人《みつきびと》の次官《すけ》をつとめ、御狩人と対《つい》をなし、神に捧げるごちそう、御饌《みけ》の支度を共におこなう一族の若長だ。密事《みそかごと》の厳命を共にすることも多く、多々良とは戦友のような間柄だった。

水《みず》ノ宮《みや》の倉には、人の数や農地の広さが記された四百年分の記録がしまわれている。倉は、調寮《つきのつかさ》の次官も兼務する鈴生の管轄で、十年に一度、掃除を兼ねた整理がおこなわれるが、今年はちょうどその年にあたっていた。

その整理のことを、鈴生はつらつら話した。

「この冬は、調寮に籍をおく神官すべてがそちらにかかりきりになり、御饌調達の役目がおろそかになるかもしれません。御狩人側にすこし負担してもらえないかと、お願いにまいったのです」

頼まれたところで、「承知した」と答えるしかない相談だった。

十年に一度の行事のことは多々良もよく知っているのだから、水ノ宮で顔を合わせた折の立ち話で済むことで、わざわざ多々良の邸を訪ねてまでする話ではなかった。

「ああ、わかった。それで？」

本意をただすと、鈴生は目を伏せ、館を見回した。

「いや、その」

広間はしんとしている。多々良と鈴生が差し向かってあぐらをかくほかに、人はいなかった。

「人払いなら、済ませた。我が家は、きかれたくない話に慣れているが」

先手を打つと、鈴生は顔つきを変え、口火を切った。

「じつは、お見せしたいものがあるのです」

鈴生は、大きな葛籠《つづら》を運んでいた。布の封を解いて蓋《ふた》をあけると、古い木簡《もっかん》と書物が詰まっている。倉にしまわれた計帳の一部だった。

「なぜ、ここに。倉の中の記録は持ちだしが禁じられているはずだ」

咎めると、鈴生は目を伏せた。

「しばらくは騒がれないでしょう。偽物《にせもの》とすり替えてきましたから」

「ならば、なおさらだ。謀《はか》って持ちだすなど——」

「私が持ちださねば、燃やされるかもしれぬと」

「燃やす？　なぜ」

「昨日、緑螂《ろくろう》さまの部下が倉を訪れ、三十年分の計帳を持っていかれたのです」

「緑螂さまの部下が？」

「多々良どのには今日、神子《みこ》の話を訊《き》きにまいりました。先日、あの神事がまたおこなわれましたね」

鈴生が、ずいと膝を前に進める。

「水ノ原《みずはら》で、神子にまつわる重大な汚濁《おだく》があったと報《しら》せを受けました。神子については、免じてほしいとの諸郷《しょごう》からの嘆願もたびたびございます。水ノ原の一件が明るみになったいま、関わった者たちの罪状、および、制度そのものの在り方を改めて評定し、童《わらわ》を御饌《みけ》とする神事を休止すべしとの願い出もありましたが、受諾されることはなく、先日も神事がおこなわれました。あの神事で神子を葬るのは多々良さまです。多々良さまには、緑螂さまからどのような話があったのでしょうか」

「急にお喋りになられた」

多々良はいい、首を横に振った。

「俺にも、緑螂さまからの話はないよ。中止の命令もないので、つつがなく遂行した」

「しかし、水ノ原から集まった神子には、正しく認められた子ではない者がまじっていたそうです。豊穣の風はこれまでも吹き続けた、にもかかわらず。ですから、こう噂になっています。神子は、はじめから女神《めがみ》のもとへ辿りついていなかったのでは、と」

「そうだとして、俺が迷ってどうする。神子らの首を斬る刃《やいば》が迷いながらふるわれれば、命を落とす神子が哀れだと思わないか？」

「疑念が生まれた以上、あなたに責を問う声が上がるかもしれません」

「俺を責めればいい。この神事に関わる以上、俺も神子制度の賛同者だ」

「それでは、あなたが――命じた方ではなく、手を下す者がよからぬ目を向けられるのは、納得がいきません」

「俺は迷えない。迷いながら刃をふるって、神子が使者になれるとお思いか？」

「ですが――」

「事実、命の緒が切れた子の魂は、尾を引く星になる」

「そうなのですか？」

「ああ、奥《おく》ノ院《いん》の方角へ飛んでいく。俺には、神子が女神のもとへ向かっていると信じるほかない。これまでもそう信じてきた」

鈴生は息をつき、話題を変えた。

膝をさらに進め、「あなたを信じています。どうか内密に」と声をひそめ、そばに置いた葛籠に目をやった。

「ひそかに計帳を持ちだしたのには、わけがあるのです。近年の杜《もり》ノ国《くに》の飢渇《きかつ》は、卜《うら》羽巳《はみ》氏に因している節がございます。民から集められた税が、卜羽巳氏を潤すために配られ、土木や開墾《かいこん》に十分回されていなかったことがわかりました。水ノ原に起きた汚濁が、水ノ宮でも、長きにわたっておこなわれていたかもしれぬのです」

一年前の秋、待ちに待った豊穣の風が吹き、大地に力が戻った。

「飢渇の二年」に対する「瑞穂《みずほ》の八年」がはじまり、今年は豊作だと、民は喜んでいる。しかし一方で、気がかりを訴える者もいた。豊作には恵まれたが、十年前の豊作よりも、心もとないのだという。

稲魂《いなだま》がまだ宿りきっていない、と不安がる者もいた。つぎの飢渇の年には、これまで以上の凶作に見舞われるのではないか、と。

「ですから、緑螂さまが計帳を持ちだすようお命じになったのは、倉の中の記録が神《じん》領諸氏《りょうしょし》ほか、卜羽巳氏の政《まつりごと》に疑いの目を向ける方々の目にとまることを恐れたからではないか、と。黒槙《くろまき》さまをはじめ、神領諸氏が水ノ宮へ出入りされるようになりましたから、民の困窮が進んだ陰に神宮守《じんぐうもり》の人事があるとわかれば、緑螂さまは不利になります」

「力役寮《りきやくのつかさ》が一新されたときいたが——」

「ええ。力役寮は、架橋や道路の工事を担う役所。治水工事をおこなう部門を新たに設け、指揮をとる長《かみ》と次官《すけ》には神領諸氏が任じられました。神領諸氏が力を取り戻しはじめたいま、計帳に目が集まれば、卜羽巳氏の勢いが弱まるのは必定」

「それで、緑螂さまが焚書《ふんしょ》なさると？」

「そこまでは、考え過ぎかもしれません。ですが、一度でも灰になれば、すべてが失われます——いいえ！　私は、計帳を読み解いて卜羽巳氏に悪名を着せたいわけではないのです。不都合も大事な記録なのです。不都合が残らなければ、次代が同じ過ちを繰り返します。それを避けたいのです！」

鈴生は早口でいい、頭をさげた。

「気が昂《たかぶ》りました」

多々良は噴《ふ》きだした。

鈴生の目は真剣なままだ。

「もうひとつ、あなたに訊きたいことがございます。神王排斥《くまみこはいせき》の動きがあるのをご存知でしょうか」

「──知らないな」

「嘘です。『気づいている』といわないだけです」

鈴生はぴしゃりといい、目の底をぎらりとさせた。

「それで、多々良さま。あなたは、どちら側につこうとお考えですか？」

卜羽巳氏か、神領諸氏《じんりょうしょし》か。鈴生が尋ねにきたのは、この問いだ。

「どちらでもない。俺が仕える相手は、水ノ宮だ」

多々良が答えると、鈴生は息をついた。

「帰ります。気が済みました」

「この答えで？」

「話ができればよかったのです。あなたは無闇に答えない方です。それに、どうやらあなたに私を密殺する命令はくだっていないようですから、安堵しました」

「そんなことをお考えだったのか」

「考えますよ。弱い者は、強い者の牙に敏《さと》いのです」

鈴生はまた、大きく息をついた。

「いま、胸の底から思います。行方知れずの玉響《たまゆら》さまがお戻りになってくだされば、水ノ宮の安寧《あんねい》が保たれましょう。流天《るてん》さままでは、まだ心もとない」

　鈴生が帰るというと、多々良は門まで見送りに出たが、ちょうど入れ違いにやってくる青年がいる。御狩人《みかりびと》の一族の若者で、名を鹿矢《ろくや》といった。

「これは鈴生さま。いらっしゃっていたのですね」

　鹿矢は鈴生に道を譲って端に寄り、深く頭をさげている。

　この青年の元気な様子を見るのは、鈴生にとってとても喜ばしいことだった。

「大病を患ったときいたのだが、元気そうでよかったよ」

「ええ。玉響さまに癒《いや》していただいたのです」

　鹿矢ははにかんで、照れくさそうに顎をやや引いた。

「己の稽古の足りなさを思い知りました。御狩人がなんたるかも、胸に刻みました」

「御狩人がなんたるか――なんだと考えたのだ？」

　鈴生が尋ねると、鹿矢は澄んだ目で笑う。

「御狩人とは、究極の善のために刃をふるう者です」

　鹿矢本人はいたって真面目《まじめ》に答えているが、鈴生には、ややむず痒《がゆ》い。若者ならではの純朴な大言壮語《たいげんそうご》にきこえて、鈴生は苦笑いを浮かべた。

「ほう。究極の善。また、なぜ」

「はい」と、鹿矢は快活な笑みを浮かべた。

「玉響さまが、掟にも人の業にも惑わされぬ方だったのです。それで思ったのです。神王《くまみこ》とは、究極の善となって裁く方。信じていた掟が古くなり、世が移ろおうとも、人の業に惑わされずに、人を導く掟になる方です」

鹿矢は「この刃を誇りに思います」と腰に佩《は》いた骨刃刀《こつはとう》に触れ、敬礼した。

(究極の善、か)

鹿矢と多々良に見送られ、鈴生は多々良の邸を後にした。

御狩人《みかりびと》一族の邸が集まる界隈《かいわい》から遠ざかり、自邸へ戻ろうと、田畑がつらなる地域にさしかかった時だ。

さっと道に躍りでて、鈴生の行く手を阻む者がいた。

「鈴生さま。すこし、お話を」

◇　◇

流天が閉じこもった内《うち》ノ院《いん》で、母、蛍《ほたる》が声を荒らげない日はなかった。

「おのれ、緑螂め。蟇目《ひきめ》がようやくいなくなったと思えば、つぎからつぎへと厄介な男が育つものよ！　かつては神領諸氏《じんりようしよし》にかしずいた臣下の一族のくせに」

(やめて。母上の怒った顔を見たくないよ)

黒槙も怒り心頭だ。緑螂が神王の下殿の催促に踏み切った時から、黒槙は堰《せき》を切ったように緑螂を下に見るようになった。

「神王を置かずに、いかに神事をおこなうつもりなのか。またもや奴らに都合のいい神事を勝手につくりあげていくつもりか？　己らに都合のよい教えをさもありがたいもののように披露《ひろう》して、民を欺《あざむ》くつもりか？」

（やめて。ききたくないよ）

内ノ院の隅で、流天は耳を塞いでしゃがみ込んだが、声は閉めだせても、人が発する怒りは、耳に蓋をした手のひらを悠々《ゆうゆう》とこえてくる。

「治水工事のほうもだ。奴らめ、こそこそ動き回っておるわ。おおかた技だけを盗みたいのであろう。他が生んだものを漁《あさ》るだけの浅ましい連中だ」

（やめて）

流天はほろほろ涙をこぼした。気がつけば、最近はいつも泣いている。

もともと流天は、穢《けが》れと呼ばれるものに弱かった。苦しい時に、怒りや蔑《さげす》みや、誰かを傷つけようとする言葉や思いに囲まれれば、さらに苦しくなる。

（水ノ宮は、穢ればかりだ。水ノ宮が人を穢してしまうのかな。ここから離れたら、母上はやさしい母上に戻ってくださるかな）

流天は、一日も早く水ノ宮を出たいと思うようになっていた。

黒槙は引き留めたが、聞き入れるつもりはなかった。

(誰か、助けて。私を導いてください——)

華奢《きゃしゃ》な背中をしょんぼりとまるめて、流天は内ノ院を出る支度をした。

「母上。奥ノ院へいってまいります。夕の祈りに」

水ノ宮の神域で朝夕の祈りを捧げるのは、神王《くまみこ》のつとめだ。

ただ、蛍は、流天がひとりで行動するのを嫌がるようになった。

「では、神兵に供をさせます。弓弦刃《ゆづるは》、万柚実《まゆみ》。神王がほかの場所へ迷いこんでしまわれぬよう、お守りなさい」

庭で控えていた神兵のふたりが、「はっ」とこたえる。

弓弦刃と万柚実という神兵は、影に徹することを心得ていた。

流天の支度を手伝った後は後方へさがり、流天が歩きはじめると、すこし後からついてくる。そのようにしてほしいと頼んだことはなかったが、流天には助かった。

流天は、ひとりになりたかった。

考えなければいけないことが、誰にも相談できないことばかりだからだ。

奥ノ院への道を辿りながら、黙々と考えを巡らせた。

(どうして人は、水ノ宮に近づくと機嫌が悪くなるのだろう。ううん、機嫌が悪くならない人もいる。玉響さまはそうだったし、巫女も、神子《みこ》もそうだ。つまり、神に近いところにいる人は、水ノ宮にいても機嫌が悪くならない？　なら、機嫌が悪くなる人たちとは何が違うのだろう？）

奥ノ院に着くと、狩りの女神へ来訪を告げ、夕の挨拶を済ませる。

祈り終えると、流天は社《やしろ》の隅でしゃがみこんだ。

「女神さま、しばしお邪魔させてください」

手には、玉響が残した巻物をたずさえていた。

静かなところでないと、読めなかったからだ。

（ここなら、読める）

文字に指を添わせれば、巻物に籠められた玉響の声がきこえてくる。

（きれいだなぁ。胸が落ちついていく）

玉響と真織《まおり》が残した手記には、『ねえ、流天。あのね、神王っていうのはね……』と流天だけに語りかける幻がたくさん残っていたが、天高いところまですっくと伸びる柱のように、強く、凛と響く言葉も記されていた。

たとえば、こんな言葉だ。

『神王とは、人の幸せをわけへだてなく願う者』

『誰よりも早く許しなさい。怒りが怒りを生むように、許しは許しを生む』

『穢れは人の性《さが》であり、人の宝である。賑わいをつくるのも穢れである』

『祭祀は、怒りや不安を抑えるもの。怒りや不安が重なると、争いが生じる』

『争いを止めるには、許しあうしかない』

（強いなぁ――。玉響さまは、強くてやさしいお方だ。それに引き換え、私は――）

目が潤むと、目の裏で眺めていた玉響の笑顔が遠のいていく。

（ああ、気が途切れてしまった――）

字に込められた念を読む力が、薄れてしまった。

見れば、奥ノ院の戸の隙間から、茜色の光が差しこんでいる。

しばらくして、流天ははっと顎をあげた。

（そうか。神王《くまみこ》とは、誰からも導いてもらえない者なのか）

神王とは、最高位の神官だ。

最高位ということは、誰とも立場が違う存在、ということだ。

父も母も、兄たちも、誰も流天の苦しみがわからないし、流天が欲しい答えを与えられる者も、どこにもいない――。

手が震えた。

（だから、こんなに怖いんだ。むりだ。やっぱり、できないよ。いやだ……）

涙がぽろりと頬を伝っていく。潤み続ける目を、拳と袖でぬぐい続けた。

「泣くな、泣くな。みっともない奴め。神王になりたかったのだろう？　やるべきことがわかったら怖がるなんて、それこそ出来損ないだ！」

神王になりたいし、ならなければいけない。

でも、なり方がわからないし、頼れる人もいなかった。

(玉響さま、どうか戻ってきてください。私を導いてください。どうか)

命《いのち》の石《いし》の前で、負けるな、といいきかせた時だった。

ぱちんと弦が切れるような音が鳴って、御洞《みほら》の景色が歪んだ。

はっと瞬きをした後、流天の目の前には青年の姿があった。

流天が、毎日帰りを待ち続けた相手だった。

「玉響さま？」

御洞に現れた玉響は、妙な恰好をしていた。異様にすっきりした袖がついた灰色の上着に、濃い藍《あい》色の細い袴。

でも、どうでもいい。玉響がここにいる。

流天は力いっぱい玉響の胴にしがみついて、泣きじゃくった。

「玉響さま、お帰りを待っていたのです！　昼も夜も祈っていたのです。私を導いてください。どうか」

玉響は、微動だにしなかった。身体の厚みも、温かさも、生きた人がここにいるとありあり感じさせるが、玉響は虚空を見つめて青ざめている。

また夢を見ているのではないか——いや、夢なら、夢の中から引きずりだしてやる。

流天は、我を忘れて話し続けた。

「みんなが玉響さまのお帰りを待っています。玉響さまがいないと、黒槙も母も、緑螂も不機嫌です。水ノ宮にいる者たちがみんな、いまのままではいけないと焦って、玉響さまの面影《おもかげ》を捜しているのです。私は玉響さまのようになりたいですが、力不足です。どうか私を導いてください。神王《くまみこ》の位なら渡します。玉響さまに文句をいった私をお許しください。玉響さまが神王になってください。それから……」

想いが、つぎからつぎへと溢れてくる。

「ううん。弓弦刃、万柚実、きて！　玉響さまだ。きて！」

奥ノ院の外へ大声を出して神兵を呼びつける。

玉響は一度下を向いて、流天と目を合わせはしたが、真顔のまま表情を変えない。

呆然としていて、目が潤み、ある時、涙がぽろりと頬を伝った。

「玉響さま？」

流天は急に恥ずかしくなって、玉響の表情を丹念に見つめた。

「玉響さま、悲しいのですか？　——真織さまは？」

玉響と同じ日に行方知れずになった娘がいた。いつも玉響のそばにいた娘だ。

でもいま、その娘の姿は影も形もなかった。

◇　◇

死のうとする時は、気にするのは死に方だけでよかったのに、生きるとなると考えることが山のようにあって、複雑さと、自分のわがままさに眩暈《めまい》がする。

わたしはいいから、みんなが生きられればいい。

そう決めて、かぎられた中で一番の幸せを探したはずだった。

そのために、未来を諦めた。——諦める、と呼べるほどがむしゃらに未来にしがみついてはいなかったけれど、相応の決心をして、死を選んだ。これでいいんだ——と納得して、時を待ち、選ぶしかなかった選択肢に幸せを見つけた。

それなのに、自動音声にこう告げられた気分だ。

『その件はキャンセルとなりました。ご協力ありがとうございました』

ちょっと待って——と追いかけたが、もう跡形もない。

祭りは終わり、幻を見ていたかのように消え去っていた。

黄昏時《たそがれどき》を越えると、夜へ向かうスピードが加速する。

真織が呆然と座りこんだ森の庭は御供山《みそなえやま》の崖の麓にあったので、山は巨大な衝立《ついたて》になり、裾野《すその》に大きな影をつくっていた。

いま、ここから見えるものの中で一番明るいものは、月の光を帯びた夜空だった。

夕闇は冷えも連れてくる。夜風にぞくっとして、真織は立ちあがった。

（ここでじっとしていたら凍《こご》えてしまう。身体も、気力も）

心なしか、命の石はまだ輝いて見えた。暗い影になりゆく御洞の入り口、子どもの形をした岩に近づき、真織は石を両手で握りしめた。

もう一度、流天の声がきこえないだろうか。

流天のそばに玉響がいるなら、この石を介して呼びかけてくれないだろうか。

この石は、長いあいだ神王《くまみこ》のための命を受けとめ続けたはずだ。

いわば命の貯蔵庫。すくなくとも千年、澄影《すみかげ》が生きていたころから数えたらもっと長いあいだ、さらに古い時代からここにあるなら、もっと膨大《ぼうだい》な時間をここで過ごして、人の命と関わってきた呪物《じゆぶつ》だ。

（お願い。力をかして。声を届けて）

わたしの声を届けて。流天のそばにいるかもしれない玉響のもとへ、声を――。

真織は叫ぼうとしたが、声が出ない。叫びたい心に、喉《のど》がついてこなかった。

（届けるって、何を……？）

両手でおさえこんでいるものは、黒味を帯びた岩だ。

よく見れば、表面にちぎれ雲のような石紋が入っていて、見ようによっては子どもに見えるかもしれない、多少ふしぎな形をした岩だ。

叫ぼうと大きく吸った息が、細切《こまぎ》れになって出ていく。

真織の目に涙が浮かんだ。

常識の検閲《けんえつ》がかかって、命の石を「黒い岩」と見ていることに呆然とした。

この岩に、いったい何を願うのだ？

この岩から、どう力をかしてもらうのだ？　声を届けてほしい？　岩に？

（ううん、これは命の石だ。玉響がさずかった神様の命の入れもので、流天の声を届けてくれた呪物だ）

記憶の引き出しから掴みとっては自分に投げつけてみるが、見下ろしている岩の姿は、だんだん闇にまざっていく。手のひらが触れるものも、雨風に研磨《けんま》されたなめらかな石の面でしかなかった。

（社へ）

真織は踵《きびす》を返して、まるい庭を覆う草を膝頭《ひざがしら》でかきわけた。

精霊たちが大騒ぎをしていた庭はいま、暮れかけた森の寂しい草むらにしか見えない。虫も鳴きはじめた。

〈祈り石《いのいし》〉のところへ。あの石はきっと喋ってくれる。子どものころに助けてくれ

た石だ）

まるい庭をかこむ社のひとつ、国見《くにみ》神社へ。〈祈り石〉が鎮まった石の祠《ほこら》へ。

息を切らしてたどり着くと、玉響が手ずからここに鎮めたまるい石が、古びた鏡の隣に並んでいる。

（この石を帰すためにここまできたんだ。玉響とふたりで水ノ宮の在り処《ありか》を捜して、森を越えて――）

夢を見ていたわけじゃない。玉響とふたりでこの町に辿り着いて、宿に泊まって、玉響はあっというまに現代の生活に慣れていって、テレビと布団が好きで、食事はすこし塩辛そうにしていて、ついさっきまでここにいて、杜ノ国に残してきた流天の行く末を案じつつも、この森に集った精霊たちの豊穣の願いを叶えるために、ふたりで命を捧げようとした。

幸せだった――目に涙が浮かんだ。

（石をここから動かしたら、神々の路《みち》が現れるかもしれない）

現代の世界に戻ったのは、杜ノ国の国見の社の祭壇に、この石を置いたからだ。

真織はくちびるを結んで、〈祈り石〉を両手でもちあげた。

（この石をまた家へ持ち帰ったら、どうなるんだろう。――なにか、きこえる）

手にとった石がしきりにこっちを向いている気がする。

〈祈り石〉にもそれぞれ性格があるなら、この石は饒舌《じょうぜつ》だった。

真織が話しかけると、そっと耳を傾けてお喋りに付きあってくれた。

(お願い、声をきかせて。祭りのことでも女神さまのことでもいいから、さっきまでここにあったものが夢じゃないって、教えて！)

真織は懸命に耳を澄ました。すると、石が笑った気がした。

『──ありがとう──』

それ以上でも、それ以下でもない。

ほかになにかをいっていたとしても、きこえてこない。

真織の身体は、人に戻っていた。

頬にぽろりと涙が落ち、真織はくちびるに笑みを浮かべた。

「どういたしまして。お幸せに」

なにをしようとしていたのか。古い仲間と会えたと、この石は喜んでいたのに。

真織は泣きながら石を祭壇に戻したが、から笑いが漏《も》れた。

祭壇に並ぶ石と鏡が、あまりにも、ただの石と鏡に見えた。

あたりが闇に沈みはじめ、祠の輪郭がぼやけていく。

日は暮れていく。

(これから、どうしよう)

杜ノ国で暮らしたせいで、明かりのない夜には慣れていた。

背負ってきたリュックの中に一通り用意してあるので、ここで焚《た》き火《び》をすることもできるし、かがり火を明かりにするのにも慣れている。ライターもあるのだから、火おこしに苦労することもない。

森を出て、西へ進めば森影《もりかげ》の小屋へ戻れるし、そこから北へ進めば、かつての東回りの道に入れる。そこまで戻れば電波が届いて地図アプリが使えるし、懐中電灯もある。動きにくい狩衣《かりぎぬ》姿でもないし、追手がいるわけでもない。

もと来た道をゆっくり戻れば、帰れる。森影の小屋のそばで明るくなるのを待たせてもらってもいいし、駐車場に停めた自動車まで辿り着いて、エンジンをかければ、街まで戻れる。

運転して、家に戻って、バイト先の店長にメッセージを送って、大学に戻って
――。

母の死後の手続きが残っているけれど、どうにでもなる。

「絵美《えみ》おばさん」も、真織を心配して何度も寄ってくれた人だ。感謝すべきだ。

杜ノ国で何度も命を懸《か》けたことを思えば、なんだって乗り越えられる。

家族を喪《うしな》った悲しみも癒された。あの家で、ひとりで暮らしていける。

でも、玉響がいない。

（仕方ないよ。玉響がここにいたとして、どうやって暮らしていけた？　帰ったほうがよかったんだ。玉響は杜ノ国に必要な人だもの。流天の声、嬉しそうだったなぁ）

そうだよ、わたしも家に帰ろう。普通の生活に戻ろう――。

真織は、結界の外へ向かってゆっくり歩きだした。

（離れてしまっても、夢の中で会えるかもしれないよね……）

夢というのは、身体から離れて遊離する魂同士が出逢う場だという。

神々の路にも繋がるとかで、玉響も、夢の彼方へ魂を飛ばして、流天に会いに出かけていた。

（玉響なら、会いにきてくれるよね。わたしもきっと会いにいく）

眠りにつくたびに、今夜は会えますようにと祈って目を閉じよう。

どこかで神々の路がひらいたら、足を踏み入れてみてもいい。

現代で生きたとしても、彼の面影を捜すことはできるはずだ。

真織の頬に、つうっと涙が落ちた。

（だったらいま、どうして捜さないの）

踵を返して、野原を戻りゆく。めざしたのは、御洞だった。

近づいても、命の石は無言のままだった。かつて御洞への入り口だった穴も、いまは瓦礫《がれき》で埋まっていた。

（この奥に、神々の路の出入り口があったんだけど）

玉響の案内で、この奥へ入ったことがあった。

内部を吹く風にも、岩にも、生き物の胎内に足を踏み入れたような温さがあって、足元の低い場所には、青白い光が奥へ向かって川のように流れていた。

（あの光？）

青白い光が見えた気がして、岩と岩の隙間に顔を近づける。

御洞の入り口をふさぐものには、一メートル近くある大きな岩もあった。

天井部分が崩落したようで、握り拳くらいの石も足元にたくさん散らばっている。

隙間を探して姿勢を変えてみるが、珍しいものは何も見えなかった。

（見間違いかな。――そうだ。山の神様）

頼れる相手が、もうひとりいたことを思いだした。

天を仰ぐと、闇に沈んだ森の木々の黒さが際立つほど、夜空が明るかった。

星がまたたきはじめ、ラピスラズリの天球を見上げるようで、真織は一度見惚《みと》れた。

（夜だ。会えるかもしれない――ううん、会う）

御供山《みそなえやま》こそ、何度も登ったことがあった。

水ノ宮の内ノ院から抜けだして崖を登ったこともあったし、水ノ宮の追手から逃げのびようと、千鹿斗《ちかと》とふたりで道のない斜面を登ったこともあった。玉響とも、山の神に会うために何度も訪ねた。

(道は、内ノ院の裏から続いていたっけ。御供山の麓には御調人《みつきびと》が世話をする榊《さかき》の林があって、御狩人《みかりびと》も、御饌《みけ》に捧げる獣を狩るためによく登るって)

内ノ院があった場所の裏手なら、すぐそこだ。

真っ暗な影に成り変わった御供山の形をたしかめ、真織は、木々がわずかに途切れる隙間へ分け入っていった。

(このあたりのはず。うん、ここだ。あの時も、山の影がこんなふうに見えた——)

勘《かん》を頼りに山の上をめざすうちに、ジュッと音がする。

(なに)

咄嗟に足をとめて振り返ると、まるい庭があった森がすこし低くなり、闇の底に沈んで見えている。

水ノ宮だった森は真っ暗で、異様なほど静かだ。虫の声がしんしん響いている。

(結界の外へ出たんだ、きっと)

精霊の姿が見えなくなりはしたが、真織はまだ「光ル森」の中にいたのだろう。

しかしいま、そのエリアから出てしまった。

水宮門《すいぐうもん》の跡で玉響が神咒《しんじゅ》を唱え、精霊たちから入ることを許された聖域の、外へ。

（もう、戻れない――）

怖気《おじけ》づいたが、首を横に振る。

（いつだって戻れる。一度入れたんだ）

水ノ宮の跡に背を向け、真織は傾斜の高いほうへと登っていった。

（真っ暗――平気だ。千鹿斗とここを登った時も、こんなだった）

杜ノ国へ転がりこんだばかりの時、混乱するしかできなかった真織を、千鹿斗が水ノ宮から連れだしてくれたが、その時は真夜中で、明かりもなかった。追手から逃げていて、必死に枝をよけながら高い場所をめざしたっけ。

行く手を塞ぐ枝の影をよけながら、真織に、ふふっと笑いが込みあげた。

いまは誰かに追いかけられているわけでもない。道なき道を登っているだけだ。いまのほうが、ずっと楽じゃないか。

千鹿斗の口癖と、大人びた笑みも思いだす。

『焦るのが一番よくない。落ちつこう。な？』

（そうだよ、落ちつこう。自分ひとりくらい導けなくてどうするんだ。道具もある）

一度足をとめ、背負っていたリュックから懐中電灯を取りだした。LEDの澄んだ明かりが木々を撫で、樹皮の凹凸や、宙を舞う羽虫の姿を照らしだした。

（さあ、いこう。御供山《みそなえやま》の頂をめざせ）

斜面の角度をヒントに、標高の高い場所をめざして登るうちに、はあ、はあ——と息があがり、額や首から汗が落ちる。

（こんなに息が乱れたのは久しぶりだ。暑い）

森には木々が繁茂《はんも》している。根に足をひっかけてよろけることも、枝で顔や腕をひっかいてしまうこともあった。とうとうつまずいて、思いきり膝をついた。

「痛い」

真織にとっては悪いことではなかったが。痛いのも苦しいのも、人だからだ。

（ということは、やっぱり身体が人に戻ってる？　玉響と離れ離れになったのは、魂を繋げていた矢が消えたから？　命も、ふたつに分かれた？）

玉響と真織は、神王《くまみこ》が現人神となるための証、不老不死の命を分け合って生きていた。御種祭《みたねまつり》で女神の矢に射抜かれた時に使わなかったぶんの命が残ったから——そう結論づけていた。

（矢で繋がっていたから、神様の側に寄ったり人の側に寄ったり、いったりきたりしていた。それが終わって、ふたりとも人に戻ったっていうこと？　——まあ、いいか）

気になったところで、答えてくれる相手がいるわけでもない。

やがて、見覚えのある景色にさしかかる。御供山の神域の入り口だった。

木々の種類は変わっていても、地形は同じだ。真織は足をとめて、頂に声をかけた。

「山の神様。むかし、あなたに助けてもらった真織です。会いにきました。あなたのところへたどり着かせてください」

この山を登るのは、もう六度目だろうか？　登ったのはいつも夜だったので、周りが暗いいまのほうが、真織には馴染みのある景色だった。

呼吸が乱れ、汗をかき、疲労で時おり足をとめながら、登り続けた。

（山の神様はわたしを覚えているかな）

山の神に会ったのは、真織にとっては数日前のことだが、時間を飛び越えてここにいるのだから、山頂に鎮まり続ける神様にとっては、千年ほど前のことになる。

トオチカはすこし現代になじみ、狩りの女神は姿が変わっていたのだった。

しばらくして、肌にぴりっと痛みを覚える。山道の気配もすこし変わった。

（そうだった。夜のあいだ、ここは人間に入れない聖域になるんだっけ）

いまの真織は人の身体に戻っている。この先の聖域に入っていけるだろうか——。

不安がよぎるが、行く手に目を戻すと、巨大な影になった山の上のほうで、ラピスラズリ色の光が夜空からこぼれ落ちている。

（きれい……）

一等星のように強い光を放つものや、赤みを帯びた光や、色も光の大きさもいろいろあって、御供山《みそなえやま》の頂付近で、銀河をつくるようにふわりと群れていた。

(精霊だ——。どうして見えているんだろう。見せてくれているのかな。わたしが落ち込んでいるから。ううん、精霊はそういうものだと知っているから、幻を見ているだけかもしれない)

真織は山道にすっくと立ち、両手の指先を合わせ、親指で山形の印をつくった。

玉響の姿を思い返して、山頂に祈った。

「あな、うるわしき岩宮《いわみや》。宝の山。おいとまするのが口惜《くちお》しき神の山。恐《かしこ》み恐み」

自分の口で神呪《しんじゅ》を唱えたのははじめてだが、一言一句まちがっていないはずだ。

(そうだよ。不可能じゃない。玉響は、人の側に寄ってからも御供山の神域に入っていたよ)

真織の足にふたたび力がこもって、登りはじめる。

昼は人の刻《とき》、夜は神の刻。

頂上にたどりつけば、昼間には巨石の姿で鎮まる山の神が、岩の巨人の姿になって会ってくれるはず——そうあってほしい。お願い——。

(また、岩の指で頭を潰されてしまうかもしれないけれど)

山の神にとって人間は、住まいに侵入する虫のようなものだ。

夜になると神の目がひらき、足を踏み入れた人は帰れなくなる、という言い伝えも、杜ノ国中に浸透していた。

（また潰されたら、今度は本当に死ぬな）

覚悟をつけて、登り続けた。どうしても山の神に会いたかった。

何度も命を懸け終わった後で、覚悟をつけるのにもたぶん慣れていた。

やがて、地面が平坦になっていく。大きな岩の影が目立つようにもなった。

「こんばんは。山の神様にお願いがあってきました」

様子をうかがいながら声をかけてみるが、山頂の様子は、記憶にある姿とすこし違っていた。

大きな木が姿を消し、展望スペースができていた。ベンチも設置されている。

山の神の昼の姿、巨石は、杜ノ国にあったのと同じ場所に鎮まっていた。米粒の形に似る細長い楕円体《だえん》の大きな岩は、しめ縄で飾られ、山頂に鎮座している。

祭壇は金属製に変わっていた。小さな賽銭《さいせん》箱がそばに置かれて、小石と小銭が、賽の河原の光景をつくるように積みあがっている。

岩のそばに看板があって、懐中電灯で照らすと、『景勝地　岩神《いわがみ》』と書かれていた。下に大きく『森影材木所』と広告主の名前が入り、かなり錆《さ》びている。

（観光地になっていたのかな）

『まぶしい』

不機嫌な声がきこえて、慌てて懐中電灯の電源をオフにする。

「すみません。お邪魔しています。真織といいます」

ほ、ほ、と低い笑い声がして、ごごご——と岩がこすれる音が鳴る。

『岩神』と名づけられた巨石が、真織が見つめる正面で巨人の姿に変わっていった。むくりと起きあがった細い岩の顔に両目の窪《くぼ》みと鼻と口の膨《ふく》らみが生まれ、首ができ、手足がのび、岩の巨人へ姿を変えると、にんまりと口の端をあげて、顔に見合った大きな胴をまるめ、山頂の岩場にうずくまった。

『ああ、久しぶりだ。こう何度も会うとは、やはりけったいな人じゃのう』

真織に、ほっと笑みがこぼれる。

「覚えていてくれたんですね」

『一度でも世話になった相手は忘れんさ』

「でも、会ったのはずっと前のはずです」

『ずっと前？』と、岩の巨人は愉快そうに目を細める。

『せっかちな人から見ればそうかもしれんが、石の時間はゆっくりだからなぁ』

心なしか、話し方がゆっくりだ。

岩の巨人は、囲炉裏《いろり》でくつろぐ老人のように、噛んでふくめるような喋り方をした。

『ここへ訪れる客人《まれびと》は、そうおらんしなぁ。客は、動けぬわしらに吹きそよいでくれる外の風さ。ありがたいものさ。中でもおまえさんは、幾度も吹いてくれる稀有な客だよ。仲間もずいぶん減ってしまったしなぁ。水は去ったし、昔からの馴染みは石と星ばかりになった』

笑い方も、前よりやさしい。よく見れば苔《こけ》のつき方が変わっていて、下のほうにびっしり生えていた青々とした苔が白くなっていた。岩も、すこし老いて見えた。

「あの、神々の路のことを教えてほしくて、ここまできたんです。あの路に入りたくて——。あの路がどうやったら現れるのか、ご存知ないでしょうか」

『おまえさんは前にもその話をした。よほど興味があるのだなぁ』

岩の巨人は微笑み、月光に照らされた細長い顔で真織を見下ろした。

『あの路なら、誰かが旅をする時にひらくさ』

「きいたことがあります」

真織に教えたのは玉響だった。彼はこんなふうに話していた。

『あれは、神々が宮から宮、社へと移る時に現れる道なのだ。きっと、どなたかが旅をしているのだろう』

「じゃあ、これからあの路を通って旅をする神様を知りませんか？　どこかで祭りがあるとか——。旅をする予定がある神様に、一緒に入りたいって頼みにいきます」

岩の巨人は、寂しげに目の窪みを細めた。

『あの子だろう』

「あの子って——」

『狩りの女神だ。あの子が今宵《こよい》黄泉《よみ》へ去った。下の門がいま開いているよ』

「下の門って、御洞の内側にある入り口のことですか？」

『ああ、そうだ。下の門がひらくと風が変わるよなぁ』

(じゃあ、さっきの光——見間違いじゃなかったかもしれない)

御洞の入り口は崩れたが、瓦礫の向こう側では、奥の御洞が昔のまま残っているのだろうか。神々の路の入り口も、そこにあるのだ。

「御洞の中へ入る道を知りませんか？　入り口が崩れて、崖の下からは入れなくなったんです」

『そういや、崩れたなぁ。水が涸れて、隙間をつくらねば苦しくてしょうがないと、石の精が騒いでおったわ。あの後で、下から吹いてくる風が変わったもんなぁ』

ごごご——と岩がこすれ、岩の巨人が立ちあがる。座ってようやく昼間の姿、三メートルの高さだったのが、立ちあがると倍以上になる。三、四階建てのマンションくらいの背丈の石が突然そばにそびえたつようなもので、圧迫感があるが、岩の巨人が立ちあがるのを見たのが真織には二度目だからか、はじめほど怯《おび》えはしなかった。

岩の巨人の下には、地中深くへと続く巨大な縦穴がある。岩の巨人が立ちあがったり移動したりしないかぎり存在がわからないが、前はここが、地中を流れる川への入り口になっていた。岩の壁から染みだした水が滝になって落ち、水ノ原の湖へと流れる地下河川をつくっていて、真織はその川をたどって水ノ原へ戻ったのだった。

でもいま、水音はしない。縦穴の底を覗いてみると、水音のかわりに、純白の光が下のほうから溢れている。

(光——深部につながっているんだ)

「わたし、この道を捜していたんです」

早速岩に手をついた真織を見下ろして、岩の巨人は、ほ、ほ、と低い声で笑う。

『もういくのか。十年くらいのんびりしていけばいいのに。——冗談だ。人は生き急がねば死んでしまうものなぁ。狩りの女神も人も、せっかちだよ』

縦穴の底に降りていくと、水音を響かせていた滝は消えていた。岩肌を覆っていた苔も枯れ、手や足のつま先が触れただけで、塵《ちり》になって舞い落ちていく。

滝の水を集めた水の流れも消え、水が均《なら》した平たい道は陥没して、岩の欠片が周囲に散らばっている。地下河川の世界は、岩の世界になっていた。

崩落して空いた隙間に、奥深いところまで続くいびつな裂け目ができている。

はるか底から純白の光が上向きにさし、岩の凹凸面を闇に浮かびあがらせていた。

(降りていけそう)

降下ルートをたしかめて、真織は岩の巨人を見あげた。

「いけそうです。ありがとうございました」

岩の巨人は星空を背にして、孫でも見送るように真織を見下ろした。

『そうかい。気をつけて。そういや、おまえさん。人になったのか?』

「——あっ」

岩の巨人や精霊に会っているいま、御供山《みそなえやま》の頂上付近は禁足地——人の身体には強すぎる空間になっているはずだ。でも、肌の表面を削っていく痛みが消えていた。いや、違和感はあるが、気にならない。

「どうしてここに居られるんだろう。あなたが助けてくれていますか?」

『わしは何もしとらんよ。おまえさんが勝手に入ってきよった』

岩の巨人と話ができているのも、そういえば不思議だ。

玉響は、人の側に寄った後で精霊の声がきこえなくなった。そのせいで玉響は神官の稽古を再開して、神様の側から離れないように気をつけていた。

でも真織は、彼のように稽古をしたことはないし、神様の側に近づく方法も、心得も知らない。

知らないうちに、玉響のまねをしているのだろうか。

人になりながら、神様に近づこうとした、玉響のまねを――？

（そうだったらいい。単に麻痺《まひ》しているのかもしれないけれど、それでもいいや）

真織は、頭上を仰いで礼をいった。

「ありがとうございました。おじゃましました」

『あぁ、風がいってしまうなぁ。馴染みの客がくるのは愉快だ。いつでもまた戻っておいで』

真織は笑って、祖父に別れを告げる気分でいった。

「はい、またきます。つぎはお土産《みやげ》をもって」

真下から溢れる純白の光を頼りに、岩盤の裂け目の隙間へと身体を滑りこませた。

裂け目の底は深い場所にあるが、岩と岩の隙間が足をかけて降りていくのにちょうどいい狭さで、足場になる凹凸も多かった。

白い光と青白い光がスポットライトのように下からさしていて、闇の中を手探りでルートを探さなければいけないわけでもなく、ひたすら降りていけば、地下洞窟に辿り着くことができた。

（御洞だ。肌がぴりぴりする。息も苦しい）

地下通路を吹く風が、真織の頬や肩先を舐《な》めるように通り過ぎていく。

精霊がたくさんいて、話しかけられている気配はあるが、声はきこえない。

同じ神域と呼ばれる場所でも、御供山《みそなえやま》の頂上とくらべると、御洞の聖性の強さは比べ物にならなかった。人間の肉体には強すぎるエリアに足を踏み入れている。

足元には、入った者を奥へと誘う青白い風が流れている。

この風に沿って奥に進めば、〈祈り石〉が鎮まった分かれ道までいけるはずだ。

（すこし、前と違う）

奥へと進みながら真織は、ヒョオオ——と、風が叫ぶ声をきいた。

前に入った時は、こんな風の音はきこえなかった。

ぞくっと寒気がして手の甲を見てみれば、肌がぼんやり輝いている。神域の風に触れたところから、肌や髪が、光をまとった欠片になって粉々に崩れていく。

覚悟していたが、真織の身体は、もとに戻ろうとした。崩れゆくほうが早くて治癒が追いつかずに身体が小さくなっていく一方だが、崩れゆく力と、もとに戻ろうとする力が両方あって、体表に近い場所でゆっくり渦を巻いている。

（治癒もしている——。どういうことだろう。人になったのに。時間をかければ元通りになるのかな。とりあえず、急ごう）

ふいに、神々の路をふたりで通った時の玉響を思いだした。

『真織が思うよりも私は丈夫だ。崩れているのは身体だけだから』

せようとした。

玉響は真織よりも苦しんでいたが、耐えて神々の路を通り抜けた。真織のほうが怯えて取り乱したので、玉響ははじめから最後まで、真織を落ちつかせようとした。


『真織の心を凪にするには、どうすればいいんだろう？』

(いまのわたしは、あの時の玉響と同じ状態になっているのかな——)

身体が崩れていく心もとなさも、風の聞こえ方も、人に近づいていた玉響が感じたものと同じなのだろうか？

玉響もこんなふうに御洞の聖性を感じて、あがいて、試して、乗り越え方を見つけたのだろうか？

(女神さまも、そういう話をしていたっけ。トオチカも)

『人は、もとからあったものを壊してでも、変わることを喜ぶ生き物だから』

人が、刺激に敏感な生き物だからだ。

人は痛がるし、怖がる。だから人は身を守って、やさしい時間を求める。

苦しければ耐え忍んで、乗り越える方法を生みだしていく。

(玉響のまねをしよう。玉響の後を追っていこう)

玉響のことなら、真織はずっとそばで見ていた。

つぎに思いだした玉響の顔は、ゆったり笑っていた。

『逆らおうとすればよけいに苦しいだけだ。削りたいならどうぞって差しだしたほうが楽になる。私はそう思うよ。もっと大切なものを守れるからね』

(——落ちついてきた)

御供山《みそなえやま》の底から頂までを照らした純白の光は、御洞の奥、風が流れていく方向からさしている。光はしだいに明るくなり、真っ白な光の塊、光源が行く手に現れた。

(あった)

純白の光が洞窟の幅いっぱいに広がる場所があった。

白くかがやく飛沫《しぶき》を水煙《みずけむり》のようにまとわせて、光が滝のように落ちている。

神々の路からもれた光は洞窟の岩肌を照らし、ごつごつした陰影を浮かびあがらせている。

やがて行く手に二股《ふたまた》に分かれた分岐点が見えてきて、真織は迷わず左へ進んだ。

(入り口は、〈祈り石〉が置かれていた場所の奥にあった。分かれ道の左側に入って、すぐの場所だ。——〈祈り石〉はどうなったかな)

黒槙から頼まれて、神領諸氏《じんりようしよし》と北《きた》ノ原《はら》の〈祈り石〉を御洞の中から持ちだしたことがあった。その石たちは故郷の社へ帰したが、ほかの石はそのままだ。神領諸氏とト羽巳氏の関係が変われば、故郷へ戻りたい石も増えたかもしれないのに。

(帰してあげたい。せめて、御洞の外へ)

もしかしたら、ここに足を踏み入れる人間は、自分が最後かもしれない――。

そう思って、石の居どころを探すが、それらしいものはなかった。

〈祈り石〉の下に敷かれていた杜ノ国の絵地図も見当たらない。

(ない――。場所を間違えた？ ううん、ここだ)

真織は足をとめて、光の起点を見つめた。

洞窟側へ溢れでる光が、ドライアイスの煙のようにもうもうとしている。

純白の光の向こう側には彼方まで伸びる光の筋があり、道の両脇には、楓に、柊、欅、桜と、春夏秋冬の趣をたずさえた豊かな森がひろがる。

洞窟を照らす純白の光も、いよいよ澄み渡る。

粉々になった骨のような、それ以上は白くなれない、透明に近い白さだ。

(ぞくぞくする。ピリピリするし。身体が――)

身体は相変わらず崩れていく。

手をのばして光の滝にくぐらせてみると、みるみるうちに肌の表面が裂けていく。

(崩れていくスピードが速い。入ったら、出られないかもしれない)

御洞の中を歩いただけでも、治癒は肉体の崩壊に追いつかなかった。

――本当にいくの？

――玉響がいないことにもいまに慣れるよ。お母さんがいない世界にも慣れたんだ。

無茶をばかにする声も胸に湧いた。

諦めて東京の暮らしに戻れば、元通りの平穏が待っている。

付き合いが難しい人もいるが、真織を待つ人もいて、とてつもなく孤独な世界というわけでもない。

(でも。玉響がいない世界だ)

真織はきっと、玉響を捜し続ける。夢の中で会えるかもしれないと、眠るたびに別の世界をめざすかもしれない。夢の中は、神々の路に繋がるから。

「いい人でいなさいね」と、母はよく言っていた。

「自分を好きでいること。それだけでいいの」って。

(じゃあやっぱり、いかなきゃ。いま、手放したくないものを離さない。選べないものからは選ばない。自分を裏切らない。わたしは、そういう人になりたい)

玉響のことを忘れ去った時、「最低だ」とまた泣くつもり？

いい子ぶって我慢をする時じゃない。本音を叫ぶのを怖がるな——。

真織は光の滝をくぐって、神々の路に足を踏み入れた。

途端に、身体がミシミシ軋んだ。肉体が未知の刺激に晒《さら》されて悲鳴をあげた。

(息を吸おう。心を落ちつかせて)

混乱して喚《わめ》き散らす状況だが、自分でも驚くくらい冷静だった。

(玉響がいってた。魂を身体の外側にすこし出しておけば、守れるって——魂を、身体の外側にすこし出す？)

玉響の訳知り顔を思いだすが、笑ってしまう。

その芸当は、ちょっとやそっとの稽古をして習得できる技なのだろうか？

(賭けだね。でも、玉響はやったんだ)

玉響の声や顔を思いだしていると、そばでヒントをもらっている気もした。

『自分に集中して。魂が無事なら、崩れても身体はいまに戻ってくるよ』

(わかった。信じる)

『大丈夫だよ。私は欲を覚えた。人の欲はとても強いから、魂がばらばらにならなければ身体はいずれ戻るから』

(欲か。それなら、わたしにもたくさんある。わたしも欲深いよ)

大丈夫、いける。思い出はみんな、可能性の種だ。

玉響はこんなふうにもいっていた。

『真織が近づくのはあぶないよ。自分を保つ稽古をしていないから』

つまり、自分を保っていられれば、無事でいられるということだろうか？

(自分を保つ、欲——。欲って、磁石みたいなものなのかな。こうしたい、ああした

いっていう望みをもっていれば、自分を集める磁力になってくれるのかな）

進むごとに身体は崩れていく。

純白の道をつくっているものは、ここを通り抜けた時に崩れた、誰かの身体の一部かもしれない――。

ここに迷いこんだかもしれない誰かを想像しながら、純白の砂を踏んでいく。

（いま、どんな姿になっているんだろう？　肉体は残っているかな。デスマスクみたいな顔になっているのかな。治癒ははたらくのかな？）

あははは――と大声で笑いたい気分だ。

こんな道を進むなんて、やめておけばよかった。

ううん、入ってしまってよかった。ふふふ――。

笑いがとまらないのに、笑い声は一切響かず、前へと進んでいるのに、足を動かしている感覚もない。

四季の森や骨の色をした道を見ている感覚器が、目かどうかもわからない。

でも、どうでもよくなった。足や目があるかどうかは、真織が一番叶えたい望みとは関係がなかった。

四季の森をつらぬく道は白く澄み渡り、ヒュウ、ヒュウと、吹き抜けていく風の音はかろやかで、風鈴やウィンドチャイムを思わせる。

眺めだけではなく音まで、絵本の中の世界のようだ。

（きれいだ――）

こんな世界ははじめてだ。前に通った時は、いまほど感動しなかった。

純白の道は、さまざまな方角へ向かう道と交差を繰り返しており、どこも同じ景色に見えた。

神々の路は、社と社だけでなく、未来にも過去にもつながる道だ。

死んだ人が黄泉の世界へ向かう時に通る道でもある。

（この辻を曲がったらどこへいくのかな。黄泉の国はどっちだろう。お母さんとお父さんに会えるのかな――）

ぼうっとしていることに気づいて、我に返る。

このまま進めば戻れないぞと、この路ではじめて出逢った時に女神から引き留められたことも、思いだした。

『ここは狭間《はざま》だ。黄泉にも時を超えた先にもどこへでも行けようが、この路は人に強すぎる。たどり着く前に現身《うつしみ》は塵《ちり》となろう。そのころには、おまえはおまえの祈りを保っていられないだろう』

（あぶない。願いごとが散らばったら、わたしも散らばってしまう。考えるのは玉響のことだけでいい。玉響のところへ）

純白の砂の道を、真織は進んだ。
玉響に繋がっている道だと思えば、進むのが嬉しかった。
会いたいです。あの子にもう一度会いたいです。
消えたくないです。あの子と生きたいです。

―道標《みちしるべ》―

「玉響《たまゆら》さまが、玉響さまが――！」

流天《るてん》の大声をききつけてすぐに、弓弦刃《ゆづるは》と万柚実《まゆみ》が奥《おく》ノ院《いん》の社《やしろ》に駆けこんでくる。

ふたりとも目を見開き、涙をためてその場にひざまずいた。

「玉響さま、よくご無事で。よくお戻りで――」

「黒槙《くろまき》に知らせよ。緑螂《ろくろう》にも使いを送れ。いきましょう、玉響さま」

流天は玉響の腕を引っ張って奥ノ院の社を出た。

日が沈みかけた黄昏時。先に内ノ院へと駆けだしていった万柚実のうしろ姿は、岩や木蔭《こかげ》に隠れてすぐに見えなくなる。

玉響は流天に引きずられるままよろよろ歩いて、一緒に供をする弓弦刃が、大きな背中をかがめてしきりに玉響の顔を覗きこんだ。

「おけがはありませんか。ご気分は――」

「ううん、なにも」

玉響は心ここにあらずな返事をしたが、弓弦刃がつぎを尋ねると、ぴたりと足をとめた。

「それで、玉響さま。真織《まおり》さまは――」

玉響はその場で動かなくなり、目の縁からぽろぽろ涙をこぼした。

「はぐれてしまったのだ」

「玉響さま！」

黒槙の声が勢いよく近づいてくる。呼びに向かった万柚実を従えて黒槙が道を駆けてきており、一目散《いちもくさん》にやってくると玉響の足元で膝をつき、感極《かんきわ》まって「ああ――」と泣いた。

「お捜ししたのです。ご無事でよかった」

玉響は眉をひそめ、風変わりな袖で涙を拭いた。

「ありがとう。心配かけたね」

流天もしがみついて「うわああ」と泣きじゃくる。

「そうです。心配したのです。お戻りになってよかった、よかった――」

「私も、流天にまた会えて嬉しい。流天を支えるのも、私の望みだった」

しがみついた流天を、玉響は抱き返してくれた。言葉も温かくて、流天はさらにしがみついた。

人に会うたびに「そのお召し物は、いったい」と訝しがられるので、玉響はすぐに着替えることになった。

「そうだね、驚かせてしまうね」

見慣れぬ奇妙な衣を脱ぎ、袴を着け、白の狩衣をまとい、凜々しい若神官の姿に戻っていくのを、流天は惚《ほ》れ惚《ぼ》れと眺めた。

(本当に、本当に、帰ってきた。玉響さまが――)

どれだけ泣いても、涙が溢れてくる。

袖でぬぐっていると玉響は目ざとく気づいて、微笑んだ。

「心配してくれたんだね。すまなかったね」

卜羽巳《うらはみ》邸へ向かった使いも、緑螂も、よほど支度を急いだようで、緑螂が水《みず》ノ宮《みや》に戻ってきたのは、夜が訪れきらない宵のうちだった。かがり火の明かりが存在感を示しはじめた薄闇の中、内《うち》ノ院《いん》の庭に姿を現した緑螂は、息を切らしていた。

「玉響さま、よくご無事で」

緑螂は庭で頭をさげて挨拶を済ませると、館の中を見渡した。

御簾《みす》があがり、衣替えの手伝いをした巫女《みこ》が几帳を片づけている。

緑螂は巫女たちの顔をひとりずつ覗きこんだ。

「あの娘はご一緒ではないのですか？　真織といいましたか――」

たちまち玉響の眉が寄り、微笑が翳った。

「はぐれてしまったのだ」

「そうですか。残念です」

緑螂は淡々といい、背後を振り返る。

内ノ院の警護をつとめる神兵と帯刀衛士《たいとうえじ》が、ひざまずいて控えていた。

「玉響さまがお戻りになってよかったな。誅《ちゅう》される間際だったぞ」

弓弦刃と万柚実も、内ノ院の警護をまかされた帯刀衛士も、揃って平伏する。

玉響が失踪した時に守りにあたった武官たちで、責を問われていたのだった。

玉響は出居殿《いでいどの》の端まで歩み寄り、緑螂を諫《いさ》めた。

「緑螂、ここは内ノ院だ。不穏な物言いは控えてほしい。——弓弦刃たちも、すまなかったね。面倒をかけた。許してほしい」

「とんでもございません。ふたたびお目にかかることができ、光栄至極《しごく》にございます」

武官たちが額を土にこすりつける。

仕草に玉響への敬意が溢れんばかりで、流天はほうっと胸が温かくなった。

(やはり、玉響さまは立派な神王《くまみこ》だ。威張ったりせず、おやさしくて、清らかだ。私は玉響さまみたいになりたい)

緑螂も玉響に向き直り、詫びた。

「失言でした。お許しください。お尋ねしたいことは山のようにございますが、明日にしましょう。お姿を見て、まずは安堵いたしました」

緑螂は凜と頭をさげ、「では」と退宮をほのめかしたが、黒槙が呼びとめる。

「待たれよ、緑螂さま。ひとつ頼みがある」

庭から去ろうとする緑螂のそばにずいと立ち、黒槙は笑みを浮かべた。

「明日、ご持参いただきたいものがある。御調人《みつきびと》管轄の倉からあなたが持ち去られた計帳を、すべて戻していただきたい」

「――なんのことでしょうか」

「よくご存知かと思うが。あなたの部下が持ち去った計帳のことは、御調人の若長から話をきいた。緑螂さまが、なぜ計帳を持ち去るよう命じられたのかは皆目不明だが、もしかすると、卜羽巳氏のほかに見せたくない事柄が書かれていたからかもしれぬ、ともうしていた」

緑螂は、さして表情を変えずに聞き入っている。黒槙は続けた。

「何が書かれていたかも、よく覚えているそうだ。いや、記録に頼らずとも、おのずとわかることだ。この五十年ほどで、卜羽巳氏に都合のいい官職がいくつもできた。はたして、まことに必要な官職だったのか、評定する機会もじきに訪れよう。あぁ、倉にはしばらく神兵を置くこととした。倉に残っている計帳は、こちらで丹念に調べさせていただく」

緑螂の目が凄味《すごみ》を帯びていく。黒槙はせせら笑うような顔をした。

「ご存知のとおり、倉の中の計帳はわが国のものであり、神宮守《じんぐうもり》をつとめる者だろうが好きにしてよいものではない。ぜひとも神王《くまみこ》の御前で誓っていただきたい。持ち去った分をすべて、明日のうちに戻すと」

「当然です。誓いましょう。しかし」

緑螂が、黒槙に真正面から差し向かった。

「俺も、もうしあげたいことがございます。黒槙さま、あなたは杜《もり》ノ国《くに》のためといいつつ、あなた自身が神になったかのように振る舞っておられる。水ノ宮の祭祀をないがしろにしておられると、甚《はなは》だ目に余り、恐れながら、お控えいただきたい」

「祭祀をないがしろに？　誰に向かっていっておられるのか」

黒槙が凄味をきかせる。緑螂も、臆《おく》することなく睨み返した。

「治水だ工事だと、力役夫《りきやくふ》を集めて土を掘らせておられるが、人の手でつくった川に水を流すため、古くから祀ってきた森の木々を伐《き》り、切り株を掘り返しておられると訴える者が多数ございます。水路建設のため、神の祠《ほこら》を別の場へ移した里もあったとか。神領諸氏《じんりようしよし》とは、古《いにしえ》からの神事の守り手であると息巻いておられるが、はたして言葉通りの一族であらせられるのか。神々に無礼をするのは、どうかやめていただきたい」

「なんだと？」黒槙が目をむく。

「正しくもない神事や禁忌《きんき》をつくりあげ、祭祀を用いて富を得ようと神事をないがしろにしてきたのは、卜羽巳氏ではないか！」

怒号に怯《ひる》むことなく、緑螂はきりりと言い返した。

「いいえ黒槙さま。水ノ宮でおこなわれるすべての神事は、わが一族に伝わる叡智《えいち》にのっとり、すべからくおこなうべしと伝えてきたもの。正しくもない神事とは、甚だ無礼でございます。お控えくださいますよう」

「いや、誤りばかりだ。そもそも神事とは――」

「ならば、あなた方、神領諸氏《じんりようしよし》こそ神々を敬い、お祀りなさいませ！　いまのあなた方は、八百万《やおよろず》の神々に対してあまりに無礼だ！」

出居殿の高床《たかゆか》から、玉響が口をはさんだ。

「双方、一度落ちつこうか」

玉響が出居殿の高欄《こうらん》のそば、緑螂と黒槙が言い合いをする庭に寄る。

黒槙は渋々と詫びた。

「失礼しました。玉響さまがお戻りになったばかりの内ノ院で乱暴に振る舞い――」

「ううん、いいのだよ。もっと続ければよい」

黒槙も、不服そうに目を逸らしていた緑螂も、顔をあげた。

「争論を続けろとおっしゃるのですか？」

「我慢をして口をつぐむくらいなら、言いたいことは言い合ったほうがいいよ。おまえたちは信じるところがそれぞれ違うのだ。何が違うのかをはっきりさせるのは、いずれわかり合うためにはどうしても必要なことだ」

「それに」と、玉響はふわりと笑った。

「黒槙も緑螂も、よく民のことを考えているのだ。だから私は、きいていて嬉しくなった」

「嬉しくなった？」

黒槙が目をまるくする。緑螂も、眉をひそめて怪訝顔をする。

「争論をご覧になって、ですか？」

「うん。だって、おまえたちが言い争った理由は、どちらも、民と神々を思うがゆえだった。民に幸せをもたらさねばならないが、神々への心配りも大切だ。祭祀をないがしろにしてはいけないが、頼り過ぎてはいけない――このあたりは、黒槙も緑螂も同じだったのではないかな」

「どうだろう？」と玉響に笑いかけられ、黒槙と緑螂は分が悪そうに黙った。

「もともとぴったり重なるものが重なりあう時よりも、そうではないものが重なりあった時のほうが、力はずっと大きくなるものだよ。おまえたちが手を取りあえば、杜ノ国はいまよりもずっと幸せな豊穣の国になる。楽しみだね」

玉響は「さて」とみずから区切りをつけ、緑螂に退宮を促した。

「今日はもう休んで、明日また話そう。私のために要らぬ心配をさせてしまったね。すまなかった」

玉響は緑螂へ「いきなさい」と声をかけ、黒槙にも退宮を勧めた。

「黒槙も、帰りなさい。――緑螂、私はおまえが去った後に黒槙と内緒話をしたりしないから、安堵して家に帰りなさい」

緑螂が苦笑した。

「拗《す》ねた子どもを扱うようにおっしゃらないでください」

「やれやれ。まいりました。玉響さま。では俺も――」

黒槙と緑螂が、それぞれの供を連れて庭から去っていく。

喧騒《けんそう》の舞台となっていた内ノ院から、人の姿がまばらになり、しんとなっていくのを、流天は出居殿から恍惚《こうこつ》として見つめていた。

「玉響さまは、やはりすごい！」

騒いでいるうちにいつのまにか夜がきて、虫の声がしんしん響いている。

神兵と帯刀衛士《たいとうえじ》が陰で守りにつき、巫女と神官が寝床の支度をはじめた。

庭に焚かれたかがり火があかあかと闇を照らし、内ノ院という神王《くまみこ》の居場所が、寝所へと様相を変えはじめた。

「玉響さまが話しかけると、緑螂も黒槙も大人しくなりましたね。玉響さまがつねに許しておられるから！　あの者らの望みを叶える方法を示しておやりになるから！」

流天は興奮気味にいって、「さあ、お疲れでしょう。休みましょう」と玉響の腕をとった。

奥の広間へと案内する流天にされるがまま、玉響は「そうかな」と答えた。

「ここには、私に救いを求める人がたくさんいるだけだよ」

「もちろん、そうです！　見ましたか？　黒槙の顔を。玉響さまがお留守のあいだは、もっと怖い顔をしていたのです。玉響さまが戻ってこられて、黒槙は安堵していました。玉響さまは、いるだけで人を癒すのです！」

玉響は困ったように笑った。

「そうだといいね。嬉しいよ。でも——」

「玉響さまの寝床は——あっ、そうだ。あの、今夜は一緒に眠りませんか。玉響さまがお許しくださるなら、私の寝床の隣に——」

流天は、もじもじと憧れの兄上に甘えてみたが、玉響は、出居殿から奥へ入る間際で足をとめてしまった。

玉響にあった癒しの微笑が崩れて、苦しそうにくちびるを嚙んだ。

「ごめん、流天。いかなくちゃ」

「いく？　どこへ——」

「真織のところへ。ずっと一緒にいたんだけど、はぐれてしまったのだ。遠いところかもしれないけれど、捜しにいきたいのだ」

玉響の顔は、ひどく寂しそうだった。

流天は「あ——」と、自分も足をとめた。

救いを求めている人の顔だ、と思った。

流天は玉響の袖に指で触れて、うつむいた顔を見あげた。

「帰ってきてくれますか？」

「うん、きっと——」

「わかりました。待っています。お出かけになってください」

流天はにこりと笑って玉響を見あげた。

「玉響さまが留守のあいだは、玉響さまの代わりに私が神王《くまみこ》をつとめます。残してくださった声がここにありますから、心配しないでください」

はきはきと言うと、玉響は目を潤ませて、幸せそうに笑った。

「ありがとう。流天はよい神王だね」

「じゃあ、いくね」と、玉響は流天のそばを離れて、出居殿から続く階《きざはし》をおりていった。

かがり火の明かりに赤く照らされた白の狩衣は庭を抜け、火明かりが届かない暗がりへ向かって動いていく。闇をまとい、染まりながら、ついには闇の奥にまぎれた。

内ノ院から続く神域の先——奥ノ院の方角だった。

(御洞《みほら》へお向かいになるのかな)

玉響がふたたび現れた場所も、奥ノ院の奥、神域へと続く道の入り口だった。

(あの御洞は、私が追いかけていけない場所だ。捜しにもいけない——)

流天の頬に、ぽとりと涙が落ちる。

ほろほろ、ぽろぽろと、大粒の涙がこぼれ落ちて、とまらなくなった。

(どうしよう。いってしまわれた。またひとりになってしまった。でも、玉響さまは嬉しそうだったな。こういうのが、人を救う、っていうことなのかな)

嬉しい。きっと、すこしだけ玉響に近づけた。

嬉しいけれど、寂しい。怖い。

またひとりになって、うまくやっていけるだろうか。

でも、玉響は嬉しそうだった。はじめて、人を救うことができたかもしれない。

しかも救った相手は、ほかでもない玉響だ。嬉しい。嬉しい。――悲しい。

わあん、わあん。流天は、声をあげて泣きじゃくった。

「流天さま、どうなさったのです」

館の奥で寝床の支度をしていた蛍《ほたる》が、泣き声に驚いて几帳の陰から顔を出す。

「寝床の支度ができましたよ。玉響さまはどちらへ？」

流天は首を横に振った。

「玉響さまは、お出かけになりました」

「出かけた？　どこへ？　すぐに戻ってこられるのですか？」

「知りません」

頬をびしょぬれにした涙を袖でごしごし拭いて、流天は虚空をきつく見つめた。

「母上。泣くというのは禊《みそぎ》に似ています。やらねばならぬことと、そうでないことが分けられて、諦めがつきます。泣いても何も変わらないから、泣くばかりで何もしない自分にまで腹が立ち、こんなことをしている場合ではないと力が湧きます」

流天は両腕をぶんぶん振り回し、袖をなびかせて、大股で御簾の奥に入った。

「寝ます。明日、緑螂がくると話していましたから。私が緑螂の話をきいてみせます」

目の前を通り過ぎるわが子に、蛍は目をみひらいた。

「あのような不届き者に付きあうおつもりですか？　黒槙に任せてはいかがですか。流天さまはまだ八つです」

「母上。私は、もうすぐ九つです。神王《くまみこ》になる子は、早ければ七つから、遅くとも十二までに即位するのです」

流天は寝床の畳に飛びこむように寝ころぶと、自分の小さな身体に、絹の衣をばさりとかけた。

「いまはまだ玉響さまに敵《かな》いません。でも、玉響さまが即位なさったのは十二の時です。私は十一までに玉響さまを超える神王になります。だから、今日はもう寝ます！」

◇　◇

ほうほう、ほほほ　ぬくぬく、ぽとぽと
かえろう、ほほほ　まどろみ、くうくう

精霊たちの歌声が、きらきら瞬いていた。

午睡から目が覚める寸前、夢の外から漏れ入る光に似ていて、きれいだなぁ——

と、真織はうっとり眺めた。

（精霊がいるのかな――）

歌声は明るい光のようで、楽しそうで、無垢で、遊び疲れて火照《ほて》った足を弾ませて「かえろう、かえろう」と家路を急ぐ、子どものころを思いだす。

四季の花が咲き乱れる美しい森の中、粉々になった骨のような純白の道を進んでいるはずだが、もう見えない。目はとっくに無くなった。

鼻もない。口もない。たぶん手足も、身体がまるごと消えた。

目印も、地図もない。道標《みちしるべ》は、これだけだ。

（玉響。玉響。玉響）

時間の感覚もなく、いまがいつで、神々の路《みち》に足を踏み入れてからどれだけ経ったかもわからない。

いまどこにいるかもわからないが、すこしずつ近づいているはずだ。

迷うはずがなかった。玉響の居場所以外、真織はどこも見ていなかった。

ある時、前のほうで光が立ちどまった。

『呆れた。また入ってきたのか？』

見えるのは光だけだ。声も、光の揺らぎに感じる。

声ではなく、光の震え方を覚えていて、真織は前にいる光が誰かがわかった。

——はい。どうしても、会いたくて。

光は唖然とした。

『現身《うつしみ》が散り散りになっているのに、よく祈りを保っていられるなぁ』

——会いたいからです。あの子とやりたいことが、まだたくさんあるから。

——いけるかもしれないと知っているからです。

『前とはうってかわって、よく喋る』

光は、ほ、ほ、と笑った。

『おまえたちには世話になった。子らも、死者らもそういっておる』

進もうと思っても、金縛りにあったように重くて、一歩進もうとすこし身体を浮かせるのにも命懸けになる、重労働だった。

当然といえば当然だった。とうに脚はなく、むき出しになった魂を無理に動かしているのだから。

ある時、進むのがふと楽になって、しばらくすると真織は、青空を見たと思った。目は消え、治癒にこぎつけたとしても、神々の路の中にいるかぎり崩れていくほうが早いはずだ。周りに感じるものも、まだ光だけだ。生気の塊《かたまり》をじかに感じていて、油絵具で描かれた絵画のように、あらゆるものが溶けた世界にいた。

ある時、周りにあるものの気配が変わった。

（木？）

そばに木が立っている気がした。

風になびく草花もあって、たぶん、森の中にいる。

肉体を失ってむき出しの魂になり果てた自分と同じく、魂になった人が隣にいて、笑った。

——真織。

身体の感覚はないが、真織は震えるほど笑った。

風船と風船がくっつきあうように、ふたりでひとつのまるい塊をつくるように、しがみつき合った。

— 神隠《かみがく》れ —

本来、神王《くまみこ》は、雪を見ない。

初雪が降った日から雪が溶けるまで、杜《もり》ノ国《くに》の神々は水《みず》ノ宮《みや》の奥にある神域で冬ごもりをおこなうが、神王はその供をするからだ。

奥《おく》ノ院《いん》のさらに奥、清浄の洞《ほら》の奥に、寝床にちょうどいい岩室《いわむろ》があるのだよ——と、先の神王からきいていたが、流天《るてん》はその神域へ入ることがまだできなかった。

代々の神王が見ることのなかった雪の道をたどり、朝な夕な奥ノ院の社《やしろ》で祈りを捧げるうちに、ただ、背はすこし伸びた。

雪が溶け、人ひとりが通れるだけの細い雪道が、新芽が彩る生気溢れた春の道に生まれ変わると、水垢離《みずごり》がはじまる。

御供山《みそなえやま》から落ちる滝の水は、寒い時期でもふしぎとぬるかった。

御供山を神の山とする所以《ゆえん》でもあった。

(春か。玉響《たまゆら》さまは、まだお戻りにならない。——あっ)

ぐらりと姿勢が崩れて、慌てて息を整える。

流天はくちびるを噛んだ。稽古の最中に考え事をしたせいだ。

(いけない。やり直し)

雪解け水ほどではないとはいえ、水は水だ。長い時間浴びていれば、感覚が消えていく。冷たいと身体が悲鳴をあげれば、ますますうまくいかなくなる。

滝の水は、上手に受けとめると身体の奥底へ入っていく。

首のうしろから身体のまんなかを通って、身も心も清めて流れでていく。

雑念を捨てて水を受けいれていれば、身体もついに水になる。風になる。森とまじろうと、魂が目に見えない腕をひろげていく。光の腕で空を抱き、森に宿る精霊を抱く。自分以外のものの入れものになる。こういう状態を「虚《うつ》ろ」という。

耳の内側で、少年の声が笑った。

『うまいじゃないか』

時々きこえてくるふしぎな声で、流天が困ると手を引いて、上手にできると褒めてくれる。

声の主は、玉響に似ているけれど、玉響ではなかった。

一度流天の夢の中に訪れた。自分は初代神王《くまみこ》で、神王になる子たちの世話をしているのだと、すこし話をした。神咒《しんじゅ》や祝詞《のりと》を教えてあげられるよ、と。

『かつて私は、神王を、人の姿をした神としたのだ。だが、おまえは違うな。人のまま、人が求める神の姿を探している』

夢の中で出逢った少年は、流天を気にかけた。

『おまえは、誰の足跡もない雪野原をいこうとしている。大変だよ？』

心配されたが、流天には答えづらい問いだった。

神王の証がこれまで通りに授けられなくなったので、仕方なくそうしているのであって、流天も苦しんでいた。

『まあ、仕方ないか。おまえは甦《よみがえ》りの神王だ』

「甦りの神王？　どういう意味ですか？」

尋ねると、少年は『知らない』と無邪気に笑った。

『さあね。ただ、言葉が浮かぶのだ。終焉《しゆうえん》の神王とか、ほかにも。私は創始の神王だ。おまえは甦りの神王。意味は、自分で解け』

少年は天真爛漫《てんしんらんまん》に笑い、いった。

『おまえは苦労をしそうだ。だが、面白そうだ。うまくいかないと、まだ見ぬ景色を探したくなる。手伝うよ。知りたいことがあれば、いつでも私を呼べ』

流天の内側で声をきかせる少年がみずから名乗ることはなかったが、初代神王の名は、澄影《すみかげ》というらしい。神王しか知ることのない知恵を教えてくれる澄影は、流天にとってありがたい存在になった。

ふたたび意識の底に沈みながら、ああ、こういうことかと流天は目をとじた。

(魂を身体の外側に出して自分を守るって、こういうことかな。――明日は、御洞《みほら》のもうすこし奥まで入ってみよう。きっと、できる)

玉響がふたたび行方知れずになった後、御洞の入り口を照らす忌火《いみび》のそばに見慣れぬものが残してあった。

杜ノ国の絵地図の上に、まるい石が丁寧に置かれていて、黒槙《くろまき》がこう話した。

「〈祈《いの》り石《いし》〉です。いずれ戻す時のために、玉響さまがここに置いてくださったのでしょう」

その石は霊威を帯びていて、黒槙をはじめ、高位の神官にも、巫女にも触れることができなかった。持ちあげることができたのは、流天だけだった。

玉響が残してくれた、新たな神王《くまみこ》の証だと、流天は笑った。

「ならば、私がその役を引き継ぎましょう。ありがとう、玉響さま」

垢離をして身を清めて戻ると、その日の内《うち》ノ院《いん》は、人と物であふれていた。広間には几帳《きちょう》が並び、巫女と神官がいつもより十人は多く集い、流天が戻るのを待っている。

几帳の内側で、今日のために仕立てられた衣を身にまとっていく。森の色をうつした耀《かが》ノ葉衣《はごろも》をまとい、黒烏帽子《くろえぼし》を頭に飾り――着装《ちゃくそう》も、滝の水を身に通す垢離も、ひとつひとつが神事だった。世話をする神官や巫女たちも、揃って正装をしている。人の出入りが制限される内ノ院へ喧騒が伝わるほど、その日は、水ノ宮そのものが慌ただしかった。

太鼓《たいこ》と銅拍子《どうびょうし》の音色が、時おり風にのって漂ってくる。

春の到来を祝う神《かみ》ノ原《はら》の大祭《たいさい》、春《はる》ノ祭《まつり》がおこなわれる日がやってきた。

普段は水ノ宮の奥深くで暮らす神王が、年に一度、杜ノ国の民の前に姿を現す日だった。

公にはされないが、春ノ祭は神王即位の日でもあった。

御種祭《みたねまつり》を経て、神王を失った水ノ宮は、つぎの春におこなわれる大祭の日を新しい神王誕生の日として、ひそかに即位の儀をおこなってきたのだった。

流天も、昨年の春に即位の儀をおこなった。でも今年、これからおこなわれる春ノ祭こそがまことの即位の場だと、流天は胸に誓った。

(私は、神王になる)

正装へ着替え終えると、内ノ院を出て、水宮門《すいぐうもん》への道をたどる。

着装を手伝った巫女も、水ノ宮に集められた少年神官も、水ノ宮に仕える神官すべてが総出で、聖域の外へ出る神王の供をした。

水宮門の手前に、黒漆塗《くろうるしぬり》の御輿《みこし》が行幸《みゆき》を控えている。

御輿には椿や桃の花、榊《さかき》や檜《ひのき》の葉が飾られ、黒漆の面が見えないほどだ。御輿そのものが花園、小さな森として、神王《くまみこ》の乗り物になった。

御輿の担ぎ手、力者《りきしや》をつとめるのは、神官としては唯一神軍に属する御狩人《みかりびと》という一族だった。普段は濃い黒橡《くろつるばみ》染の衣をまとうが、この祭りの日ばかりは、染みひとつない純白の神衣をまとう。

若長をつとめる多々良《たたら》という男を筆頭に、御狩人全員が集結し、御輿のそばで頭を垂れ、流天の到着を待っていた。

「流天さま。お守りいたします」

踏み台を登って御輿の中にあぐらをかけば、御狩人たちが轅《ながえ》に寄り、御輿は天に向かって担ぎあげられた。

(玉響さま。どうか、無事に帰ってきて)

心細い気持ちは、まだぬぐえなかった。でも、流天はくちびるをつよく結んで前を向く。

(お帰りになるまでは、私が。玉響さまを超える神王になってみせます)

太鼓の音が轟《とどろ》き、神ノ原に吹き渡る春の風に、笛の音が翻《ひるがえ》る。

朱《あか》や黄、紫に青、色とりどりの布の花を全身に飾った神子《みこ》と、巫女たちが御輿を囲み、神事の場で歌舞をささげる俳優《わざおぎ》たちが、御輿の先導をつとめて勇壮な舞を披露する。

神の宮から続く踊り子の行列は、まるで精霊たちの行進だ。

杜ノ国に、新たな芽吹きの季節が訪れた。

本書は書下ろしです。

|著者|円堂豆子　第4回カクヨムWeb小説コンテストキャラクター文芸部門特別賞を『雲神様の箱』にて受賞しデビュー。本書は『杜ノ国の神隠し』『杜ノ国の囁く神』『杜ノ国の滴る神』（いずれも講談社文庫）に続くシリーズ最新作。他の著書に『雲神様の箱　名もなき王の進軍』『雲神様の箱　花の窟と双子の媛』『鳳凰京の呪禁師』（いずれも角川文庫）がある。滋賀県在住。

杜《もり》ノ国《くに》の光《ひか》ル森《もり》
円堂豆子《えんどうまめこ》

2024年12月13日第1刷発行

発行者——篠木和久
発行所——株式会社　講談社
東京都文京区音羽2-12-21　〒112-8001
電話　出版（03）5395-3510
　　　販売（03）5395-5817
　　　業務（03）5395-3615
Printed in Japan

講談社文庫
定価はカバーに
表示してあります

KODANSHA

デザイン—菊地信義
本文データ制作—講談社デジタル製作
印刷———株式会社KPSプロダクツ
製本———株式会社国宝社

ISBN978-4-06-537879-3

講談社文庫刊行の辞

二十一世紀の到来を目睫に望みながら、われわれはいま、人類史上かつて例を見ない巨大な転換期をむかえようとしている。

世界も、日本も、激動の予兆に対する期待とおののきを内に蔵して、未知の時代に歩み入ろうとしている。このときにあたり、創業の人野間清治の「ナショナル・エデュケイター」への志を現代に甦らせようと意図して、われわれはここに古今の文芸作品はいうまでもなく、ひろく人文・社会・自然の諸科学から東西の名著を網羅する、新しい綜合文庫の発刊を決意した。

激動の転換期はまた断絶の時代である。われわれは戦後二十五年間の出版文化のありかたへの深い反省をこめて、この断絶の時代にあえて人間的な持続を求めようとする。いたずらに浮薄な商業主義のあだ花を追い求めることなく、長期にわたって良書に生命をあたえようとつとめるところにしか、今後の出版文化の真の繁栄はあり得ないと信じるからである。

同時にわれわれはこの綜合文庫の刊行を通じて、人文・社会・自然の諸科学が、結局人間の学にほかならないことを立証しようと願っている。かつて知識とは、「汝自身を知る」ことにつきていた。現代社会の瑣末な情報の氾濫のなかから、力強い知識の源泉を掘り起し、技術文明のただなかに、生きた人間の姿を復活させること。それこそわれわれの切なる希求である。

われわれは権威に盲従せず、俗流に媚びることなく、渾然一体となって日本の「草の根」をかたちづくる若く新しい世代の人々に、心をこめてこの新しい綜合文庫をおくり届けたい。それは知識の泉であるとともに感受性のふるさとであり、もっとも有機的に組織され、社会に開かれた万人のための大学をめざしている。大方の支援と協力を衷心より切望してやまない。

一九七一年七月

野間省一